# O povo eterno não tem medo

ALFAGUARA

Shani Boianjiu

# O povo eterno não tem medo

Tradução
Débora Landsberg

ALFAGUARA


Editora Objetiva Ltda.
Rua Cosme Velho, 103
Rio de Janeiro — RJ — Cep: 22241-090
Tel.: (21) 2199-7824 — Fax: (21) 2199-7825
www.objetiva.com.br

Título original
*The People of Forever Are Not Afraid*

Capa
Mateus Valadares

Imagem de Capa
© Rachel Papo. Foto integrante do ensaio "Serial No. 3817131"

Revisão
Fatima Fadel
Joana Milli
Ana Grillo

Editoração eletrônica
Abreu's System Ltda.

PRISA EDIÇÕES

CIP-BRASIL. CATALOGAÇÃO-NA-FONTE
SINDICATO NACIONAL DOS EDITORES DE LIVROS, RJ

B668p

Boianjiu, Shani
O povo eterno não tem medo / Shani Boianjiu ; [tradução Débora Landsberg]. – Rio de Janeiro : Objetiva, 2013.

Tradução de: *The people of forever are not afraid*
275p. ISBN 978-85-7962-217-5

1. Educação militar – Israel – Ficção 2. Mulheres soldados – Ficção 3. Ficção inglesa. I. Landsberg, Débora. II. Título.

13-1705. CDD: 823
CDU: 821.111-3

# O povo eterno não tem medo

# I

# Os filhos dos outros

## A História está quase terminada

Tem poeira neste contêiner que é uma sala de aula, e o cabelo da professora Mira é laranja falso e ressecado nas pontas. Estamos no último ano, temos dezessete e já praticamente acabamos a História israelense toda. Terminamos a História mundial no décimo ano. No nosso livro didático, as páginas já nos falam de 1982, poucos anos antes de termos nascido, apenas um ano antes da construção desta cidade, quando havia somente pinheiros e montes de lixo aqui, junto à fronteira libanesa. As palavras de Mira, a professora, que também é mãe de Avishag, quase encostam naquelas palavras secretas de todos os nossos pais em noites de bebedeira.

A História está quase terminada.

— Haverá oito definições no teste oral sobre a Guerra pela Paz da Galileia da próxima sexta-feira e não cairá nada que a gente não tenha visto. OLP, SAM, FAI, crianças RPG — declara Mira. Tenho quase certeza de que sei todos os termos, talvez com exceção de crianças RPG. Não me dou bem com definições que contenham palavras de verdade. Me assustam um pouco.

Mas não ligo para esse teste oral. Posso quase jurar; não dou a mínima importância.

Meu sanduíche ainda me aguarda na mochila. Tem tomate, maionese, mostarda, sal e nada mais. A melhor parte é que minha mãe o põe dentro de um saco plástico e depois o embrulha com guardanapos azuis e levo cerca de dois minutos para desembrulhá-lo. Assim, mesmo se no dia não estiver com fome, tenho algo pelo que esperar. Já é alguma coisa e posso evitar o grito.

Faz oito anos que descobri mostarda-maionese-tomate.

Estalo os dedos sob o maxilar. Reviro os olhos. Ranjo os dentes. Faço essas coisas desde pequena, sentada na sala de aula.

Não vou aguentar fazê-las por muito mais tempo. Meus dentes doem.

Quarenta minutos para o intervalo, mas eu não posso continuar sentada aqui, e eu não posso e eu não vou e eu...

**Como são feitos os aviões**

— OLP, SAM, FAI, crianças RPG — Mira, a professora, enumera. — Quem quer treinar lendo as definições em voz alta antes do teste oral?

SAM é um tipo de submarino sírio. E FAI é a Força Aérea Israelense. Sei o que são crianças, e que as crianças RPG foram as crianças que tentaram disparar lança-foguetes RPG nos nossos soldados e acabaram queimando umas às outras porque eram desinformadas, e porque eram crianças. Mas talvez seja uma definição repetitiva. Da última vez a vaca me tirou cinco pontos porque ela disse que usei a palavra "muito" sete vezes na mesma definição e que a usei em lugares em que não se pode usar "muito".

Ela está olhando para mim, ou para Avishag, que está sentada ao meu lado, ou para Lea, que está sentada ao lado dela. Ela suspira. Acho que precisa de cirurgia ocular muito corretiva. Lea lança um olhar raivoso, como se tivesse a convicção de que Mira olha para ela. Sempre acha que todo mundo está olhando para ela.

— Você poderia pelo menos fingir que está anotando, Yael? — Mira me diz e se senta atrás da mesa.

Tiro os olhos de Lea. Pego a caneta e escrevo:

*Quando é que a gente vai parar de pensar em coisas que não importam e começar a pensar nas coisas que importam? me fode com força*

Preciso ir ao banheiro. Do lado de fora do contêiner de sala de aula há um contêiner de banheiro. Quando fico de pé em cima do vaso tampado e encosto o nariz na janela minúscula, vejo o final da vila e respiro a água sanitária que usam para limpar essa janela esquecida até ficar tonta. Vejo casas e jardins e mães de bebês em bancos, tudo espalhado como peças de Lego abandonadas por uma criança gigantesca à margem da estrada de cimento que leva às montanhas marrons adormecidas mais adiante. Junto ao portão da escola, vejo um rapaz. Está de camiseta marrom e sua pele é bronzeada, ele poderia praticamente sumir na montanha se não fosse pelos olhos verdes, duas folhas em meio a este nada.

É Dan. Meu Dan. Irmão de Avishag.

Tenho quase certeza.

Quando volto do banheiro para a sala de aula, percebo que alguém escreveu no caderno velho e encorpado, logo abaixo da minha pergunta. Avishag e eu escrevemos uma para a outra em cadernos desde o segundo ano. Por um tempo também guardamos as histórias que escrevíamos com Lea quando todas brincávamos de Cadáver Requintado em um caderno, mas no sétimo ano Lea já tinha parado de brincar conosco e com todos os amigos de longa data. Em vez disso ela passou a colecionar meninas, bichinhos, que faziam o que ela mandava. Avishag disse que devíamos continuar escrevendo nos cadernos, apesar de Cadáver Requintado não ser um jogo para duas pessoas. Ela disse que cadernos podem ser guardados por mais tempo do que bilhetes em folhas soltas e que assim, quando tivermos dezoito anos, poderemos olhá-los e relembrar todas as pessoas que nos amavam na época, na época em que éramos jovens. E que assim ela também teria espaço para seus esboços, e que faria questão de que eu visse todos eles. Além disso, ela disse, quando tínhamos catorze anos, poderíamos usar a palavra "fode" em todas as frases se quiséssemos e não nos pegariam, e realmente queremos, e devemos, e precisamos. É uma regra.

*me fode com mais força ainda*

Ultimamente, é como se Avishag sequer existisse. Tudo o que digo ela diz um pouco mais alto. Depois se cala. Ela brinca com o colar de ouro caído sobre seu peito escuro. Ajusta a alça do sutiã. Observa o próprio cabelo crescendo e se cala. Imagino que eu esteja crescendo das mesmas formas.

Mas a questão é que, pela primeira vez na história do mundo, alguém que não Avishag escreveu no caderno enquanto eu estava fora.

Tenho quase certeza. Tem uma linha nova e não tem "fode".

*me sinto só o tempo inteiro, até neste exato instante, me sinto só*

Fecho o caderno.

Tenho vontade de perguntar a Avishag se Dan, seu irmão, entrou na sala quando eu não estava, mas não pergunto. A mãe de Avishag e Dan, Mira, é especial entre as mães por ser professora. É professora porque teve de se mudar e ser professora em uma vila em vez de em Jerusalém. O pai de Avishag os abandonou, portanto não tinham dinheiro suficiente para continuar em Jerusalém. Minha mãe trabalha na empresa da vila que fabrica peças de máquinas que ajudam a montar máquinas capazes de construir aviões. A mãe de Lea trabalha na empresa da vila que fabrica peças de máquinas que ajudam a montar máquinas capazes de construir aviões. Me sinto só o tempo inteiro.

Tenho uma ideia.

Vou dar uma festa mesmo se morrer por causa disso, e ainda não sei onde será a festa, e não tenho como saber, e não vou saber de mais nada nos próximos vinte minutos porque estou na aula, mas se Deus quiser, Dan vai a essa festa. Ele vai se eu telefonar para convidá-lo, é uma simples questão de bons modos, e é uma ideia brilhante que acabei de ter, do nada, uma *festa*, e se mais alguém me disser que às vezes não tem problema se sentir só, vou gritar e vai ser estranho.

— Paz — eu digo e me levanto da carteira. Pego minha mochila. Quando Avishag se levanta, a cadeira arranha o assoalho de linóleo e faz os lábios de Mira se enrugarem como se ela tivesse comido um limão inteiro da árvore da família Levy.

— Ainda temos mais vinte minutos de aula — ela declara. Talvez pense que vamos ficar, mas vamos embora.

— Foda-se. Paz — diz Avishag. É uma raridade. Avishag detesta que palavrões sejam ditos em voz alta. Só os adora por escrito, portanto é uma raridade. Quatro garotos também se levantam. No quarto ano um deles comeu um limão inteiro da árvore da família Levy porque alguém o desafiou a fazê-lo, mas nada aconteceu depois disso.

**Você não pode falar com ninguém**

Avishag e eu estamos andando pela principal estrada de terra que começa na escola. Quando abro a boca, sinto partículas dos passos de nossos colegas de classe à nossa frente e dos que nós mesmas trilhamos no dia anterior. Mal consigo falar de tantas que há na minha boca.

— Estou, tipo, morrendo. A gente tem que dar uma festa esta noite. A gente tem que dar uns telefonemas — digo.

— A Noam e a Emuna me falaram que Yochai contou pra elas que o irmão dele soube pela Sarit, a irmã da Lea, onde conseguir sinal — diz Avishag. Ela semicerra os olhos pretos.

Nenhum dos telefones celulares da cidade funciona neste momento. A princípio só havia sinal na escola. Porém na última quarta-feira não conseguimos sinal nem depois de pular o portão de madeira e matar a aula de matemática. Avishag conseguiu dois traços durante, tipo, dez segundos, mas não foi o suficiente para ligar para alguém. Em seguida desceu para um traço e não voltou a subir.

Já tínhamos andado até o mercado, mas não havia sinal ali, portanto compramos um maço de Marlboro e umas balas de ursinho e caminhamos até o caixa eletrônico, mas não havia sinal ali, então fomos ao parquinho, mas não havia sinal ali e alguém tinha vomitado no único balanço onde cabiam duas, portanto fomos embora, e depois não havia outro lugar da cidade para onde pudéssemos ir.

— Na verdade quem me falou não foi nem a Noam nem o Yochai — confessou Avishag. — Foi o Dan que me falou. Ele voltou a falar comigo. Ou pelo menos falou comigo para dizer que tem sinal perto da torre de celular.

Não olho para Avishag depois que ela diz isso. Quero perguntar se Dan entrou e escreveu no caderno, mas sei que não devo.

A torre de celular. É claro. Às vezes acho que se não fosse por pessoas como o Dan a vila inteira morreria, de tão burros que somos.

**O que é o amor**

Na minha vida inteira só resolvi amar um garoto, o irmão de Avishag, Dan. Sempre namorei o mesmo garoto, Moshe, desde os doze anos, mas não é justo porque não pude resolver amá-lo. Ele era um amigo da família que atirava maçãs em mim, portanto não tive escolha. Duas semanas atrás nós rompemos. Também rompemos nove semanas atrás. Ele está no exército há cerca de seis meses, em todo caso. Dan já deu essa fase toda por encerrada.

Dan fazia um teste. Foi por isso que resolvi amá-lo. Sempre o deixava doido de raiva, o teste.

Logo no final da rua Jerusalém, nossa cidade tem uma vista panorâmica. Tem uma vista do mundo inteiro e um pouco mais. Tem mesmo, é sério. Do cume daquele morrinho dá para ver quatro montanhas irrompendo com sua floresta mediterrânea sempre verdejante. Dá para ver lençóis de anêmonas vermelhas e almofadas de anêmonas roxas e círculos de margaridas amarelas. E caverninhas protegidas por salgueiros e, bom, quase dói olhar a paisagem. Como ver os filhos dos outros do outro lado da rua.

E tem bancos, claro, bem ali no final da rua Jerusalém, e seria de imaginar que é possível se sentar e olhar a vista, mas não é. Porque se você o fizer, suas costas estarão voltadas para a paisagem, e você fica de frente para a casa número vinte e quatro da rua Jerusalém, e vê apenas as roupas íntimas penduradas no varal e uma correia de cachorro abandonada no gramado amarelo e a lixeira de recicláveis na entrada.

Ele levava as pessoas até ali, o Dan, e perguntava, *o que há de errado nessa imagem o que há de errado o que há de errado*, e ninguém era capaz de responder e ele ficava furioso, fazia um estardalhaço, dizia que se não fosse por pessoas como ele a porra da vila inteira morreria, de tão burros que somos. Ele tende a ser arrogante. E então a pessoa que ele levava da cidade até ali, um colega de classe, um amigo da mãe, a irmã, a irmã caçula, passava um tempo sentada fitando o gramado amarelo da casa vinte e quatro e dizia: "Você falou que queria passear. Não estou entendendo." Mas eu entendia.

No sétimo ano, quando saí da casa de Avishag, Dan se escondeu atrás da oliveira e pulou sobre mim. Acima dele havia plátanos importados e pássaros, os pássaros estavam invisíveis, mas zuniam em círculos com tamanha agilidade que criavam pontos de dança em torno dele, como em uma discoteca. Ele deu um passo em minha direção. E depois outro. Estava tão perto que reparei que dois cílios haviam caído e jaziam sobre sua face esquerda. Olhei para baixo, constrangida, e percebi seus pés descalços e compridos. Estalei os dedos sob o queixo, nervosa. Ele era muito alto, assim como Avishag. Ou talvez eu fosse baixinha.

— Quer ficar um tempo aqui comigo? — ele indagou.

Ao me sentar no banco por um instante senti apenas cansaço. Virei as costas diversas vezes para desviar o olhar, para que Dan não percebesse minha empolgação, para que eu tivesse outra coisa linda na qual pensar. Em seguida me dei conta.

— E aí um cara chega com dois bancos e falam para ele: "Pegue o cimento e plante esses bancos no chão", e ele, bom — eu disse. Só queria ter algo a dizer, mas os olhos verdes de Dan estavam radiantes, e as sobrancelhas grossas subiam e desciam.

Depois disso ficamos um tempo sentados no chão, olhando as cavernas e lençóis vermelhos adiante, e contei a ele todos os meus segredos. Naquela noite acho que o amei um pouco, mas não sei se era amor de verdade porque só o amei porque ele me amou, ou amou algo que eu disse. Dava para notar que ele amava pelo jeito como se balançava para a frente e para trás e também porque quando lhe mostrei o caderno ele prometeu que escreveria nele um dia, algo superinteligente.

Nunca mais falei com ele depois daquela noite. Dois meses depois ele contou a Avishag um dos meus segredos. Dois anos depois ele entrou no exército, e ao voltar, em vez de trabalhar na empresa da vila que fabrica peças de máquinas que ajudam a montar máquinas capazes de construir aviões, ou de frequentar uma escola profissionalizante para depois ganhar mais trabalhando na empresa da vila que fabrica peças de máquinas que ajudam a montar máquinas capazes de construir aviões, ele simplesmente fica em casa e desenha botas militares. Sei disso porque minha irmã foi lá na semana passada para brincar com a irmã mais nova dele, e quando voltou ela me disse que havia esboços de botas, botas e botas. Todas as paredes da cozinha estavam enegrecidas por elas, e pesadas.

— O Dan falou que tem saudade de você — minha irmã declarou. — Falou que você não sai mais com ele — acrescentou, e fez um som de beijo. Em seguida aumentou o volume do desenho animado *Bully the Snow Man* para que eu não pudesse gritar com ela.

**Nenhuma casa está vazia**

Se você escrevesse alguma coisa no caderno de outra pessoa, também iria a uma festa caso ela te convidasse.

Quando chegamos à torre de celular já tenho quase certeza de que foi Dan quem escreveu no caderno. Ele escreveu entre as minhas definições de "crianças RPG" e "FAI". Acho que ainda estou a fim. Acho que ele com certeza está a fim.

Sei que parece improvável, mas simplesmente sei que ele entrou na aula como o Super-Homem e escreveu no caderno quando eu estava no banheiro e em seguida cruzou o portão da escola. Perguntaria a Avishag se ele entrou quando eu estava fora, e me questiono por que ela não me diz logo, mas também sei que ela deve ter suas razões — pessoas que têm irmãos têm suas razões — e, além disso, só tenho quase certeza e a quase certeza é melhor do que o risco de saber algo que não queremos saber.

Não acredito que não tínhamos pensado em tentar obter sinal junto à torre de celular. Estamos tão próximas da torre que a sombra dela nos protege do sol a pino nesse monte rochoso, e berramos, pois mesmo com o pouco sinal que obtemos ainda é difícil as pessoas nos escutarem.

Há inúmeras comodidades raras nesta vila. Privacidade, transporte público, leite integral. Mas a mais rara é uma casa vazia. De vez em quando os pais de alguém fazem um retiro patrocinado pela empresa na cidade ao lado e ganham massagens e nadam na piscina do albergue. Mas isso nunca aconteceu com a minha família, nem com quase ninguém que conhecemos. Na maioria das vezes os pais saem para tomar café em outra casa, concordando em só voltar depois das onze, e irmãos irritantes concordam em dormir na casa dos amigos. É assim que surgem casas vazias, e aí você pode tomar cerveja e fumar, dar amassos e evitar constrangimentos.

Mas hoje não parece haver nenhuma casa vazia para que a nossa classe faça uma festa.

Já ligamos para doze pessoas e estamos com marcas de suor debaixo dos braços, mas não podemos ir pra casa porque minha irmã está lá, e a irmã caçula de Avishag está na casa dela, e não podemos deixar que ouçam nossos planos, assim como em dois anos elas não nos deixarão ouvir os planos para as festas que darão. Além disso, não fui mais à casa de Avishag desde que Dan voltou. Ela não permite que eu vá.

Minha irmã nos ouviria se fôssemos para a minha casa, e ela é a pior de todas. Dá para escutar tudo pela linha fixa. Quando minha mãe está no telefone fixo, a qualquer hora que seja, escuto tudo o que ela fala, ainda que sussurre, e ouço quando ela chora.

— VOCÊ TEM CERTEZA? — Estamos berrando nos celulares.

Sim, Tali Feldman tem certeza. A mãe não quer que ela dê uma festa quando a casa estiver vazia porque tem medo de que os amigos quebrem mais peças do aparelho de chá romeno, e a mãe da Noam não quer que a filha dê uma festa quando a casa estiver vazia porque tem medo de que a filha quebre sua confiança, e a mãe de Nina não quer que a filha dê uma festa com a casa vazia porque tem medo de que seus amigos quebrem seu hímen, e ela é um pouco religiosa demais.

Também descobrimos que Lea vai dar uma festa, que está de casa vazia porque a mãe e o pai vão ganhar massagem no albergue da cidade ao lado, mas que a mãe dela disse que não sou convidada porque da última vez quebrei um pote de castanhas e Lea contou que fui eu. O motivo verdadeiro é que Avishag e eu somos as únicas que não morremos de medo de Lea, porque brincávamos com ela quando ainda não era tão popular, quando ela ainda brincava com as pessoas em vez de simplesmente brincar com a cara delas.

Naquele dia no banco contei ao Dan todos os meus segredos. Um deles era que Avishag e eu ainda brincávamos de boneca. Fazíamos segredo disso até para Lea, desde que estávamos no quinto ano. Na verdade era melhor brincar de boneca quando estávamos no sétimo ano, já que pensávamos em coisas que não passava pela nossa cabeça quando éramos mais novas. As bonecas podiam vomitar picolés amarelos e depois espalhar a gosma em outra boneca, antes de queimá-la. Podiam descobrir a cura do câncer, passar a fumar ou cursar Direito. Era divertido à beça.

Quando Avishag descobriu que eu tinha contado ao irmão dela sobre nossas brincadeiras, ela entrou na sala de aula exatamente às oito da manhã, abriu minha mochila e atirou meu sanduíche no chão, bem na frente de todo mundo, e pisou nele aos berros. Os tomates gotejaram um líquido amarelo e vermelho quando ela pulou em cima deles.

"Que nojo", ela gritou. "Ele é meu irmão, sua vadia nojenta, sua nojenta. Você tem namorado! Quem você está pensando que é? Eu nem te conheço." Também foi uma raridade naquele momento ela ter dito palavrão.

Por um tempo, agimos como se realmente não nos conhecêssemos, porque de fato não nos conhecíamos, eu concordo neste ponto, mas não sabia mais se havia alguém que eu de fato conhecesse. Na sala de aula, Emuna assumiu a carteira ao meu lado, antes ocupada por Avishag. Avishag passou a se sentar ao lado de Noam.

Em seguida Dan foi para o exército. Era normal que fosse, porque estava com dezoito anos, e era normal que Avishag e eu nos esquecêssemos do que ela tinha dito sobre ele. Mas sei que ela acha que nem me conhece. Sempre saberei disso.

— As crianças RPG são que nem aqueles RPG pequenininhos que não precisam de lançadores? — ela pergunta antes de irmos embora da torre de celular.

— Não — explico. — Você está confundindo com as granadas de mão dos soviéticos, que também eram chamadas de RPG, mas que ninguém usava antes da Guerra pela Paz da Galileia. Você está confundindo com o passado. Depois eu te dou todas as definições para você copiar.

**No meu quarto**

Partimos do morro onde fica a torre de celular por volta das quatro da tarde e vamos para casa sem termos conseguido lugar para uma festa. Minha mãe geralmente chega do trabalho às cinco. Assisto ao canal infantil nacional até ela chegar. *Chiquititas*, *Wonder Shoes* e *The Surprise Garden*. Programas que até Avishag me acharia velha demais para assistir. Quando ouço o carro da minha mãe lá fora corro para o quarto, me deito na cama e fico olhando o teto. Ela não bate à porta para perguntar como estou, e fico contente, pois a única coisa que quero é silêncio.

Escuto seus sussurros ao telefone. Olho o teto por cerca de uma hora, talvez duas, tentando imaginar como seria se me obrigassem a olhar o teto pelo resto da vida. Que tipos de detalhes perceberia?, me pergunto, e de repente a voz na minha cabeça soa como a de Mira, a professora de história, mãe de Avishag, e em seguida é a minha mãe, e ela está no meu quarto. Os dentes estão manchados de nicotina e as costas curvadas para a frente.

— Não aguento mais — ela anuncia. — Preciso de ajuda.

Não respondo. *Eu* preciso de ajuda. Se ela quisesse, poderia ficar sabendo que quero uma casa vazia para dar uma festa e convidar Dan esta noite. Mas ela só quer saber das coisas dela.

Na última segunda me perguntou se eu tinha certeza de que não queria uma fatia de peru no meu sanduíche.

— Estou gritando para você atender o telefone há cinco minutos — ela declara, me entregando o aparelho. — Não dá mais para eu morar nesta casa e ser tratada que nem uma empregada.

— Você está aí? — Avishag me pergunta do outro lado da linha.

— A mãe da Nina finalmente deixou a gente dar a festa? — indago.

— Escuta — ela diz. — O Dan caiu e bateu a cabeça.

**E falam da roleta-russa**

Passei a noite inteira conversando com Avishag pelo telefone fixo. Todas as outras meninas ficaram na festa da Lea. Ela pediu que ficassem, mesmo depois de saberem que algo acontecera com Dan. Não me importei com isso. E não me importei com o fato de que minha mãe pudesse me escutar, ou minha irmã, ou que meu pai pudesse me escutar. De início a questão era que Dan tinha batido a cabeça e portanto Avishag estava preocupada; depois a questão era que ele havia sofrido um ferimento sério na cabeça e estava no hospital, mas a mãe de Avishag lhe pedira para não ir; em seguida a questão era que ele havia levado um tiro na cabeça por acidente; depois a última questão foi que ele e alguns colegas de classe tinham ido à torre do celular e ligado pra essa ou aquela garota, e jogaram roleta-russa porque ninguém atendeu. Quer dizer, ninguém além das pessoas que estavam na cidade tinham sinal de celular e quase todo mundo estava na festa da Lea, esta era a questão. Às seis da manhã a questão era que Dan tinha morrido.

Mas não acredito em nenhum desses boatos. Acho que ele apenas subiu o morro e estourou sozinho a porra dos próprios miolos.

**Mães desaparecidas**

Às sete da manhã caminho até a casa de Avishag. Ela mora no número 3 da rua Jerusalém e eu no 12, foi por isso que ficamos amigas. Passo por várias casas quase idênticas às anteriores. Passo pela casa de Lea, o bosque de oliveiras, depois a casa da família britânica, os Miller. As casas são exatamente iguais, mas a de Avishag tem telhado vermelho, e o das outras é verde. Além disso, quando você entra na casa há sete estantes de livros, porque a mãe dela, Mira, é intelectual, por ser professora ou por ter vindo de Jerusalém — a cidade, não a rua.

Os olhos de Avishag estão fechados, então aperto seu nariz para fazê-la acordar. Era assim que eu sempre a acordava quando éramos pequenas, mas agora, quando faço isso, percebo que não posso mais acordá-la assim. Nem agora nem nunca. Ela não grita comigo; ela não diz nada.

Retiro o travesseiro de sob seus cabelos pretos e úmidos. Ponho-o no chão, apoio a cabeça nele e fecho os olhos.

Uma hora depois eu acordo. Desço até a cozinha na expectativa de achar achocolatado e cereais me aguardando na mesa, mas não há absolutamente nada. Nem o achocolatado e o sanduíche com pasta de chocolate que Mira deixa em cima da mesa para a caçula todas as manhãs.

Eu esperava que estivessem. Juro que, de tudo o que podia acontecer, isso é o mais chocante.

Na minha casa, de manhã minha mãe prepara tomate e chá para mim, e tomate, pão e chá para minha irmã. Quando acordamos ela já saiu para o trabalho porque o expediente começa às sete. Antes ela começava a trabalhar às oito, então conseguia nos levar à escola, mas no décimo ano a cidade passou a ter um serviço de ônibus para aplacar o tráfego matinal e permitir que as mães chegassem no trabalho uma hora antes. Agora ela deixa sempre o mesmo bilhete. *Lave a louça depois do almoço.* Ela deixa o almoço na geladeira, dois pratos cobertos com outros pratos, arroz e cordeiro de domingo a terça-feira e arroz e quiabo no resto da semana. Parecem frescos apesar de termos de esquentá-los no micro-ondas.

Volto para o quarto de Avishag.

— Avishag — chamo, sacudindo-a com força —, cadê a sua mãe?

Avishag mantém os olhos fechados. Ainda meio adormecida, arqueia as costas e ajeita o sutiã. Passa os dedos compridos pelo colar de ouro, e sua pele é tão escura sob o lençol branco que é como se estivesse presente demais, e então ela abre os olhos de repente.

— Acho que ela resolveu voltar para casa — declara. — Ela falou que iria antes mesmo de ouvirmos que o Dan… antes que soubéssemos o que aconteceu.

— Voltar para casa? — indago. — Mas ela é sua mãe.

— Ela falou que voltaria a morar com a mãe em Jerusalém. Ela falou que não iria criar os filhos sozinha se iam se dar um tiro, e ela falou que nunca me ofereço para lavar a louça, e que já sou uma moça feita e que ela…

— Não é possível que ela tenha ido embora — digo. — Acorda.

Mas Avishag fecha os olhos e me vira as costas, cobrindo a cabeça com o lençol branco como se fosse uma caverna.

**Judaizando a Galileia**

Vou para a escola sozinha. Não sei aonde mais poderia ir e não aguento mais olhar Avishag dormindo. Na sala de aula há apenas três meninos, sentados em suas mesas, vendo uma revista de carros japoneses. Uma das cadeiras está caída e alguém derrubou a lixeira, portanto há casca de laranja e folhas de caderno no chão.

— A mãe da Lea também foi embora — diz um dos garotos. — Ela falou para a Lea que resolveu ficar para sempre naquela cidade onde recebe massagem — ele acrescenta e morde um dos dedos. — Mas acho que ela não pode fazer isso. E a professora Mira também vai voltar logo.

— A cidade inteira está dominada por piranhas doidas — acrescenta outro garoto. Em seguida me viram as costas e se debruçam sobre a revista.

Saio da sala e tento tomar fôlego, olho para baixo, mas acima de mim há corvos e plátanos e os pássaros giram sob o sol, então há pontos no asfalto debaixo dos meus pés, piscando para mim primeiro aqui, depois ali, e abro a boca e vomito, até que consigo levantar a cabeça de novo e mantê-la erguida.

Não vejo absolutamente ninguém na rua. Quando construíram esta cidade, menos de trinta anos atrás, foi porque as pessoas tiveram a brilhante ideia de que deveriam judaizar a Galileia, principalmente a fronteira libanesa. Na região há um morro marrom desocupado atrás do outro, o governo disse, e se somos um país, não podemos todos morar na mesma área. Deram terrenos praticamente de graça a casais que prometessem trabalhar na fábrica que construíram na vila, e assim os casais tinham dinheiro, casa e em seguida tiveram filhos.

A única questão que não ponderaram é que dinheiro e casas criam filhos, e que filhos precisam de ônibus, dentre outras coisas. A única maneira de sair hoje em dia é pedindo carona.

Fico parada ao lado do telefone público velho nos arredores da cidade e estico o dedão. Meu primeiro pensamento é ligar para alguém, mas não tenho moeda para usar o telefone.

Quando um Subaru vermelho para, me inclino e sinto o aroma do pós-barba do motorista barbado. Ele está ouvindo *Macarena*, é sério, está mesmo.

— Para onde você está indo? — ele pergunta.

No chão, um caracol segue lentamente em minha direção, deixando para trás um rastro de saliva. Em breve, teremos a primeira chuva do ano. Em breve, Avishag e eu nos formaremos. Entraremos no exército. Tudo. Até a princesa Lea terá que entrar no exército. Todo mundo é obrigado.

E me dou conta de que não conheço ninguém além dos moradores das mil casas da cidade e que estou parada ali no asfalto morno totalmente sozinha.

Digo ao motorista que é melhor eu ficar por ali mesmo.

**Eu não subo o morro**

É por não querer mais subir apenas para conseguir sinal no celular, apenas para falar com alguém. Sigo pela trilha de tijolos e os bicicletários e o lixão até chegar à máquina de vídeo, e uso uma nota de vinte shekels para comprar *Meninas malvadas*, já que é o único filme da máquina que vi somente uma vez.

Agora tenho trocado e volto até a pontinha da cidade. O aparelho do telefone público está tão encardido que brilha e quando o pego quase me surpreendo por ouvir o sinal. Talvez seja o último telefone público de Israel. Alguns anos atrás o governo os arrancou, um por um, e levou todos embora em um caminhão grande.

Quero ouvir a voz da minha mãe para ter certeza de que não foi embora também.

Mas não é para ela que telefono.

Avishag só atende na terceira vez que ligo. Minha mãe não é a primeira pessoa para quem eu ligo, não porque optei por ligar primeiro para Avishag, mas porque tenho quase certeza de que é melhor do que correr o risco de ficar sabendo de algo que não queremos saber.

— Sua mãe vai voltar, você sabe disso — digo.

Ao dizê-lo sei que ela pode não voltar. Ao dizê-lo já sei que foi Avishag quem escreveu no caderno naquela manhã, e não Dan.

— Me sinto só o tempo inteiro, Yael — retruca Avishag, e seu tom de voz é denso. — Até neste exato instante.

**Não nos telefone**

Passo muito tempo esperando Avishag me buscar. Fico sentada na areia ao lado do telefone público e espero. Sinto o gosto de suor, sal e maquiagem escorrendo do nariz para os lábios. Ela disse que viria.

E vem. Ela vem, mas não para me buscar. Não vamos para casa. Não falamos nada. Ela anda em minha direção e depois muda de rumo. Ela sabe que hoje a seguirei aonde quer que vá.

Nós subimos, seguimos subindo o morro. Espero que jamais cheguemos lá, mas sei que chegaremos.

Não tem sangue no chão ao lado da torre de celular. Nem mesmo uma peça de roupa. Nem mesmo uma bota.

Avishag leva um tempo para acreditar que não tem nada lá. Ela quer ver pelo menos alguma coisa. O pescoço se mexe para lá e para cá num movimento frenético. Ela fica observando e observando à sombra da torre, como fazia quando éramos pequenas, tentando achar a última palavra do caça palavras.

Em seguida é como se a torre fosse essa palavra. Como se simplesmente notasse que ela está ali, depois de minutos a fitá-la. Põe as duas mãos nela, a empurra e chuta.

Eu me junto a ela, cavando a terra que rodeia as barras de metal presas no chão com os sapatos e impelindo todo o peso do meu corpo contra a torre.

Tentamos derrubar a torre até a noite cair. Tentamos, tentamos e não desistimos de tentar.

Não falamos. Não falaremos. Já falamos o bastante.

Não precisamos de uma torre de celular ali.

**Crianças RPG**

As crianças RPG, de modo geral, tinham nove ou dez anos, portanto eram bem pequenas, e crianças. O lança-foguetes RPG é uma arma muito, muito pesada, não dá para uma criança segurá-lo sozinha, é preciso duas, assim as crianças pegaram as armas e as seguraram, em duplas, uma pela frente e outra atrás. Quando um RPG é disparado, a parte da frente lança um míssil tão potente que é capaz até de atravessar um tanque israelense, mas a parte de trás solta fogo, não muito fogo, não um fogo necessário: é só parte do funcionamento da arma, o fato de soltar fogo por trás. Uma das crianças RPG apoiava o lançador no ombro e atrás dela havia outra criança RPG, em estado de alerta, segurando-o por trás. Então, quando o RPG foi disparado, a cabeça da criança de trás pegou fogo, em seguida seus ombros, e pouco depois as sandálias, se as estivesse usando. Ninguém disse às crianças RPG que era uma péssima ideia.

Ninguém conversou com elas, ninguém lhes disse nada, não às crianças que o seguravam pela frente e tampouco às que o seguravam por trás, mas um fato que é muito, muito interessante, é que muitas vezes a criança da frente pulava no amigo em chamas e o abraçava, e isso aumentou bastante o número de baixas, o fato de as crianças não queimarem sozinhas.

## O som de todas as garotas gritando

Nós, as garotas do campo de treinamento, estamos em um quadrado perfeito sem um dos quatro lados. Nossa comandante está diante de nós, de frente para o sol do meio-dia. Ela semicerra os olhos. Ela grita.

— Levante a mão quem estiver usando lentes de contato.

Duas garotas levantam as mãos. A comandante cruza os braços para olhar o relógio. As duas garotas imitam o gesto.

— Quero que vocês vão à tenda e estejam de volta daqui a dois minutos e trinta segundos. Sem lentes de contato. Entendido? — berra a comandante.

— Sim, comandante — as garotas berram, e seus relógios fazem um bipe. Elas correm. As nuvens de areia trilham os passos ligeiros de suas botas.

— Levante a mão quem é asmática — a comandante do campo de treinamento berra.

Nenhuma das garotas levanta a mão.

— Vocês são asmáticas? — a comandante do campo berra.

— Não, comandante — berram todas as garotas.

Não berro. Não imaginei que tivesse de fazê-lo; já não tinha levantado a mão.

— Você é asmática, Avishag? — grita a comandante, olhando para mim.

— Não, comandante — berro.

— Então da próxima vez responda — retruca a comandante. — Fale alto para que eu possa ouvir, que nem todo mundo.

No meu campo de treinamento das Forças de Defesa de Israel, o único campo de treinamento feminino em infantaria de combate, não sabemos o que será de nós, tendo como base somente as perguntas a que respondemos levantando a mão. Sou quem sabe menos porque fui a primeira das meninas da minha classe a ser recrutada, portanto não tive nenhuma amiga que me passasse informações, e meu irmão Dan nunca me falou nada a respeito do exército, nem quando estava vivo. Ficava tão irritada quando me perguntavam se ainda planejava entrar no exército depois que ele morreu que resolvi me oferecer para o combate para que as pessoas parassem com as suposições. Queria fazer algo que as obrigasse a nunca suporem nada, jamais.

Ninguém pode supor nada no meu campo de treinamento. Uma semana atrás, pediram que levantássemos a mão se tivéssemos menos de cinquenta quilos. Depois pediram que levantássemos a mão se tivéssemos compartilhado agulhas alguma vez na vida ou feito sexo sem proteção pouco antes do recrutamento. Era difícil saber o que supor a partir disso. O exército queria nosso sangue. Dois litros, mas a gente ganhava Kool-Aid de morango e pão branco enquanto a agulha estava dentro de nós. As que se haviam declarado piranhas e drogadas serviam as garotas que bombeavam seus punhos, tentando fazer o sangue fluir mais rápido.

— Mais rápido — gritou a comandante.

— Parece que estou com gelo na mão — disse uma das outras soldadas. — Parece que congelou. — Ela estava deitada na cama de campanha em frente à minha. Tive vontade de esticar o braço e segurar sua mão, assim ela sentiria menos frio, assim eu me sentiria menos só. Não podia. Porque havia uma agulha no meu braço, porque seria um erro. Mamãe disse que se eu quiser um bom posto depois do campo de treinamento, preciso aprender a controlar minha boca. Mamãe já foi oficial e agora é professora de História, e coisa e tal. Ela foi embora para Jerusalém poucas semanas após a morte de Dan, mas acabou tendo que voltar e me ajudar na preparação para o exército. Mães solteiras sempre têm que voltar.

A garota na cama portátil ao lado da minha pirou. Ela esticou o braço com a agulha para longe do corpo, como se estivesse amaldiçoado. O rosto ficou vermelho.

— Acho que está tirando sangue demais. Alguém pode dar uma olhada? Alguém pode ver se não está tirando sangue demais?

Eu sabia que era melhor não falar nada.

— Quero ir para casa — ela disse. — Não estou gostando nada disso.

Ela parecia muito nova. E uma hora acabei falando.

— Está tudo bem — foi o que eu disse.

Foi então que a comandante interferiu.

— Ninguém disse que você poderia falar — ela berrou.

Fui a única que sofreu punição. Na hora do banho, tive de cavar um buraco na areia que fosse largo o bastante para enterrar uma rocha do tamanho de cinco cabeças. A comandante disse que a rocha representava minha "vergonha". Sorriu ao dar essa explicação. Nenhuma das garotas ajudou. Simplesmente ficaram de pé na areia, aguardando na fila para tomar banho, e observaram.

Agora o exército quer que saibamos como é a sensação de asfixia. Foi por isso que perguntaram sobre lentes de contato e asma. É dia do ABQ. Atômico, biológico, químico. Todos os soldados têm de passar por isso, não só as garotas, esclareceram. Mas é importante principalmente para nós, pois temos de manter nossa funcionalidade em caso de um ataque não convencional.

Formamos duas filas no alto do morro arenoso. Nos ajudamos a colocar as máscaras contra gases.

— Você está fazendo tudo errado, Avishag — a comandante grita comigo. — Tudo errado.

Ela aperta uma das tiras elásticas pretas e meu cabelo fica tão puxado que é como se alguém segurasse um punhado de fios e tentasse arrancá-lo da minha cabeça. Mas esse alguém não solta. A máscara está na minha cara e não vai sair.

De máscaras postas, todas temos corpo de soldado com cabeça de cão robótico. O enorme filtro cinza se projeta como um focinho. O sol aquece o plástico preto da máscara e o calor irradia para dentro. O plástico transparente sobre meus olhos está manchado e sempre que me viro o mundo parece emoldurado e distante, uma pintura suja e barata da areia, depois areia sob outro ângulo.

A comandante caminha ao lado da fila, quebrando miniaturas de bananas de plástico.

— Todos os kits de ABQ têm algumas bananinhas dessas. Se vocês as quebrarem e sentirem cheiro de banana, a máscara não está selada do jeito certo.

Sinto as veias da minha nuca obstruídas. Quando a comandante passa por mim, balançando a minúscula banana, sinto o cheiro. Banana. Banana e areia.

— Estou sentindo cheiro de banana e... — declaro. Minha voz vibra dentro da máscara. As palavras me escapam. Quero falar. O tempo inteiro. Sobre Dan. Sobre coisas ditas por Yael que ainda não entendo. As plantações de banana junto à nossa vila quando pegam fogo. Tudo. Sou uma idiota. Como se o que penso tivesse alguma relevância.

— Ninguém disse que você podia falar — grita minha comandante. — Peça ajuda para uma das suas amigas — ela diz. Chamam as outras soldadas de "suas amigas". Detesto isso. São outras soldadas. Não são minhas amigas. Até mamãe disse que o exército não é lugar para fazer amigos. Não se engane. Veja só o que aconteceu com o Dan.

A comandante nos faz entrar na tenda em duplas. Minha parceira é uma garota alta chamada Gali. Vemos uma das garotas que entrou antes de nós levantar a cobertura da tenda e sair correndo como se pegasse fogo, a boca gotejando saliva, os olhos fechados e molhados, o nariz soltando algo verde e amarelo. Ela corre de boca aberta, os braços esticados para o lado. Ela corre para longe, seu corpo verde e pequeno se tornando um ponto no horizonte vazio.

Gali ri e eu também. Soube por Sarit, a irmã mais velha de Lea, que a tenda de gás lacrimogêneo é o primeiro lugar onde as comandantes podem chegar a um nível pessoal com as soldadas do campo. Elas fazem as mesmas quatro perguntas:

Você ama o exército?

Você ama sua pátria?

Quem você ama mais, sua mãe ou seu pai?

Você tem medo de morrer?

As comandantes se divertem porque primeiro fazem essas perguntas quando a soldada está de máscara, mas depois as repetem quando a soldada está na tenda de gás lacrimogêneo, sem máscara, e a veem entrar em pânico. Esse é o objetivo do exercício. Treiná-la a não entrar em pânico em caso de ataque atômico, biológico ou químico. Não vejo sentido nisso. Disse isso a Sarit; disse a ela, "Se é assim, por que não nos dão um tiro pra gente saber qual é a sensação?", mas ela retrucou, "Não dê uma de engraçadinha." Podemos sair correndo da tenda quando sentimos que estamos sufocando. Sarit disse que esperam que você fique até não aguentar mais. Perguntei, "O que é não aguentar mais?", e ela indagou, "Quanto tempo você aguenta respirar debaixo da água?"

É a nossa vez.

Gali e eu nos curvamos sob as dobras da tenda e entramos. Está escuro lá dentro e tão quente que sinto como se os botões do uniforme queimassem meus punhos. Dá para sentir. Dá para ver. A tenda está cheia de veneno. Eu sei disso, mas a máscara não permite que ele me faça mal. Me sinto uma trapaceira.

A comandante, estranhamente, continua reconhecível mesmo com a máscara no rosto. Sua postura, com os braços atrás das costas, segurando a coronha da arma. Seu queixo está bastante erguido. Ela começa pela Gali. Gali parece ainda mais alta, erguendo o queixo.

— Como você está se sentindo com a máscara, soldada?

— Bem.

— Você ama o exército?

— Amo. É duro mas é uma experiência gratificante e aprendo muito.

— Você ama sua pátria?

— Amo.

— Quem você ama mais, sua mãe ou seu pai?

— Não tenho como responder. Acho que amo um tanto quanto o outro, mas de formas diferentes.

— Você tem medo de morrer?

— Não.

— Tire a máscara. Você pode sair quando sentir necessidade.

Vejo Gali tateando para desamarrar o elástico da máscara e retirá-la. No mesmo instante seu rosto desmorona para dentro como se sugasse um canudo furado.

— Você ama o exército?

Gali abre a boca para falar e a fecha rapidamente. Já está babando. Ela abre a boca de novo, agora menos, e grunhe um som.

— Amo.

— Você ama sua pátria?

Gali agita os braços perto do pescoço, como um peixe.

— Ahhh — murmura, e o muco de seu nariz escorre até a boca. Ela sai correndo como uma cegonha.

Agora é minha vez.

— Você ama o exército? — pergunta minha comandante.

— Sim e não, quer dizer, acredito plenamente que em um país como o nosso é importante servir o exército, mas espero que haja paz, e num nível pessoal é claro que o campo de treinamento traz certos sofrimentos específicos e também...

— Basta. Você tem medo de morrer? — ela indaga. Ela pula duas questões. Ela sabe que sou um problema, embora mal tenha causado algum por enquanto. Talvez problemas não sejam algo que se cause, mas algo que se é. Acho que Dan me disse isso uma vez, mas o que sei eu a respeito do que ele disse ou quis dizer?

— Não, não tenho medo de *morrer* — declaro. Curta e concisa. É o que ela quer escutar e também é a verdade.

— Tire a máscara. Você pode sair quando sentir necessidade — anuncia minha comandante. Seu tom é diferente do que usou com Gali. Mais satisfeito.

Tiro a máscara e de início não sinto nada além de dor no couro cabeludo. Em seguida sinto o fogo, a ardência. Não consigo abrir os olhos. Paro de aspirar o ar pelo nariz. Mas abro a boca, abro sim.

E falo. Venho esperando há tanto tempo. Essa é a minha chance. Contanto que esteja asfixiada, tenho permissão. Yael e Lea não estão aqui para abafar minhas palavras com sua tagarelice. Ninguém da minha família está por perto para me ignorar. Minha fala serve a um propósito. Minha fala, minhas lágrimas, são uma questão de segurança nacional. Uma parte do nosso treinamento. Estarei preparada para um ataque com armas não convencionais. Eu poderia salvar o país inteiro, de tão preparada que estarei. Minha cabeça inteira está ardendo mas a minha boca solta palavras; têm gosto de banana, e saem, saem, saem sem parar.

Minha comandante esgota as quatro perguntas originais. Tem que inventar uma nova.

— Qual é a primeira coisa da qual você se lembra? — ela indaga. É a pergunta que faziam antigamente, antes que alguém tivesse a genialidade de criar a questão da mãe e do pai.

Não saio por conta própria. Ela me manda sair.

Eu falo, falo e falo.

Acho que fiquei dentro da tenda de gás lacrimogêneo por mais tempo que qualquer outro soldado já havia ficado.

É do lado de fora que não consigo respirar. Não consigo abrir os olhos e, embora eu não queira, meus pés começam a correr sozinhos, acelerando mais e mais. Sinto o gosto de sangue na boca, escorrendo do nariz, e minha garganta arde como se estivesse cheia de óleo fervente. A pele do meu rosto é esfregada com lixa. Corro sem parar, até que braços me agarram no ar e me seguram por muito tempo. Quando finalmente volto a enxergar, em meio à água nos meus olhos, vejo para onde estava indo: o despenhadeiro. Foram os braços da minha comandante que me agarraram. Ela me segurou antes que eu caísse. Minha comandante, era essa sua função.

Têm certeza de que trapaceei, apesar de não conseguirem imaginar de jeito nenhum como. Sou informada de que permaneci em uma tenda cheia de gás lacrimogêneo por mais de dois minutos e meio, e dizem que isso é simplesmente impossível, que devo ter usado algum truque. A minha sensação era de que falei por muito mais tempo. A sensação era de que durante esse tempo consegui falar tudo, quase tudo.

Depois que trocar de uniforme, tenho de falar com o comandante da base. Entro na sala, faço a saudação com a minha arma e fixo o olhar nele.

Por um instante, penso que ele está pegando sua arma. Que o comandante da base vai me matar. Às vezes penso coisas que sei que não são verdade. Mas ele está apenas pegando o maço de cigarros. As narinas se alargam quando ele puxa a fumaça. Faz um sinal para que me sente diante dele, e quando desmorono na cadeira giratória vejo que os pelos de seu nariz são grisalhos, como cordas de segurança de aranhas. Ele espreme o cigarro no cinzeiro feito de projétil de granada verde e em seguida pega outro.

Parece que só está interessado em matar a si mesmo, e devagar. Não tem interesse em me matar. Me entristece o fato de que se importa mais consigo mesmo do que comigo. Digamos que não esteja sendo realista, mas fico triste quando as pessoas são desse jeito. A maioria das pessoas é assim. Dan era assim, no final. Interessado apenas em se matar.

O comandante da base diz que preciso tomar juízo. Que eu não sei que as pessoas estão morrendo? Ele espera que eu tire um tempo para pensar em maneiras de me tornar uma soldada melhor.

— E uma questão mais geral. Sua comandante disse que você fica falando quando ninguém lhe dirigiu a palavra. Por que age assim? — ele indaga.

— Não sei. Acho que um monte de pensamentos fica passando pela minha cabeça — declaro.

— Em breve você terá que acordar e perceber que seus pensamentos estão interrompendo todo mundo.

Meu castigo é dormir aquela noite com minha máscara contra gases. Ao mesmo tempo criativo e humilhante. Estou meio que impressionada.

Gostaria de ser uma soldada melhor. De noite, penso em tudo menos em como me tornar uma soldada melhor, por mais força que faça. Dan, mamãe, Yael. Pessoas que não são eu e não são soldados. Até meu pai; lembranças de quando era pequena e não era soldada.

No decorrer da noite, olho para o teto da tenda através do plástico transparente; ele emoldura o tecido verde grosso, todo esse verde, como uma pintura impressionista. Temos somente cinco horas de sono por noite. E não somos amigas.

Não consigo dormir, então imagino duas coisas que poderiam acontecer.

Eu poderia despertar após uma noite de máscara contra gases e descobrir que o Irã bombardeou Israel e que sou a única sobrevivente no país inteiro, que a máscara me salvou. As outras garotas da tenda estariam mortas e de rosto azul, e eu cruzaria os portões da base e sairia no deserto de Negev, onde a desidratação poderia me matar, ou as substâncias químicas que envenenariam a pele do meu corpo poderiam me matar, mas essas coisas não me matam. O que me mata é não ter com quem falar.

Outra coisa que poderia acontecer seria o Irã não bombardear Israel, pelo menos não nesse dia, e eu chegar ao lugar que Yael diz ser o fim do mundo. Termino o treinamento. Termino o exército. Vou para o Panamá e a Guatemala e a Argentina. Há israelenses, é claro, multidões deles por todos os cantos. Mas por fim vão todos embora, e sou a última turista israelense restante em Ushuaia, Argentina, a cidade mais próxima da Antártica, o fim do mundo. As livrarias são todas em espanhol. Os lagos estão gelados demais para nadar. Nos bares, todos os clientes são franceses de meia-idade, e estou sozinha.

Minha primeira lembrança. Abro os olhos e vejo o quartinho pelo plástico. Meu pai está usando sua máscara e minha irmã, ainda bebê, está em cima do tapete, dentro de uma incubadora que a protege do gás, pois é muito pequena para usar máscara. Dan tira sua máscara o tempo inteiro e papai lhe dá um tapa. Papai tira a própria máscara para bebericar de sua garrafa de Araq. É 1991 e mísseis caem do Iraque. No rádio dizem que os abrigos subterrâneos não devem ser usados. Dizem que precisamos lacrar um dos cômodos da casa com fita vedante, usar as máscaras, beber muita água e esperar que tudo dê certo. No rádio dizem que mísseis estão caindo na região M, a nossa região. Vivíamos em uma cidade e não na vila naquela época. Não sei onde. Meus pais estão discutindo. "Fita vedante?", minha mãe questiona. "Que bobagem."

Não sei de todos os detalhes da situação — ouço sobre ela mais tarde, e ela se torna uma lembrança minha. Naquela noite, ainda não tinha palavras suficientes para formular uma frase. Só me recordo da minha mãe, seu rosto moreno desprotegido, me pegando nos braços e correndo pela escada de madeira até o telhado. A chuva cai nas palmeiras lá embaixo, mas minha mãe tira minha máscara e puxa meu queixo para cima, para o ar. Uma bola de luz rasga o céu noturno em rosa, brasas e fogo. Minha mãe enterra o queixo nos meus cabelos. Assistimos, e se estou só ainda não sei disso.

Fito o teto da tenda através do plástico transparente noite adentro. Os calombos na parte de trás da máscara ainda machucam meu couro cabeludo. Estou chorando, e não é porque espero que uma das garotas da tenda acorde.

Mas acontece que uma acorda. A do sangue, a que achou que estavam tirando sangue demais dela. Ela está acordada, mas não se dá conta de que sou uma pessoa, sua companheira de exército, e de que estou na minha cama portátil e choro dentro da máscara contra gases. Minhas lamúrias abafadas soam aos seus ouvidos como as palavras de um animal.

— Isso é um gato? — ela sussurra, um som tão pontudo quanto uma lâmina que corta o ar, a tenda, os ouvidos. — Meninas! Tem um gato na tenda.

— Um gato? — indaga Gali. Ela não toma o cuidado de sussurrar.

— Me ajudem. Sou alérgica. Posso morrer. — A menina do sangue aguarda as palavras de alguém.

A máscara me protege. Não veem meu rosto. Não enxergam minha boca. Não sabem que fui eu quem fez o som. Se eu gritar, se eu gritar neste instante, um grito ensurdecedor, esmagador e emudecido, existe a possibilidade, existe sempre a pequena possibilidade de que ninguém jamais saiba que fui eu. Será o som de todas as garotas gritando.

E então.

Eu grito. Grito como se fosse a última vez na vida que poderei usar minha voz, e talvez seja. É como se ninguém me escutasse, me escutasse neste instante.

Grito o medo de sangue, de brasas, de fogo. Grito o horror dos relógios soando seus bipes e botas pisando a areia, e o pânico causado pelo fedor que pensa ser bananas. O som das palavras que grito é o lamento da minha vergonha, minha vergonha que não é uma rocha, minha vergonha que nunca concordei em enterrar.

Se você realmente quiser, posso lhe dizer as palavras que grito, posso lhe contar todos os sons e palavras e letras. Mas primeiro você tem que, você tem que jurar que realmente quer escutá-los da minha boca.

# Garotos

Estico os braços, como se tentasse empurrar as trevas para além da barricada de cimento. Tranço o meu cabelo e depois deixo a trança mais apertada, embora saiba que passarei horas sem que ninguém me veja.

A certa altura me permito um bocejo e olho para a casamata de munição escondida debaixo do pequeno morro onde estou. O turno de oito horas e a noite se estendem e espiralam diante dos meus olhos como a vida inteira que tenho adiante. Quando a espera se torna quase excessiva, escrevo meu nome no chão usando pedras.

*Yael.*

Detesto até o meu nome quando estou esperando, pelo menos depois de olhá-lo e ele me olhar por um tempo, pelo menos quando o vejo escrito com pedras. Então chuto as pedras.

Tenho feito isso desde que me botaram nesta base de treinamento perto de Hidna após o campo de treinamento. De início escrevia outras palavras, mas me sentia mal por chutá-las, ainda que as odiasse, e odiasse o fato de passar a odiar todos os nomes e palavras.

Depois que termino de chutar pedras, me abaixo e alcanço o capacete, onde deixei um pote de plástico cheio de pasta de chocolate. Enfiei uma faca de plástico nele para poder lambê-la quando a noite começasse a avançar sobre mim. Coloquei o pote a poucos metros da barricada para ter de me afastar dela e pisar nas ervas daninhas amarelas e na terra do morro. Isso faz o tempo passar.

Mas o capacete e o chocolate sumiram. O mato onde os larguei está marcado pelo formato do capacete, retendo sua ausência. A noite zumbe com silêncio e frio. Ponho a mão no cano do meu M-16 e mexo na trava de segurança uma vez, depois duas, e de novo.

O capacete deveria estar na minha cabeça, mas nenhuma das meninas põe o delas. Deixei-o fora da barricada, pois o pote aberto de pasta de chocolate tem de estar do lado de fora para que a vida seja interessante, e o capacete dificulta a entrada de insetos.

Pego uma lanterna no colete de munição. A luz se espalha em um triângulo gigante, revelando arbustos verdes e moscas-das-frutas. Penso ter visto uma movimentação na montanha adiante, uma movimentação metódica e curvilínea, como a de um rato gigante.

Fecho os olhos e ouço risadinhas, ou talvez seja apenas o rádio vindo das casas da aldeia palestina da redondeza, ou um carro passando pela Rota 433.

Abro os olhos. Tiro a mão da arma. Desligo a lanterna. Em seguida vejo um clarão branco iluminando a terra à minha frente.

A pessoa que roubou meu capacete e chocolate rastejou em silêncio até o alto do morro, junto à saída da barricada de vigilância. Então, antes de partir com os pertences, parou por um instante, abaixado no chão e quieto, tirou a faca de plástico do pote, lambeu até deixá-la limpa e largou-a do lado de fora da barricada para que eu a achasse. Aquela faca. Como uma piscadela — te peguei!

Sei que vou arrumar encrenca por ter perdido o capacete, mas não consigo evitar. Sinto a gargalhada tomar forma no meu estômago, depois nos pulmões, e então gargalho com tanta força que meus olhos lacrimejam e tenho dificuldade de respirar.

Não há dúvida. Esse furto foi obra de gênio de um garoto. Um dos garotos da aldeia Hidna. E os garotos, bom. Amo tudo que diz respeito a eles.

Voltei desvairada, confusa e consciente. Acho que depois de cada turno sei algo a mais. A cerca de metal fino que circunda a base engole meu corpo. As placas coladas na cerca, onde se lê ÁREA MILITAR RESTRITA, tornam-se indistintas. Foram penduradas de forma que uma tenha um brilho vermelho, a seguinte preto, vermelho, preto, vermelho. Mas a cada passo que dou viram nada mais que as letras de todas as cores que existem.

*

No meio da noite, de volta ao contêiner, depois de oito horas rindo sozinha e fitando o nada, ligo para o meu namorado, Moshe, que está na vila. Ele terminou o serviço há um ano. Telefono escondida sob um lençol militar.

— Estamos terminados — declaro.

— Sou eu? — ele indaga.

— É — respondo. — É você.

— Mas acabei de conseguir um emprego na cidade ao lado. Não é grande coisa, mas quando você sair do exército a gente já vai ter alguma coisa para começar — ele diz. — Como é possível que seja eu?

— Sem dúvida é você — retruco.

*

As vilas nos arredores de Hebron e mesmo a juventude de Hebron se inquietaram e começaram um levante. A unidade inteira de garotos da infantaria que treinamos na semana anterior foi convocada. Só puderam ceder quatro ou cinco meninos para nos ajudar a vigiar a base de treinamento. O fardo de vigiar a base caiu nos nossos ombros, os das instrutoras de armamento, as garotas. Precisamos fazer oito por oito. Oito horas em pé sozinhas no escuro sem nada além de pensamentos e uniforme completo, arma carregada. Esperando os minutos se arrastarem como serpentes aleijadas, esperando, esperando, esperando. Depois, oito horas de sono assombrado no contêiner, onde me perguntava o que estaríamos esperando naquelas horas todas. E novamente.

— Um dos garotos de Hidna roubou meu capacete ontem à noite — digo a Dana de manhã. Ela dorme na cama em frente à minha.

— Não entendo nem por que a gente tem que ficar de vigia — diz Dana. Ela se arruma para o seu turno, enfiando o dedão nos cinco pentes do colete para averiguar se há exatamente vinte e nove balas em cada. — Esses garotos são que nem ratos — declara. — Tenho certeza absoluta de que roubariam a base inteira se pudessem.

— Eu sei — concordo. — E, tipo, eles são crianças. O que é que a gente vai fazer, prender?

Dana chacoalha o cantil de água junto à orelha, para ver se está completamente cheio e não faz barulho.

— Agora você está encrencada — ela diz após ouvir o silêncio. — Sem dúvida.

A porta do contêiner das meninas mais populares está aberta, e elas têm uma visão perfeita do nosso pela porta escancarada. A líder, Hagar, a loura, está olhando direto para nós. Seu rosto europeu me lembra o de Lea. Também é cruel como ela.

— Oh — ela diz. — O que foi que a novata aprontou? — ela pergunta, sorrindo.

As outras duas garotas caem na gargalhada e desejo que a piada não fosse eu, pois assim também poderia rir. As meninas do meu contêiner nunca riem.

*

Minha encrenca tem nome. É Boris. E ele é ótimo, é ótimo. Bem, não é ótimo em tudo. A unidade dele preferiu deixá-lo na nossa base de treinamento porque ele não sabe atirar, não sabe mesmo. Quando contei ao oficial que meu capacete caiu do morro e não consegui achá-lo, ele perguntou por que motivo não estava na minha cabeça. Então declarei que havia caído da minha cabeça. Então ele perguntou por que motivo não estava preso de forma adequada. Tive vontade de gritar com ele que não estava preso de forma adequada porque não havia o que temer, porque nossos únicos agressores eram crianças que roubariam embrulhos de pirulito só para lambê-los, mas olhei para o chão e esperei que ele dissesse qual seria o meu castigo.

Meu castigo é tornar Boris um atirador melhor. O cabelo à escovinha dele é tão louro que é quase branco. Ele é exatamente da mesma altura que eu, é um cara bem baixinho, mas também é robusto, vigoroso, real. Seus olhos azuis se escondem atrás dos cílios longos. Não consegue me encarar.

— Essa situação é muito humilhante, comandante — ele declara enquanto caminhamos pela areia até o estande de tiro. Ele carrega um gigantesco rádio militar nas costas, uma caixa de metal com balas na mão direita e dez litros de água na esquerda. Levo minha arma nas costas, além de um casaco. Também tenho alvos de papelão e gravetos. Lascas de madeira arranham a palma da minha mão, como um estímulo. O frio incomoda meu nariz, e andando ao lado de Boris me sinto leve. Mais leve. Exultante.

— Pode me chamar de Yael — concedo. — Afinal, temos a mesma idade.

— Tenho dezoito — ele diz.

Eu tenho dezenove anos e dois meses. Me alistaram tarde. Me passa pela cabeça que dentro de alguns anos não será mais aceitável que eu sequer sonhe com o corpo de um garoto de dezoito anos. Ou de qualquer garoto, na verdade. Só poderei sonhar com um homem. Existem caras de dezoito que ainda são garotos. De vinte anos também. Acho que foi depois que ele completou vinte e um que comecei a me dar conta de que Moshe não era mais um garoto.

Chegamos ao estande de tiro que reservei para nós com a equipe de operações. O estande é um telheiro pequeno com superfície de cimento. Boris põe o equipamento no chão. Ele mexe as articulações dos ombros e por um instante é como se o alívio por se desfazer do peso que carregava o tornasse uma criança, apesar de seu constrangimento. Converso com o pessoal de operações pelo rádio, avisando que tiros serão disparados na linha 11. Quando me viro para Boris, o vejo deitado no cimento, segurando sua arma. O corpo dele está todo errado. Quer dizer, está tudo bem com o corpo dele, mas está todo errado para disparar um tiro. A coronha não está nem na concavidade entre o ombro e o peito. Está descansando, voando, num ponto acima.

— Boris? — chamo. — Você está me achando com cara de mar?

Ele larga a arma e se senta no cimento.

— Não — responde.

— Então por que está se deixando levar? — indago. — Não tem necessidade alguma de você começar no cimento. Tenho certeza de que você não é tão ruim assim.

Boris ri. Ele ri por bastante tempo, os dentes à mostra e o nariz se contorcendo.

— Mas eu sou muito ruim mesmo — declara.

Damos uns passos adiante mesmo assim, nos afastando do cimento e pisando na areia rochosa do estande de tiro.

— Não gosto de treinar no cimento — explico. — Não é realista. As guerras não são combatidas no cimento.

Peço a Boris que primeiro me mostre o que é capaz de fazer sozinho. Planto um graveto no chão e penduro um alvo de papelão novinho, em forma de soldado verde, cinquenta metros adiante. A seguir lhe mostro algo diminuto. Fico parada de frente para ele, depois pego sua mão e a coloco na curva entre seu ombro e peito.

— Aperte aqui — ensino — e finja que está nadando de costas.

Ele não questiona. Faz o que lhe digo. Meus dedos estão umedecidos pelo suor do corpo dele. Continuo segurando sua mão, o tocando.

— Agora pare quando sentir uma depressão ou buraco — digo.

Movimentamos nossas mãos até que ele anuncia:

— Eu senti! Eu senti!

— É onde você tem de posicionar a coronha quando for atirar. É o ponto do corpo que mais amortece o coice.

Passamos um minuto chutando os cartuchos de balas de cobre acumulados no chão.

Ele se deita. Empolgado.

— Vou dar tudo de mim, comandante — diz num tom totalmente diferente do que usara antes. É dessa forma rápida, dessa forma física, que garotos são capazes de se transformar.

— Que tal disparar cinco balas contra o coração por enquanto? — sugiro e ponho os protetores de ouvido.

Bum, bum, bum. Bum. Bum.

Digo a ele que fique onde está enquanto vou olhar o alvo. Corro rápido, ciente de que ele me olha, esperando, esperando mas também me olhando correr.

Nenhum tiro atingiu o coração. Averiguo toda a área do tronco, mas também não há nenhum acerto ali. Nada na cabeça. Nada nas pernas.

Volto correndo, tentando esconder a expressão de surpresa no meu rosto.

— Sua arma não está bem calibrada — declaro.

Boris está sentado na areia, a bochecha apoiada na mão grande.

— Ah, está calibrada, sim — ele diz, convicto, gloriosamente convicto, porém sem entusiasmo.

Me inclino e tiro a arma das costas dele. Não me deito. Ponho a arma na curva do meu ombro, de pé. Peço a Boris que se afaste e ponha os protetores de ouvido.

Bumbumbumbumbum.

Corro para examinar o alvo. Embora seja difícil ser certeiro atirando de pé com um M-16, acerto todas as balas no coração. Estão separadas por menos de dez centímetros de distância. Considero a possibilidade de chamar Boris para ver o que fiz, a fim de impressioná-lo, mas acho a ideia ruim. Não é disso que ele precisa.

Corro ao seu encontro e ele me olha, ciente, mas ainda assim um pouco esperançoso.

— Você é muito mais esperto que eu, na verdade — digo. — Mudei de ideia. O bom instrutor sabe que, para alcançar a perfeição, tem que começar pelo começo.

— Cimento? — ele indaga.

— Cimento e nada de balas. A gente vai fazer a seco por enquanto.

É assim que costumam chamar o treinamento no qual disparamos armas sem balas, mas eu também falei isso para constrangê-lo, no entanto ele não se constrange. Não está olhando para mim. Os olhos do garoto estão no objetivo, e ele não vê nada mais. Enquanto descarrego a arma, percebo que ele está treinando a braçada, o olhar fixo adiante, achando a curva de novo, prestando atenção para tentar memorizar. Ele não me vê nem vê a areia ou os morros neste momento, e seus olhos focados são fantásticos, irreais, não são para mim.

*

À noite, de volta ao contêiner antes de outro turno de oito horas, telefono para Moshe outra vez. Ligo ao acordar, escondida debaixo de um lençol militar.

— Estamos juntos de novo — anuncio.

— Sou eu? — ele indaga.

— Não — respondo. — Somos nós de novo. Você não está prestando atenção?

— Ótimo — ele diz. — Porque já comecei a procurar um apartamento para nós. O mercado de hoje em dia. São anos de procura.

Antigamente, ele tinha catorze anos e eu doze. Antigamente, eu tinha medo. Ele não. Agora nós dois temos.

*

Passo duas horas do meu turno seguinte pensando em Moshe, no fato de que agora ele é um homem, e no fato de que a natureza é assim, ou o tempo, a natureza e o tempo, e pouco depois meus pensamentos dão voltas.

A natureza e ele, ele e a natureza, e. Na terceira hora, imagino ter visto garotos correndo, com um brilho vermelho, no alto do morro. Pequenos vultos segurando quadrados grandes. Pisco os olhos e eles somem.

Ao voltar para o contêiner, deixo meu colete de munições cair no chão com um baque que acorda Dana.

— Você não percebeu? — ela pergunta.

— O quê? — digo.

— Hagar tem dito a todo mundo que os garotos da aldeia arrancaram as placas de "área militar restrita" da cerca.

— Pra que eles precisam delas?

— O oficial falou que eles vendem o metal. Que o metal é vendido para ser derretido. Mas ouve só essa: só pegaram as vermelhas. Não é esquisito?

Não consigo conter o riso. Os menininhos rastejantes não têm escrúpulos. Não têm medo. E agora começaram a roubar a nossa base.

— Não tem graça! — diz Dana, seu sussurro mais alto que um berro.

— Tem certa graça — declaro. — Quer dizer, aposto que os meninos roubaram só as vermelhas para fazer graça.

Dana não entende. Seu namorado tem vinte e sete anos. Conheceram-se quando ela estava no último ano de colégio. Ela nunca o conheceu como conheço Moshe; ela não o conheceu como garoto. Ela esfrega óleo de baunilha atrás das orelhas, nos pulsos e no pescoço. É porque o namorado gosta de baunilha. Ele lhe disse uma vez. Ela esfrega o óleo na pele duas vezes por dia, embora ele esteja bem longe e não possa sentir seu cheiro.

Ela pergunta "Por que eles se dariam ao trabalho de fazer graça?", mas nem tento explicar. Tiro minhas botas militares e subo na cama portátil de uniforme, para poder dormir mais antes de acordar para treinar Boris. Como poderia explicar a ela que garotos não tentam ser engraçados, eles simplesmente são?

Não explico para ela. Prefiro despertar enquanto ela ainda está dormindo e pego o vidrinho de óleo de baunilha e o coloco no bolso da minha calça por segurança.

*

Boris espera que dessa vez iniciemos o treinamento com balas verdadeiras, mas, depois de nos prepararmos, pego a arma dele sem falar nada e a descarrego. Ele se deita no cimento e pairo sobre ele, corrigindo seu corpo.

Certifico-me de que a mão esquerda esteja a um ângulo de noventa graus e a palma segure a arma sem se tensionar.

— A gente está usando o osso — ensino. — Se você fizer força com os músculos, eles tremem.

Quando ajusto o posicionamento de sua mão, sinto a pulsação e o cheiro de sabonete industrializado.

— Não entorte o pulso! — berro, ajeitando sua mão direita, a que segura a empunhadura. — Já falamos disso ontem.

Chuto as pernas dele, com força, para que a perna esquerda continue perfeitamente alinhada com o cano e a direita fique afastada, formando um ângulo de quarenta e cinco graus. A bunda dele se enrijece a cada chute.

Quando me inclino e mostro a ele como encostar a face na coronha, começando de cima para baixo até ele estar no alvo, sinto sua suavidade, seus poros sem pelos.

Ponho uma moeda na beirada do cano e me deito bem diante dele, apoiando minha cabeça nas mãos.

Peço que ele olhe para mim.

— Mire o meu olho — instruo.

Devagar, ele clica a trava de segurança, depois puxa o gatilho.

A moeda cai, batendo no cimento com um tinido breve.

— Outra vez — digo. — A gente vai repetir até você ter firmeza.

Ponho a moeda na beirada do cano novamente. Volto a me deitar. Ele fecha o olho esquerdo. O olho direito me olha pela mira, redondo, determinado e azul. Ele puxa o gatilho.

A moeda cai.

— Outra vez — ordeno.

— Outra vez — eu digo.

— Outra vez.

Vou fazer isso o dia inteiro. Vou fazer isso até chegar a hora do meu turno. Vou fazer isso por mais tempo ainda. Que se dane o turno, que se dane tudo, outra vez, outra vez, outra vez e então...

Ele puxa o gatilho e a moeda permanece sobre o cano. A única parte de seu corpo que se mexe é a pálpebra esquerda. Nossos olhos estão fixos nos do outro, e estamos em silêncio.

— Outra vez — ele diz, praticamente sem movimentar os lábios rachados.

A moeda cai, depois fica, depois cai, depois fica, depois fica, depois fica.

Meus olhos o fitam o tempo inteiro, mas assim que os deixo vagar percebo que o cotovelo esquerdo dele está molhado, umedecendo a camisa devido ao tempo que está segurando a arma.

— Você está pronto para atirar — declaro.

Ponho cinco balas no pente. Disparamos do cimento liso.

Três de cinco! Juro! Duas nas pernas, mas mesmo assim, juro!

Corro de volta para o cimento depois de examinar o alvo e enfio mais cinco balas no pente.

— Como me saí? — ele pergunta.

— Outra vez — ordeno, com toda a calma possível, mas quase sinto a alegria emanar das minhas faces e entrar nos olhos azuis dele.

Bumbumbum.

— Para!

Bum.

— Para! — Dou-lhe um chute.

Quatro meninos rastejaram até o estande sob o fogo de Boris. São morenos, pequenos e flexíveis, se movendo cada vez mais rápido no chão, como lagartos, recolhendo projéteis ocos e botando-os em sacos plásticos — ágeis, ligeiros, com movimentos exatos como os de acrobatas.

— O que foi isso? — Boris indaga, ainda deitado no chão.

— Meninos — respondo. — Estão roubando nossas cápsulas. Roubando cápsulas *mesmo.* — Elas nem são feitas de metal de verdade. Até em Israel, provavelmente só conseguem vendê-las por cinco shekels o quilo. Nem imagino. É genial. É hilário.

Sei que não devia sorrir, mas sorrio, e com o sorriso eu pisco, e quando volto a abrir os olhos, os meninos já sumiram.

— Meninos palestinos? — pergunta Boris. — Como é que a gente os deixa escaparem assim?

— São só meninos — digo. — Roubam coisas da nossa base o tempo inteiro.

Boris se levanta do cimento e por um instante ficamos muito próximos. Sinto o cheiro de cobre de seu sangue e do couro cabeludo que não lavou.

— Amanhã eu te ensino outras coisas — anuncio. — Segredos, truques.

Boris endireita a coluna e assente, como um cavalheiro, tentando chegar ao máximo de sua altura, os músculos do pescoço trêmulos, relaxados.

*

De noite, no contêiner, antes de outro turno de oito horas, telefono para Moshe.

— Estamos rompidos — anuncio.

— Ah, desta vez eu sei que não sou eu — ele diz.

— Não — declaro. — *É* você. Você não está prestando atenção?

— Ótimo — ele diz. — Se sou eu, ótimo. Nunca me preocupo comigo. Me preocupo com você.

É o único garoto que já beijei. Moshe. Eu o beijo desde que ele era um menino novinho e eu era mais nova ainda.

*

Boris e eu avançamos para tiros disparados da areia e de rochas, de superfícies irregulares. Antes de começarmos, peço que ele me dê a mão. A minha é mais calejada. Apesar de ser da mesma altura que ele, em comparação com a mão dele a minha parece minúscula. Pego seu dedo indicador e explico.

— A parte mais baixa do dedo é chamada de "Indiferente". Não tem sensibilidade suficiente para puxar o gatilho com exatidão. A ponta do dedo é chamada de "Sensível". É vulnerável demais para se manter estável quando você aperta o gatilho. — Minha respiração exala fumaça no ar frio. Do meu nariz escorre uma gotinha minúscula que cai em nossas mãos, e quando ergo a cabeça o sorriso branco de Boris acerta meus olhos.

Torno a abaixar a cabeça.

— E esta parte — digo e belisco a parte do meio do dedo —, esta parte é chamada de "Martelo" e é com ela que você deve puxar o gatilho. Esta parte é perfeita.

— Nunca soube que existia uma parte de mim que é perfeita — diz Boris. Seus olhos estão sorrindo devido às minhas palavras, assim como os de Dan quando eu era muito nova, quando ambos estávamos de pé ao lado de um banco na rua Jerusalém. Ele mexe a mão sob a minha, e não consigo decifrar se é por frio ou vontade. Hesito.

— Bom — eu digo. — Agora você já sabe.

Ficamos em silêncio um instante e então nos afastamos ao mesmo tempo. As colinas de Hebron se agigantam à nossa frente como monstros e o céu parece mais largo, mais distante quando olho para cima, como se ambos estivéssemos bem no fundo do mar.

— Ei, Boris — chamo. — Você soube da trepadeira atrás do shopping novo de Jerusalém?

— Que trepadeira?

— A sua mãe. — E dou-lhe um chute na perna, fazendo-o cair no chão, e o escuto gargalhar antes mesmo do baque. Uma gargalhada gloriosa, intensa e incontrolável.

Ele atira e acerta dois em cinco. Volto correndo da marcação do alvo e sem dizer nada tiro o pente da arma e me certifico de que está descarregada.

— Levante-se — berro. — Tire os protetores de ouvido.

Tenho certeza de que os dois tiros que acertou foram os primeiros. Depois deles, ele ficou mudando de posição.

Aponto a arma para o céu e a boto junto à orelha de Boris. Há pontinhos amarelos de sujeira em seu ouvido interno, e isso faz com que eu o ame. Ame mais.

Aperto o gatilho e não o solto. Um segundo, dois segundos, três.

Plac.

— Depois de cada bala que você atirar, quero que você conte até três. Quero que você ouça esse barulho toda vez, o som de outra bala entrando na câmara.

— Que importância tem o que eu faço depois de já ter atirado? — indaga Boris.

A importância é ludibriar o cérebro dele. Se souber que tem de esperar depois de cada bala, ficará menos propenso a se precipitar e errar os tiros. No entanto, não lhe digo isso. A essa altura já sei que as pessoas só precisam saber o que precisam saber para se saírem bem.

— Tem importância porque eu disse que tem, e você tem que fazer o que mandam você fazer.

Dessa vez, ele acerta quatro de cinco balas, três no coração e uma raspando a cabeça.

*

Durante meu turno de vigia, começa como uma ideia, depois vira um pensamento, logo se transforma em sentimento, e então se torna tão verdadeiro que quase o vejo diante dos olhos, porém não o enxergo; tem algo muito estranho. Faltando.

Chego ao cume do morro, de onde vejo a casamata de munição, ligo minha lanterna e observo a base inteira lá embaixo. Grilos se afastam e se aproximam. Pestanejo, depois abro os olhos.

É a coisa mais ridícula, cativante que já vi.

A cerca em torno da base, ao lado da casamata de munições: sumiu. Não está mais ali. Desapareceu.

Aqueles meninos. Aqueles meninos diabólicos. Roubaram-na.

É possível que o comprador de metais da aldeia deles a esteja derretendo neste exato instante.

Este turno, como todos os outros, tem oito horas, mas os segundos, minutos e horas deslizam como uma criança num tobogã. Não penso no meu namorado, ou na natureza, ou no tempo, nem sequer em garotos. Só consigo pensar:

*A cerca.*

*A cerca.*

*Levaram. A cerca.*

De poucos em poucos minutos, sem planejar, me pego dizendo isso em voz alta, e em seguida minha risada ecoa nas montanhas que não vejo na escuridão.

*

De noite, ao voltar para o contêiner, depois de oito horas rindo sozinha e fitando o nada, ligo para Moshe. Telefono escondida debaixo do lençol militar.

— Você não pode continuar fazendo só as coisas que eu mando você fazer — declaro.

— Mas você mandou — ele retruca. — Achei que era isso que você queria.

— É — digo. — Exatamente.

— Não sei mais o que você quer — ele reclama. — Por que a gente só conversa em código?

Antes, ele tinha catorze anos e eu, doze. Antes, eu tinha medo. Ele não. Ele subiu até o alto da macieira junto à janela dos alemães e atirou uma chuva de maçãs na minha cabeça com tamanha rapidez e regularidade que achei que iria me afogar. Só via em meio às piscadelas seus dentes tortos entre os galhos mais altos, e só o ouvia gritar: "Aqui vai mais, mais, mais, mais, mais."

"Não quero mais!", berrei do chão.

"Mas é divertido!", ele retrucou aos berros, e por um instante percebi seus olhos ao esticar o braço para pegar outra maçã; por um segundo eu vi neles o desejo, o desejo intenso, por nada mais do que exatamente aquilo.

— Estou esperando você me dizer o que você quer — eu digo. — Não tem código nenhum.

— Isso quer dizer que estamos juntos de novo? — ele questiona.

— O que você acha? — retruco, e espero uma voz que ainda não consigo crer que já se foi há muito tempo.

*

Sento no alto das costas de Boris enquanto lhe explico o que é Situação Zero.

— Inspire o ar — eu peço, e sinto seus pulmões inflarem debaixo de mim. — Agora esvazie completamente os pulmões.

Explico sobre as coisas que podemos saber com certeza e as coisas que não podemos. Explico que, quando respiramos, não temos como saber a quantidade de ar que há em nossos pulmões. A única coisa que dá para recriar é a situação de nossos pulmões totalmente vazios. Para que todas as balas acertem o mesmo ponto, é preciso fechar os olhos antes de cada um dos tiros e esvaziar totalmente os pulmões. É assim que a gente sabe que está bem no alvo, da mesma forma como estava no momento da primeira bala. Situação Zero.

Seus pulmões sobem, depois descem, depois sobem à medida que explico.

— Eu não dei permissão para que você respirasse de novo, mocinha — digo eu.

Ele para e mesmo sem olhar percebo que está mostrando sua boca cheia de dentes, que está sorrindo.

— Eu te pareço um liquidificador? — pergunto.

— Não — ele responde.

— Então por que você está misturando as coisas?

Depois de rirmos, ele atira.

Dois em cinco, três em cinco, três em cinco, quatro em cinco.

Ele não perde a concentração. Sempre que corro para destacar os acertos com um marcador, ele volta à posição.

Nem sequer dizemos "Outra vez".

Ele atira enquanto fico sentada a seu lado até nossos cabelos federem a pólvora, até nossos ouvidos zumbirem com os protetores, até a noite começar a cair.

Em pouco tempo os disparos adquirem consistência. Uma constelação de cinco estrelas em torno do coração.

Quando caminhamos de volta, passando por vários estandes de tiro, pergunto a ele sobre a dúvida que me assombrava.

— Boris, como foi que você conseguiu passar pelo campo de treinamento sem aprender a atirar?

Ele para de andar, me olha e encolhe os ombros largos.

Ponho a mão no ombro dele, mantendo a distância.

— Bom, estou orgulhosa de você.

Ele está a apenas um passo de distância. Eu poderia me aproximar facilmente e beijá-lo, mas não o faço.

Ele me beija, depois recua e ergue os braços, questionador.

Olho nos olhos dele. Seus olhos para mim são maçãs, naquele instante são apenas maçãs. Penso e sinto o cheiro de maçã, e não penso em Moshe: só ouço seus berros. "Mais, mais, mais, mais, mais, mais."

E então Boris. Percebo em seus olhos o desejo, o desejo intenso, por nada mais do que exatamente aquilo.

Por mim.

Antes de tirar meu uniforme, pego o vidrinho de óleo de baunilha que tomei de Dana e o coloco com cuidado na areia para que não quebre.

Não entramos em um dos estandes para fazê-lo. Estamos nus na areia. Os movimentos de Boris são desajeitados e hesitantes, juvenis e ingênuos.

E ele não tem medo.

Nossos corpos marcam, cavam, confundem tanto a areia que quando tudo acaba não consigo achar o vidro de óleo de baunilha. A verdade é que passo pouco tempo procurando.

Depois que arrumamos os uniformes sobre nossos corpos novamente, eu olho para ele, emoldurando-o com a areia como pano de fundo. É assim que quero me lembrar dele. Jovem, ombros largos, vitorioso, muito próximo e ainda assim um pouco distante.

Ponho a mão em seu ombro, assim como fizera antes.

Então ele corre, corre para debaixo do telhado de um estande de tiro perto dali. Sinto o ombro dele escapar da minha mão, e por um instante a mantenho assim, suspensa no ar.

Bum.

Bum.

Bum.

Bum.

*Os meninos,* eu penso. *Os meninos. Boris atirou neles.*

E a respiração para na entrada da minha garganta.

Em seguida corro. Também posso correr.

— São crianças — berro com Boris enquanto lhe dou um chute, depois pulo em cima dele, deitado no cimento.

— Se você vir uma pessoa sem uniforme numa base, tem que atirar nela — ele diz. — É o protocolo, não é?

A voz dele esmaece à medida que abro distância com meus passos largos.

Não se atira em meninos. Será que ninguém ensinou isso a ele? Será que eu deveria ter ensinado?

As entranhas do meu estômago se contraem e meu peito dói de tanto saltar para cima e para baixo na minha pressa oscilante. Chego ao sopé do morro e paro, e escuto. Um riso abafado, logo abaixo dos meus pés. O som tímido de um ser humano pequenino. Aperto um botão do meu relógio e pequenos círculos de néon se espalham pela areia.

No interior de um buraco na terra, percebo, olhando de soslaio, o menino mais lindo que já vi. Está encolhido, como uma surpresa prestes a explodir.

Percebo detalhes dele enquanto finjo não vê-lo.

— Tem alguém aí? — grito para o nada, e noto.

Noto que sua pele é escura, que o cabelo está desgrenhado, que os braços são mais compridos do que deveriam ser. Noto que é poucos anos mais novo que eu, sob meus pés, porém mais remoto do que qualquer coisa que já quis na vida. Meninos quando estão no ápice são tranquilos como a vida. Querem o que querem, vão em frente e conseguem, os passos equilibrados, autoconfiantes, adoráveis, apesar de tudo.

Fico parada, esticando os braços como se tateassem, e o menino acredita na impossibilidade de que ainda não o tenha visto. Ele não se mexe; está esperando que eu vá embora. Não sabe que estou ali, observando-o, contente, minhas expectativas satisfeitas de uma só vez.

Os cotovelos do menino cutucam os arbustos espinhosos de sanguissorba. Quando olho para cima, as montanhas se misturam ao céu atrás de nós, como se comessem um ao outro ou se casassem. Talvez tenha sido eu quem deu forças para que Boris matasse o menino. Meu corpo ainda tem o cheiro de Boris, e os breves minutos em que passamos revirando a areia ainda pairam acima de mim como se não tivessem esvaecido. Mas Boris não poderia matar o menino, ele não matou o menino, e agora o menino é uma surpresa, minha surpresa silenciosa dentro de um buraco na terra. Se ao menos eu pudesse, eu olharia bem nos olhos dele para sempre, mas só tenho uma fração de segundo para notar, e só olhando de soslaio.

Pisco.

Quando abro os olhos o menino sumiu. Ouço sua risada insana ecoando pelas montanhas; *te peguei, te peguei, peguei sim*, imagino os ecos de suas gargalhadas entoando. Encho ao máximo os pulmões de ar, e em seguida sinto o cheiro, um aroma persistente de algo que estava ali mas fora tomado. Baunilha.

Ele pegou meu vidrinho. Aquele menino. Imagino seu assombro — *Para que serve isso?*, ele perguntará à mãe enquanto ela corta cebolas, cebolas que ele roubou para dar a ela, sobre a bancada da cozinha. E ele segurará o vidro aberto e se levantará, irá cheirar e pensar por um instante, até saber em seus olhos a única utilidade do mundo que há para o aroma de baunilha dentro de um vidro. Só então ele saberá, aquele menino. Eu não. Ele levou meu vidrinho. Ele levou! Antes de cair na risada, eu aguardo, na esperança de escutar os ruídos breves de seu corpo roçando as folhas, o som de cápsulas vazias tilintando no saco plástico.

# Posto de controle

Eu disse que não. Que estava cansada. Yaniv perguntou se eu queria conferir carros em vez de pessoas, mas eu disse que não. Ele declarou que não aguentava mais se inclinar. Ele disse: "Lea, se você fosse uma moça de bom coração, você diria sim e teria misericórdia de mim porque tenho dores na coluna e problemas em casa", mas eu disse que não. Que não e que ele não devia se inclinar e enfiar a cabeça pela janela dos carros porque era contra as regras. Ele me chamou de puta russa, embora eu seja meio marroquina e meio alemã.

Eram quatro horas da manhã e a fila de peões de obra palestinos em frente ao posto de controle de Hebron serpenteava para além do que minha visão alcançava. Havia centenas esperando que eu e os outros soldados da unidade de transições abríssemos as portas giratórias de metal e lhes déssemos passagem. Ainda faltava uma hora para que tivéssemos permissão para fazê-lo. As regras diziam que abríamos às cinco. Fechávamos ao meio-dia. A decisão não cabia a nós.

Foi mero golpe de sorte que o primeiro e único ano do meu serviço na unidade de transições tivesse acontecido em um daqueles anos em que o governo fechou o céu para trabalhadores temporários filipinos e indianos, e consequentemente Israel voltasse a precisar de peões de obra palestinos. Precisávamos deles, mas também tínhamos certo medo de que nos matassem ou, pior ainda, que ficassem para sempre. Eram essas duas coisas que os palestinos às vezes tendiam a fazer. Era por isso que eu existia. Era responsável por averiguar se os trabalhadores tinham uma licença que garantia que não eram do tipo propenso a permanecer em Israel para sempre ou tentar nos matar. A licença dizia que só tinham permissão para ficar durante o dia. Em seguida tinham de sair de Israel e voltar a seus territórios. Eles nos viam todos os dias, se fizessem a coisa certa. E nós também os víamos.

Eu também tinha que verificar se não estavam portando armas ou prestes a explodir seus corpos. Estávamos ali para perceber o que o governo queria que percebêssemos, os riscos, mas ainda assim eu percebia apenas o que aparecia por acaso. Isso acontecia porque eu não conseguia entender que era um soldado. Imaginava que eu ainda era uma pessoa.

Fadi, a primeira pessoa que notei naquele dia, estava bem no começo da fila de trabalhadores. Eu o notei porque, apesar de não conseguir enxergar seu rosto, apesar de estarem todos distantes demais para terem rostos, percebia que ele me olhava como se eu tivesse tomado uma decisão. Uma decisão de horror. Uma coisa futura que ainda não tinha feito errado e ainda assim não poderia desfazer. Seu queixo curvo estava empinado, como se destinado a jamais ceder, e apontado bem na minha direção, como se fosse um olho. Daquela distância eu também não devia ter um rosto que ele visse, mas juro que sabia que ele já tinha me escolhido naquele momento.

Na via asfaltada junto ao posto de controle, carros se enfileiram.

Não foi decisão minha estar ali, usando aquela boina azul, eu não queria isso. Eu disse não.

*

Não sabia disso antes de entrar no exército, mas existem três tipos básicos de postos de controle, e o meu era o mais idiota. Alguns postos de controle ficavam no meio de vilarejos palestinos ou em rodovias principais, como a Rota 433, que ligavam uma cidade palestina a outra; esses soldados os vistoriavam quando ainda estavam no próprio território. Pode parecer loucura, mas era nesses lugares que grande parte das bombas e armas era encontrada. Outros conferiam se as pessoas tinham licenças médicas; pessoas que só poderiam conseguir o tratamento de que precisavam nos nossos hospitais. Ainda que uma ambulância chegasse uivando e o doente também uivasse, eles faziam a inspeção, por conta daquela grávida de quando eu estava no quarto ano. Aquela que tinha um feto de nove meses na barriga e uma bomba de trinta centímetros debaixo da maca. Esses dois tipos de postos de controle mostravam que não deixaríamos que nossas vidas saíssem baratas, mas o meu posto mostrava apenas que queríamos que nossas casas fossem baratas, e que a raiva dos palestinos poderia ser comprada, aquela mesma raiva tão intensa que às vezes nos matava.

Na maioria dos dias havia trabalhadores na fila que não conseguiam cruzar a fronteira, e os empreiteiros israelenses que aguardavam seus peões do outro lado do posto de controle praguejavam contra nós, os soldados. E os trabalhadores palestinos praguejavam contra nós, os soldados. Eu geralmente era chamada de puta russa, à exceção da vez em que fui chamada de cadela alemã. Isso me fez sorrir, mas só por um instante.

*

Na semana anterior ao dia em que vi Fadi pela primeira vez, um dos empreiteiros israelenses me seguiu pelas dunas de areia onde eu acabara de fazer xixi e me perguntou por que havia apenas cinco soldados revistando pedestres se tinha dez soldados averiguando carros. Ele disse que sempre que um de nós saía para fazer xixi a fila andava devagar e que não era assim que qualquer coisa profissional devia funcionar, que um empresário como ele não precisava se sujeitar à clemência da bexiga de adolescentes. Ele não me pegou de calças arriadas, mas o líquido que molhara a areia estava entre nós. Eu não tinha resposta.

— Não trabalho para você — disse ao empreiteiro. Imaginei que ele fosse me xingar, mas ele fez outra pergunta, o que foi ainda pior.

— Para quem você trabalha?

Quando abaixei os olhos e fiquei sem palavras, notei os mosquitinhos se adensando sobre a umidade.

*

Estava chegando a hora de deixarmos os palestinos entrarem em Israel. Ouvi o muezim de Hebron pelos alto-falantes entoando o chamado às preces e vi os primeiros raios de sol se espalhando como pingos de tinta. Estava tão cansada que tive de estapear meu rosto para não adormecer em pé.

Odiava tanto e acima de tudo a mim mesma quando estava exausta desse jeito. Uma bile azeda dominava meu estômago e subia até a garganta, e eu sentia o fedor do meu próprio bafo se misturando ao cheiro de pasta nos meus dentes amarelados. Detestava minha aparência desgrenhada, como uma criança se afogando num uniforme verde, brincando de faz de conta. Detestava o fato de que, embora usasse colete à prova de balas, e embora parecesse uma criança segurando uma arma, meus seios eram tão grandes que sabia que apareciam apesar de todas as camadas de roupa. Detestava tantas coisas que tinha dito — muito tempo atrás, algumas mentiras que contei quando estava bêbada numa festa na época do colegial, uma festa que devia ter impedido, mas não impedi, quando estava no último ano. No entanto, odiava principalmente o papo idiota que entabulava com as garotas etíopes e marroquinas da minha unidade do lado de fora dos trailers todas as noites enquanto transformávamos nossas vidas em fumaça que sumia na pequenez da noite. Elas eram piores que as garotas do colégio.

Acordar todas as manhãs era uma tragédia, assim como matar a própria mãe ou perder a virgindade com um cara que só vai dormir com você uma vez e perceber o que você fez no instante em que é obrigada a abrir os olhos. As paredes martelavam meus olhos, cabeça e pescoço como se eu despertasse dentro de uma caixa de som branca e reluzente. Nunca gostei de música. Daria tanto, tudo, por sono, ou era o que eu imaginava. O problema era que toda noite esquecia o quanto, e tomei medo daquela cama onde a tragédia ocorria todas as manhãs. Ia dormir somente quando o sono se tornava inevitável.

Se pudesse, queimaria a boina azul na minha cabeça. Mas estava na minha cabeça.

Mais homens. Mais homens. Mais homens.

Gostaria de ter dito naquele dia que eu era uma só e insistido para voltar aos meus sonhos prosaicos, mas meu turno estava começando. Os portões se abriram, e o metal girou, e os homens passaram pela máquina que acendia uma luz verde ou vermelha, depois eles ficavam do outro lado da barricada de cimento que protegia a mim e aos outros quatro soldados que examinavam identidades e bolsas.

*

Minha irmã mais velha, Sarit, me falou que, se eu insistisse bastante, o oficial de triagem cederia. Que só o que precisava fazer era dizer, "Eu não vou, eu não vou, eu não vou". Ela chegou a me alertar especificamente que a pior coisa que poderia acontecer era me colocarem na unidade de polícia militar e me obrigarem a usar uma boina azul horrorosa. Nenhum outro soldado iria querer dirigir a palavra a mim, pois veria a boina azul e teria medo de que eu tivesse autoridade para denunciá-lo por usar fita de cabelo vermelha em vez de preta ou verde-oliva, ou por usar o casaco do uniforme de todos os dias por cima do uniforme formal, ou por usar fones de ouvido enquanto cruzava a rodovia, ou por qualquer outra merda que os soldados da polícia militar tivessem que delatar a respeito dos outros soldados.

Pedi a ela que parasse de falar. Então minha irmã disse que qualquer um que fosse designado para a polícia militar era idiota. Avisou que havia outros cargos no exército com que tomar cuidado, e que obviamente o melhor era o dela, o de instrutora de paraquedismo, e pedi que parasse de falar.

— Talvez eles digam que vão te colocar na cadeia. Que ninguém vai te contratar depois disso. Que mamãe e papai vão te deserdar. Que você nunca vai achar um amor. Que você vai virar uma sem-teto. O que quer que te digam, responda apenas, "Eu não vou, eu não vou, eu não vou", e mais cedo ou mais tarde vão te botar em outro lugar, e...

— Para. De. Falar! — implorei.

No gabinete da oficial de triagem do dia em que fui recrutada, a oficial falou antes que eu me sentasse.

— Polícia militar — ela me disse. Claro que foi isso o que ela me disse. — É o único campo de treinamento em que tenho vagas esta semana.

— Eu não vou — declarei.

— Todo mundo diz isso — declarou a oficial, e cruzou os braços. Estava sorrindo.

— Eu não vou. Sou inteligente. Tirei notas boas. Posso traduzir coisas.

— Não tenho nenhuma vaga no serviço de inteligência. Só tenho as vagas que me dão, e agora só resta a polícia militar. Além disso, estão tentando diversificar a unidade, deixá-la mais diversificada do ponto de vista socioeconômico ou coisa do gênero, e você tem notas ótimas.

— A senhora quer dizer que ninguém lá sabe ler. Eu não vou. Não vou perder dois anos da minha vida distribuindo advertências em algum ponto de ônibus pra soldados usando meias amarelas — afirmei. Estava com medo, acanhada com a minha autoconfiança. Era meu primeiro dia como soldada. Tinha dezoito anos e era vingativa. Após a formatura, quando não havia mais garotas com quem ser uma vaca, li bastante e acompanhei programas de televisão americanos sofisticados: *The West Wing*, *Sex and the City*. Foi apenas um acaso eu ter sido convocada por último.

— Olha, se você resistir fisicamente a ir, vou ter que colocá-la na cadeia por algumas semanas, que não vão contar para o tempo de serviço obrigatório, e quando você sair vou ter que colocá-la na polícia militar de qualquer jeito.

— Eu não vou. Eu não vou.

— A polícia militar não se resume a escrever relatórios sobre a apresentação dos soldados. Na verdade, é uma função muito importante. Soldados diferentes fazem coisas diferentes. Você vai gostar, eu juro.

— Mas eu não vou — declarei. Acreditei quando disse.

— Ah, mas você vai sim — decretou a oficial.

— Não.

— Seus pais nunca mais vão falar com você.

— Não.

— Ninguém vai te contratar.

— Não.

— Você vai se arrepender.

— Mas eu não vou.

No final das contas eu fui, pois a oficial já sabia antes de mim que eu iria. Que iria de uma forma ou de outra.

*

Na verdade, não havia nada de especial em Fadi, o homem que notei naquele dia, ou foi o que pensei até olhar, e hesitar, e ponderar bastante. Fazia alguns meses que não ponderava bastante, não estava acostumada a isso.

Ele foi um dos primeiros a me mostrar a identidade naquela manhã. Passou pela máquina de cabeça baixa e pôs a identidade na barricada de cimento. Era uma identidade verde. Dizia que seu nome era Fadi. Dentro da identidade havia uma licença branca. Tinha manchas marrons, mas era a licença certa, a licença de peão de obra que era a única que tínhamos permissão para aceitar naquele posto de controle, além da licença médica. Apontei para a sacola plástica dele.

— O que tem aí? — perguntei.

— O que tem aqui? O que poderia ter aqui? Comida. Pão — respondeu Fadi. Sua voz explodia nas vogais.

— Posso ver? — indaguei. Fiz sinal com a mão. Nem sempre revistava todas as sacolas. Meu dever era revistá-las aleatoriamente, então em geral olhava uma a cada três ou cinco, mas de repente não queria que aquele homem me deixasse. Havia algo nele. Seus trajes eram normais: uma camisa de botão velha e barata que deveria adorná-lo com dignidade, mas apenas intensificava sua tristeza, a gola zombando de seu rosto esgotado, mal barbeado.

Tinha bolsas escuras sob os olhos e pelos no nariz. Cheirava a suor e pós-barba. Era como todos os outros, mas parecia afoito. Não queria estar ali. Quase não estava ali, mas estava. Segurava o saco plástico e quase não estava ali mas estava e eu sentia meus olhos arregalados.

— Posso ver? — pedi outra vez. Eu lacrimejava, mas era uma reação física, provocada pela exaustão e o vento açoitando meu rosto. Chorava o tempo inteiro, mas apenas fisicamente. O homem, Fadi, continuava agarrado ao plástico, e eu soube, eu resolvi, que naquela noite eu dormiria e pensaria nele. Havia algo nele, e aquele algo me ajudaria a dormir.

Fadi virou o saco plástico e o sacudiu, e pães árabes caíram na areia como folhas. Não era a primeira vez que um homem da minha fila agia assim, mas havia algo diferente no modo como o fizera, no mal que lhe causou o meu pedido. Era mais do que um gesto. Atrás dele eu via Yaniv enfiando a cabeça na janela do carro de um dos palestinos e trocando conversa fiada. Conversa bastante fiada, eu tinha certeza.

— Aqui, toma aqui. Não preciso de comida. Pega para você e seja feliz — Fadi disse, e em seguida pegou a identidade na barricada e foi embora, abanando os braços.

*

De noite escutei as garotas etíopes e marroquinas conversando e fumando na pérgula de madeira do lado de fora do contêiner. Estavam falando do que era melhor, contar para uma amiga se alguém estiver fofocando sobre ela ou não contar. Elas eram idiotas. Seus problemas todos se passavam fora das cabeças. Todo mundo da unidade de transições era idiota. Era uma unidade designada para pobres coitados idiotas. Pessoas que o exército achava que não podiam fazer muito mais do que averiguar identidades. Estávamos estacionadas em locais tão perigosos quanto os das louvadas unidades de infantaria, mas quando um soldado de infantaria atravessava nosso posto de controle com sua boina verde, vermelha ou marrom, ele apontava e depois ria. Ele era um herói e nós não: éramos apenas a polícia.

Enterrei-me debaixo da coberta de lã da cama portátil e pensei em Fadi. Depois do campo de treinamento, quando fui mandada para o meu primeiro posto, usava outras coisas para conseguir dormir. De início pensava no meu namorado, em quando dormíamos juntos, em um dos pais das garotas que odiava na minha classe, todos os momentos bons e momentos que nunca tinham acontecido como eu imaginava mas agora podia imaginar. Na minha cabeça meu namorado era bem mais forte do que eu jamais o deixara ser na vida real, e ele sempre começava me empurrando contra a parede, e eu sempre me surpreendia. Na vida, meu namorado falava que eu devia parar de chorar sempre que tudo acabava, porque terminaria comigo se eu não parasse, aquilo o deixava muito assustado. E também porque temia que, se eu continuasse agindo assim, um dia ele não seria capaz de notar a diferença entre as horas que eu estava triste e as horas que queria sexo. No final ele terminou comigo, e tinha razão. Eu sempre choraria quando me recordasse do sexo, e portanto parei de pensar nisso à noite, na minha cama portátil, porque supus que já chorasse bastante durante o dia.

Ao longo de uma semana pensei em *Dawson's Creek* e *Ally McBeal* enquanto tentava dormir. Seriados que eram populares antes que eu tivesse namorado. Lembrava-me de cada episódio. Lembrava-me das piadas e da maneira como a luz caía na água. Mas tudo que me parecia tão maravilhoso na época, as coisas que me imaginava fazendo se eu fosse parte do seriado, os personagens que imaginava que poderia ser ou encontrar — nada disso me parecia interessante agora. Sabia que nunca mais curtiria assistir a esses programas.

Então pensei nas brincadeiras com Yael. Das vezes que fingimos ser repórteres, das vezes que fingimos que o elevador era uma nave espacial, das vezes que deixávamos Avishag participar e jogar Cadáver Requintado conosco. Todas as histórias que inventamos. Mas depois de um tempo percebi que estava criando a maioria dessas lembranças. Fitei o colete à prova de balas no chão e percebi que não me lembrava de verdade de como era brincar. E sabia que inventar mais alguma lembrança de jogos serviria apenas para me recordar das lembranças que havia perdido, portanto parei.

Era a isso que minha vida se reduzia: depois dos jogos, depois da minha terceira ideia, não tinha mais nada em que pensar.

Na noite em que comecei a pensar em Fadi, ele se tornou minha nova ideia. Eu o imaginei conversando com a esposa, Nur, enquanto fumavam narguilé cheio de tabaco com sabor de maçã no jardim de inverno da casa deles. Imaginei que aquela tivesse sido a noite em que Nur fincara o pé. Na noite específica que imaginava, uma noite do passado, Nur pedia a Fadi que ele arrumasse um trabalho como obreiro em Israel. Fadi não queria ir. Ele não queria aceitar dinheiro dos israelenses. Não queria ser arrancado de seus sonhos para ficar horas parado na fila esperando uma garota de metade da sua idade lhe vociferar ordens. Ele não queria ir. Ele não iria.

— Eu não vou — declarou Fadi.

— Mas nós temos cinco filhos — disse Nur. — A gente precisa de dinheiro para a faculdade de Nadia. A gente precisa de leite em pó melhor para o bebê.

— Eu não vou.

— Mas você está sem trabalho há meses. Você não vai conseguir trabalho em Hebron.

— Eu não vou.

— Mas eu vou te largar se você não for. Eu vou te largar e ninguém da família vai me culpar por isso e você vai morrer sozinho.

— Eu não vou.

— Ah, mas vai sim — a esposa decretou e olhou para as luzes que vinham da casa de um vizinho, e como sabia que ele cederia, ele de fato cedeu e de fato foi.

Sentia o sono me tocar e ir embora, me tocar e quase ficar. Era difícil respirar sob a coberta. Do lado de fora, escutava as garotas falando e sentia o aroma de seus cigarros e xampus. Disseram "calorias" muitas vezes, e também "É isso o que é ruim de verdade".

Tentei pensar no que Fadi poderia estar fazendo naquele exato momento, e não no passado, e decidi que provavelmente estaria discutindo com Nur. Que estava berrando com ela, que preparava os sanduíches de pão árabe recheados com quiabo e húmus do dia seguinte. Que ele continuava a dizer que não iria. Que Nur, a bela Nur, nem sequer olhava para ele, mas que quando ele dizia que ela era o diabo ela atirava os sanduíches dele no lixo e passava por trás da bancada da cozinha e ao lado dele e que tudo o que Fadi queria era que ela tocasse em seu ombro por um segundo, mas Nur passava ao lado dele e entrava no quarto e Fadi adormecia no chão da cozinha, a cabeça apoiada no casaco de Nur que ele tirara do mancebo junto à porta, junto à porta, a porta fechada, aquela porta que está fechada...

Quando despertei na manhã seguinte, estava cansada, porém menos.

O trajeto até o posto de controle geralmente abarcava toda a tortura inerente ao movimento. Respirações e gemidos e as teias de olhos modorrentos de todos nós misturados. Fui arrebatada da letargia e entrei imediatamente na van verde blindada, com suas miniaturas de janelas gradeadas e couraça de metal grosso. Minha cabeça balançava, batia e doía à medida que a van deslizava pelos territórios que ocupávamos. Quando o movimento foi interrompido, me deparei somente com homens, uma fila de homens, todos esses homens me aguardando, se enfurecendo no silêncio.

O trajeto da manhã em que estava menos cansada, a manhã seguinte à primeira vez que pensei em Fadi, foi quase um trajeto normal e agradável como qualquer outro. Quase, eu juro.

*

Disse não outra vez quando Yaniv me pediu para olhar os carros por um tempo, em seguida ele falou que um pinto é como um bumerangue.

— Um pinto é como um bumerangue — declarou. Ele mascava chiclete como uma vaca estúpida, mas era um menino. — Entendeu?

— Não — respondi. — Não entendi.

— Você sabe o que quer dizer jogar um pinto em alguém? — indagou Yaniv. — Quer dizer que você não dá a mínima para a pessoa.

Nunca tinha escutado aquela expressão. Havia inúmeras expressões que nunca tinha ouvido antes de entrar para a unidade de transições. Hiperbólico, marroquino, inúmeras formas vazias de linguagem.

— Bom, eu realmente não dou a mínima para você — retruquei.

Era verdade. Eu o odiava, e nas manhãs como aquela, quando não estava tão cansada, meu ódio por ele era ainda maior do que o ódio que tinha por mim mesma. Odiava a maneira como mascava chiclete enquanto cumprimentava informalmente os conhecidos dos carros. Odiava o fato de que beijava nas duas bochechas todas as garotas que lhe davam permissão. Odiava sua colônia e o fato de que tirava as sobrancelhas. Odiava o fato de que usava uma estrela de davi de ouro gigantesca no pescoço e que entoava canções Mizrahi para si próprio e que sempre falava em tom jocoso sobre o quanto detestava nossos oficiais e sua boina azul, e de como imaginava que este devia ser seu confuso destino. Odiava que sorrisse e que apesar das lamúrias eu às vezes o flagrasse contente — ele adorava se curvar e enfiar o pescoço pelas janelas e papear com os motoristas, e não entendia a diferença entre horror e honra, ou entendia e não se importava. Arrastava o pescoço como se não pesasse nada.

— Bom, é por isso mesmo que um pinto é como um bumerangue. Você joga ele para alguém e ele volta para você — explicou Yaniv.

Quando o vi sorrindo e enfiando o pescoço por uma janela naquele dia, mais tarde, pensei em delatar. Sabia que todo mundo me odiaria por isso, mas realmente pensei em contar ao meu oficial, que andava entre as barricadas de cimento e os carros e provavelmente via Yaniv enfiando a cabeça nos carros, conversando e beijando bebês e pegando figos e azeite de oliva guardado em garrafas de Coca-Cola. O oficial via tudo, mas se eu contasse, ele teria de tomar uma atitude: ele seria obrigado. Se eu fosse oficial, jamais permitiria que um de meus soldados violasse os regulamentos dessa forma. Os regulamentos que aprendemos no campo de treinamento diziam que devíamos sempre colocar nossas armas entre nossos corpos e as janelas abertas dos palestinos que cruzavam os postos de controle. Que os palestinos tinham que pôr as identidades e documentações no capô do carro e em seguida fechar a janela enquanto o soldado se aproximava para averiguá-los. Ninguém cumpria, mas pelo menos não beijavam bebês e não mentiam sobre dores nas costas e...

Eu realmente teria sido capaz de delatá-lo, porém Fadi estava de volta. Vi quando se aproximou da cabeceira da fila e percebi que esperava que não fosse eu a chamá-lo para perto da barricada. Vi quando baixou os olhos e coçou o nariz e chutou a areia e esperou alguém que não eu. Mas eu também estava de olho nos outros soldados e atrasei o homem que revistava examinando por bastante tempo sua identidade, até que notei que a vez seria de Fadi e que todos os outros soldados ainda averiguavam identidades, e então o chamei.

Ele me olhou no fundo dos olhos como se nunca tivesse me visto ou como se desejasse minha morte, mas eu sabia que conhecia o homem e a essência dele.

Eu soube assim: ele não estava com um saco plástico. Tivera razão ao imaginar o que havia imaginado. A esposa não lhe dera pão árabe na noite anterior. Ele usava a mesma camisa de botão e o rosto estava marcado pelo sono tenso. Fedia a suor.

Não que eu acreditasse que tudo o que havia imaginado tenha acontecido na vida real: era que pensava que talvez fosse melhor se acreditasse nele, e eu não estava lacrimejando, e queria continuar menos cansada.

Observei Fadi se afastando depois que lhe devolvi a identidade e a documentação. Um empreiteiro de cigarro na boca pôs a mão em Fadi assim que ele se aproximou, e vi o corpo de Fadi estremecer, como se houvesse algo muito errado naquele toque, como se tivesse vontade de socar o homem, ou de sair correndo, ou de revolucionar sua vida, mas ele não podia.

Eu sabia que naquela noite adormeceria pensando em Fadi chegando em casa e socando a esposa, Nur, apenas um soco no maxilar e então Nur se acalmaria.

*

Passei as semanas anteriores à minha convocação seguindo minha mãe, que se apossara da lista de materiais que o exército havia mandado e comparava os preços no comércio, em outlets que ficavam a horas de distância, ao norte da nossa vila. Sete pares de meias verde-oliva. Protetor solar. Pasta de dente. Absorventes suficientes para dois meses. Repelente contra mosquitos. Vinte elásticos grossos, para segurar a bainha das calças do uniforme.

Na minha mochila enorme, a que a escola dera a todos os formandos, havia uma bênção gravada: "Vão em paz, queridos formandos. Estamos aqui para apoiá-los e sempre os amaremos." A mochila estava cheia e pronta para a manhã seguinte.

Mamãe e eu pegamos o ônibus até a parada de Haifa, na qual outro ônibus aguardava para transportar todos os jovens do norte a Tel-Aviv, onde ficava a base central, onde receberíamos os equipamentos militares e nossas missões para os anos seguintes.

Garotas de maquiagem exagerada seguravam cartazes com corações e beijos pintados. Essas meninas choravam, abraçavam e gritavam para a amiga que subia no ônibus. "Só leia nossas cartas depois que o ônibus partir! Nós te amamos!"

Um garoto se esforçava para que a namorada parasse de beijá-lo. Ela estava chorosa e o nariz escorria, mas não parou nem depois que ele embarcou no ônibus. Um garoto que usava solidéu levou a família inteira. Sério, aquela devia ser a família completa. Todos os avós. Todas as tias. Todos os tios. Todos. Estavam chorando. Mas também batiam palmas. Todos eles.

Havia pensado em pedir à minha amiga Yael que aparecesse, mas não pedi, pois era minha única amiga que ainda não tinha sido convocada, e não minha amiga de verdade. Tive um rebanho de meninas retardadas que me seguiram ao longo do colegial, mas nunca senti necessidade de ter amigos, e na realidade gostei do fato de que éramos apenas mamãe e eu naquele dia. Foi como se isso provasse minha suspeita de que amigos são supérfluos no final das contas.

Mamãe ficava cantarolando uma canção que eu nunca tinha escutado quando estávamos no estacionamento, esperando que chamassem meu nome.

— Para com isso! — berrei, e mamãe irrompeu em lágrimas. Estava nervosa porque eu era sua última filha; porque eu era a mais fraca.

Mamãe parou de chorar pouco antes de me chamarem para embarcar no ônibus.

— Vai ficar tudo bem — ela me disse. — Todo mundo passa por isso. Vão ser os melhores anos da sua vida — mamãe sussurrou. Ela segurou meu rosto com as mãos.

— Estou bem. Tenho certeza de que vou estar de volta para as férias num piscar de olhos — declarei.

— Isso mesmo — disse mamãe. — Isso mesmo — ela confirmou, e não me largou.

— Eu preciso da minha cara, mãe — pedi. — Eu preciso da minha cara.

*

Naquela noite, a noite que se seguiu à aparição de Fadi no posto de controle sem pão árabe, Fadi visitou minha cabeça independentemente da minha vontade.

— Eu não vou — declarou Fadi. — Não me obrigue a ir para o trabalho de novo. — Ele estava no chão da cozinha, soluçando.

— Você não é uma mocinha adolescente — retrucou Nur. — Não chore desse jeito. Homens feitos não choram assim.

Fadi se levantou. Ficou vendo Nur cortar cebola para o ensopado do fim de semana.

— Eu não vou — disse. Ele se engasgava com as palavras. — Minha vida não devia se resumir a isso. Avi, o empreiteiro, falou que comprou uma bicicleta nova para o filho esta semana. Ele tem bicicleta e tem um quarto da minha idade. Eu nunca tive bicicleta. Não é justo.

— Quem você pensa que é? Você está achando que é um garotinho israelense mimado? Você é um homem palestino e esta é a sua vida. É isso o que a gente tem que fazer — afirmou Nur. Ela enxugou o pescoço com o pano de prato, o que enojou Fadi.

Havia notado as rugas em volta do pescoço dela, pendentes, pele inútil que não estava ali quando ele concordara em se casar com ela, e isso o enojava ainda mais.

— Quem é "a gente"? — ele indagou. — Sou só eu. E eu sei quem sou. Eu não vou.

— Ah, mas você vai sim — decretou Nur, tão sabida e velha e cortando cebola.

Quando ela deu um sorriso forçado ele sentiu o punho se fechar e desferiu o golpe — ele sentiu os nós dos dedos roçarem o gume da faca e se cortarem enquanto o punho estava no ar. Nur levantou a faca, mas Fadi não parou e lhe deu um soco, apenas um, um murro no maxilar.

*

— Eu não posso jogar um pinto em você — disse a Yaniv na manhã seguinte. O sol ainda não havia aparecido e eu havia acordado menos cansada. Havia despertado com energia suficiente para me olhar no espelho manchado do contêiner do banheiro. Fazia meses que não me olhava. Tinha me habituado a lavar as mãos com os olhos plantados nos pés.

— O quê? — perguntou Yaniv. Estava com o braço em volta de uma das garotas etíopes que também fora designada para revistar os carros. Estavam enfiando pacotinhos de açúcar goela abaixo e cantando música Mizrahi para a areia indefesa à frente deles.

— Não tenho pinto, então não posso jogá-lo — afirmei. Estava tão descansada que resolvi brincar com ele por prazer. Sabia que o deixaria fora de si. Me divertia o fato de que ele era capaz de acreditar que havia algo neste mundo que ele pudesse entender e eu não.

— É uma expressão — disse Yaniv. — Tipo, não é de verdade. Significa mostrar que você não está nem aí, entendeu?

— Não, o que você está querendo dizer? Você não sabe que eu não tenho pinto?

— Caramba — suspirou Yaniv. Ele respirou fundo. — É... é uma *expressão*. Será que você não entende? — ele abriu os braços, suplicando. Sua irritação era óbvia, pois tinha dado um leve empurrão na garota etíope.

— Não entendi — declarei. — É uma idiotice você falar uma coisa que não faz sentido.

— Mas... é uma expressão — disse Yaniv. Estava nítido pelo beicinho e a mastigação rápida que ele buscava palavras que nunca haviam lhe pertencido. Palavras como "literal" e "representativo", até "figura de linguagem". Deixei que procurasse pelo que não estava ali até os portões se abrirem.

Fadi não tentou passar pela minha revista dessa vez. Não tentou nada. Nem sequer o percebi na fila, e ali estava ele, colocando a identidade e a documentação no cimento à minha frente como se nem me conhecesse. Eu o fiz esperar antes de pegá-las. Fingi olhar para Yaniv, que estava encurvado e absorto no papo que entabulara com o palestino de um carro. Carros começaram a buzinar: ele empacava a fila inteira.

Então olhei, e vi, e nesse momento senti medo, mas apenas por um instante.

Eu já esperava, mas fiquei realmente assustada ao ver aquilo. Assustada como se alguém tivesse acabado de me convencer de que eu era Deus, ou que já estava morta, ou pegando fogo.

Os nós dos dedos de Fadi estavam feridos. Cortados. Com crostas de sangue seco.

— Você se machucou? — indaguei.

— É — disse Fadi. — Me machuquei.

*

A oficial que me colocara na polícia militar tinha razão. Era um mito comum o de que todos os soldados que usavam boinas azuis passavam o expediente entregando advertências a soldados que usavam o uniforme do jeito errado no transporte público. Fui posta na unidade de transições da polícia militar, a que não tinha nada a ver com trajes e tudo a ver com identidades e postos de controle. Ainda assim, era um engano comum, o medo instantâneo de boinas azuis. Quando pegava o trem para casa nos raros finais de semana de folga, os outros soldados se calavam ao notar minha boina azul. Em seguida fugiam. Sentia-me uma ogra ou um ditador iraquiano ou como se fosse feia, o que eu era — era feia, usando aquela boina.

Há aspectos bons nisso, entretanto. Havia sempre pelo menos um soldado no trem que saía correndo e consequentemente me cedia o assento, mesmo quando o trem estava apinhado. Eu sempre conseguia o silêncio que desejava para ler minha *TV Guide* ou romances americanos. Nas excursões da escola eu nunca conseguia ter paz no ônibus. Todo mundo queria saber o que eu pensava que devíamos fazer quanto à garota que tinha roubado o namorado de outra, ou que eu garantisse que Yael deixaria todo mundo copiar o dever de casa dela, porque já tínhamos sido amigas e eu era a única a quem ela ainda obedecia um pouco. No trem, como soldado, nunca tenho de me preocupar com os problemas de ninguém nem dar opiniões sobre fofocas.

Uma coisa muito legal que aconteceu devido à boina azul foi que uma vez um soldado, um garoto, chorou quando me viu. Devia ter um histórico péssimo e saber que estava usando algo errado, que faltava algo, e portanto chorou e correu, chorou e correu mais rápido.

Houve algumas outras coisas boas, bem poucas, da boina azul, mas nenhuma delas significava ter amigos. Nenhuma delas eram coisas que eu poderia imaginar na cabeça antes de dormir.

*

Na noite daquele dia em que Fadi me disse que havia se machucado, imaginei que Fadi estava dormindo no capacho de palha na porta de casa. Imaginei que sua Nur tivesse trocado a fechadura e que ele teve de fazer xixi na rua e que ficara acordado até as duas da madrugada para poder fazer xixi porque tinha muita vergonha da possibilidade de que os vizinhos o vissem. Tinha muita vergonha do quanto doía, aquela monotonia, ânsia humana, e do alívio que sentiu quando enfim mijou. De como se sentiu vazio depois. Como se tivesse esvaziado quem era e tudo o que tinha para mostrar como resultado era uma poça de urina, um capacho como cama e uma porta trancada. Despertou com um cão de três pernas mijando em seu rosto. Tinha dormido somente uma hora, mas já era o momento de caminhar até o posto de controle, e de fato caminhou, e ao caminhar pensava que sua vida inteira era culpa sua, mas eu sabia que na verdade era minha, que era eu quem estava imaginando essas coisas para ele, e senti um bocadinho de culpa por rebaixá-lo tanto, mas também adormeci depois de poucos minutos de imaginação, e isso foi uma bênção. Nunca tinha usado a palavra "bênção", nem mesmo em pensamento. Pessoas como Yaniv a usavam o tempo inteiro, mas agora era a primeira palavra que me ocorria, e a única.

E além do mais, tudo isso — o capacho, a porta trancada, a urina na rua, o cão de três patas — existia somente na minha cabeça e servia somente para que eu adormecesse, pois no dia seguinte Fadi chegou ao posto de controle de carro.

*

Esperei e esperei e esperei por ele. Já passava das nove e ficava eufórica diante de cada trabalhador quase idêntico que me mostrava a identidade, mas não era meu Fadi. Sabia que podia não ser verdade, mas também estava certa de que depois que Fadi tinha sido acordado pelo xixi do cão de três pernas em seu rosto, ele havia começado a caminhada em direção ao posto de controle, mas pensara melhor e dera meia-volta. Que havia resolvido, de verdade, para variar, que não iria. Não tinha certeza de onde ele tinha ido depois de dar meia-volta, e tinha certeza de que isso se devia apenas ao fato de que eu tinha dormido antes de poder imaginar. Havia adormecido rápido demais.

Estava feliz pelo meu sono. Feliz por mim mesma quando Fadi não apareceu, pois devia haver certa bondade nos meus pensamentos de que não estava ciente. Estava tão descansada que tinha tempo para nutrir esperanças de que eu fosse melhor do que pensava que era. Tinha a ligeira sensação de que não havia entrado no exército. Como se ainda não tivesse entrado no exército. Olhei para Yaniv e me esforcei para não odiá-lo. Via apenas seu corpo parado no asfalto porque a cabeça estava enfiada na janela do carro que revistava. Visualizei seu rosto, o rosto que eu não via, na minha cabeça, e tentei não odiá-lo. Tinha sobrancelhas pontudas, espessas, parecidas com flechas peludas.

Então escutei. O grito.

Quando vi o vermelho e Yaniv cambaleando para trás, não compreendi que era sangue em seu pescoço. Tentei não pensar no que era, mas não compreendi que era sangue. Mais tarde, me lembraria de que podia ver pelo jeito como Yaniv abanava os braços enquanto dava um passo, depois outro, para trás, que ele sabia que era sangue. Naquele exato momento havia algo neste mundo que ele entendia e eu não.

Yaniv desmoronou no chão e parou de se mexer. As pessoas tagarelavam ao meu redor, mas eu não entendia as palavras. As vozes dos operários palestinos. As vozes dos empreiteiros israelenses. As vozes dos soldados. Soavam diferentes umas das outras, mas ao mesmo tempo era como se gritassem as mesmas palavras, palavras que eu não captava. Olhei para o chão e vi minha boina azul cair, tombar, atingir a areia, e não sei por que minha mão se esticou para pegá-la e congelou. Fiquei parada naquela posição, como uma criança tentando amortecer para sempre a queda de um balanço.

Um tiro foi disparado. Não vi quem o disparou, ou o que atingira; apenas o ouvi, crescendo ao atravessar a areia e a fila e a barricada de cimento onde eu ainda tentava amortecer a queda que eu não sofria.

*

O homem que esfaqueara Yaniv era Fadi. O tiro disparado contra Fadi não havia passado nem raspando por ele, e embora estivesse mais pálido do que nunca ao ser arrancado do carro pelos oficiais, eu sabia que era ele porque o conhecia muito bem. Ele me ajudara a ter três noites de bom sono.

Ele não me olhou, não com o queixo ou com os olhos, quando o levaram. Ele não sabia que eu existia, que eu existia no mundo e via as coisas.

Seus olhos eram os de um homem no qual o aborrecimento tinha morrido.

*

Esqueci-me de Fadi. Esqueci mesmo. E de Yaniv. Esqueci-me por um tempo. Só lembrei dois dias atrás. Lembrei-me do trajeto até o posto de controle, na manhã seguinte ao pescoço de Yaniv. Minha cabeça. Lembrei-me da minha cabeça. A couraça de metal da van blindada que não se renderia no percurso inteiro até o posto de controle. Bum, bum e bum. Batia a cabeça no metal a cada giro das rodas, incapaz de aprender. Continuava a não aprender e a deixar minha cabeça pender sobre o ombro direito, só para levar pancada de novo.

Lembrava-me apenas, por causa da van, de quando cheguei a Tel-Aviv dois dias atrás e comecei a procurar apartamento. Tinha guardado o dinheiro recebido pelos nove meses que servi como oficial. Preenchi os formulários para entrar na escola de oficiais no dia seguinte à morte de Yaniv. Não queria mais ser apenas uma garota retardada do posto de controle. Não poderia.

Em todo caso, deixei de ser oficial uns meses atrás, e agora estou começando a vida. Óbvio que procurei primeiro nos bairros jovens de Tel-Aviv, os que contam com aqueles táxis enormes, sabe? Na verdade os táxis são vans, porque o motorista pode pegar até dez pessoas e deixá-las onde quiserem ao longo do trajeto que percorre. De qualquer modo, quando estava procurando lugar para morar tomei um desses táxis de Tel-Aviv, o número 5, e o passeio — acho que foi tranquilo. Sinceramente, nem sequer bati o cotovelo.

Mas faz apenas uma hora que aluguei um apartamento perto da praça Rabin. Não vou ser desagradável e falar de grana, mas digamos apenas que com o tanto que vou ter que trabalhar para pagar o aluguel, as vans de metal não ficarão muito longe das minhas lembranças. E Fadi. Estou pagando pela vizinhança porque os táxis aqui são iguais aos do resto do mundo. São amarelos, e são carros. Não há nenhum táxi-van bizarro.

E também, eu sei que me lembro de Fadi porque embora meu sono venha sendo uma bênção desde o dia do pescoço de Yaniv, ultimamente, por algum motivo, teve uma noite, talvez duas, em que precisei assistir à tevê até adormecer. Precisava das cores irradiando do caixote aos meus olhos, para que eles se fechassem.

*

Aquela noite. Naquela noite, escutei o bate-papo das garotas etíopes e marroquinas na pérgula externa aos trailers.

Fui ao banheiro e me olhei no espelho. Puxei minha arma e a coloquei sob a maçaneta da porta para que ninguém conseguisse entrar, embora soubesse que as garotas todas estavam fumando, que passariam horas fumando, e que seria deixada em paz.

Tirei as botas e depois arranquei as meias. Eram brancas, e me lembro de ter ficado horrorizada ao perceber que tinha passado o dia inteiro de meias brancas, porque quando estávamos nos postos de controle só podíamos usar meias escuras. E embora fosse uma soldada da polícia militar na unidade de transições, ainda era uma soldada da polícia militar, representando a boina azul e tudo o mais.

Aquelas meias brancas. Lembro que foi isso o que me horrorizou naquela noite.

Meu cinto, calças verdes, camisa verde, regata verde, sutiã, a roupa íntima que tinha virado do avesso porque as limpas tinham acabado. Tirei tudo e me olhei nua no espelho manchado. Os seios que eram grandes demais, as rugas novas que haviam se formado nos cantos da boca.

Percebi que era soldado naquele momento, e olhei e olhei e olhei, e não tive medo. Em algumas semanas eu completaria dezenove anos. Foi na véspera do dia que preenchi os formulários me oferecendo para entrar na escola de oficiais. Percebi que era soldada naquele momento e sabia que me tornaria oficial, e não tive medo.

Não tomei banho naquela noite. Pensei em Nur; pensei que ela devia ter tomado banho e que já estava tentando tirar Fadi da cadeia israelense, e que ela era uma mulher forte, e então me lembrei de que a havia criado, havia inventado, e que eu era uma soldada e ela não era real.

Aquela noite. Naquela noite, escutei o bate-papo das garotas etíopes e marroquinas na pérgula externa aos trailers.

Quando estava na cama, imunda, as escutei dizendo que o pescoço de Yaniv foi praticamente cortado em dois pela faca que o palestino no carro usou para matá-lo, e eu teria pensado no rosto de Yaniv, suas sobrancelhas pontudas, espessas. E teria refletido sobre o que as meninas queriam dizer com "*praticamente* em dois", mas adormeci antes que pudesse. Adormeci sem pensar em absolutamente nada. Foi fácil. Tudo é possível quando você insiste.

# Pessoas que não existem

**Pessoa A**

O corpo do sudanês ainda está espetado na cerca de arame farpado. Nadav diz que os soldados egípcios e nós, os soldados israelenses, somos como duas crianças num píer, esperando que a outra mergulhe e reivindique o cadáver. A mão do homem sudanês avança numa braçada sobre sua cabeça e a língua pende para fora da boca. Parece um nadador congelado. Nadav diz que sou uma garota especial. Ele diz: "Avishag, a única pessoa na qual você pensa é em si mesma." Não era meu turno quando os egípcios atiraram no homem. Quando é meu turno, fito a cerca pelo monitor verde por doze horas e penso em pessoas que não existem. Nós nos conhecemos bem, as pessoas inventadas e eu. Mas Nadav diz que isso é o oposto de pensar em outra pessoa. Seguimos de Humvee junto à cerca porque Nadav é oficial e tem que averiguar as meninas mais velhas, as que vigiam torres e postos de controle. A guarda do portão pede meu passe de soldado e lhe mostro que me deram o dia de folga. Foi um pouco difícil, pois a base nunca tem número suficiente de garotas novas, garotas que têm de trabalhar como vigias durante quatro meses depois de terminar o treinamento, e não fazem nada além de olhar fixo para os monitores. Antes de chegarmos à estação de ônibus, pergunto se faz mal eu só pensar em mim mesma. Nadav havia se esquecido de que me disse isso uma vez. Ele declara que todos acreditam que se essa ou aquela pessoa é diferente deles, então *elas* não são quem elas são, e eu sou a única pessoa do mundo que não compra essa ideia porque só penso em mim mesma. Não sei o que isso significa. Não sei se isso quer dizer que é ruim ou bom. Quero um hambúrguer. Dois.

**Pessoa B**

Depois que tudo acaba, depois que estou em segurança, abro os olhos e todos veem que estou viva. Sou a única garota em um quarto de hospital repleto de homens feridos que também são do meu país. Estão em silêncio mas eu grito, porque posso, porque quero água. A doutora do país pequeno se aproxima e faz uma pergunta na língua do país pequeno e o tradutor traduz. A médica quer saber como escapei do Sudão. Quer saber o que eu estava pensando. Ela me dá água em um copo. Ela quer dizer, explica o tradutor, o que eu estava pensando quando joguei meu corpo na cerca feita de faquinhas. Não pensei, quero responder à médica. A decisão não foi minha. Eu *a* senti. Ela estava lá. Mamãe. Mamãe. Mamãe. Um milhão de vezes e mais uma e de novo e mais. Ela era um gigante e uma jovem e uma uva e o vento de uma só vez. Ela estava lá e depois não estava. O guia que nos tirou do Egito afirmou, em Israel, no país pequeno, eles não acreditam em mágica. Acreditam nas pessoas. No país pequeno, acredite no que eles acreditam, faça como eles fazem.

**Pessoa A**

Na estação de ônibus, Nadav pede dois hambúrgueres, mas diz que eu só devia pedir um. Ele diz que eu nunca termino dois hambúrgueres, eu digo que não é verdade, mas é. Eu digo que dessa vez vou terminar. Faço piada. Pergunto: "E se eu estiver comendo por dois?" Ele ergue as sobrancelhas e me surpreende. Ele diz: "Avishag, vamos levar adiante. Vamos criar o bebê em uma fazenda de cultivo de pimenta no deserto de Negev e ser felizes." Ele vai terminar o serviço em um ano, de todo jeito. Vai ser incrível. É incrível. É a solução, para toda e qualquer coisa. Nadav diz muitas coisas para mim, e eu deixo, pois é meu primeiro namorado, ou porque é um oficial. Mas em seguida rio e declaro que estava brincando, como se fosse capaz de contar uma coisa dessas para ele na fila do McDonald's. Digo que vou comer só por mim, mas ainda assim quero dois hambúrgueres. E fritas. Vou comer só por mim, mas é verdade que estou grávida. Não lhe conto porque ainda não sinto de verdade. Meu corpo ainda parece ser só eu. Até o meu corpo me trai ultimamente, e eu o traio. A questão é que sou apenas eu no mundo. Sinto fome, enjoo, mais fome, mais enjoo. E em todo caso não sou de falar muito. Não tento uma idiotice dessas desde o campo de treinamento. Ainda falta meio hambúrguer, e Nadav diz que tenho que agir que nem homem. Ele só vai embora depois que eu acabar. Parto o que resta do hambúrguer em dois e enfio um pedaço goela abaixo. O picles fica entalado ao descer e o ácido do ketchup sobe, seguido pela carne. Depois que vomito no chão do McDonald's da estação de ônibus, Nadav diz que este é o exemplo perfeito do fato de que só penso em mim mesma. Tenho vontade de dizer que ele tem razão, mas preciso tomar o ônibus 72.

**Pessoa B**

Você preferiria pensar que não existo, mas existo. Isso aconteceu. Foi isso o que aconteceu. Ele pedalava uma bicicleta de três rodas com uma cesta que parecia um filhote, e era assim que ganhava dinheiro nos campos. Ele era marido da minha mãe mas não era o meu pai, e em alguns meses ganhou dinheiro suficiente para pagar um guia que levasse nós três ao Egito, e de lá ao país pequeno. Não tínhamos permissão para dizer "Israel", mas as pessoas o chamavam de país pequeno. Todo mundo por todos os cantos do Sudão murmurava sobre ele, sobre a forma de se chegar ao país pequeno, sobre esta ser a solução. Quando vieram e começaram a matar pessoas no campo, o marido da minha mãe me escondeu na cesta da bicicleta, debaixo de um lençol, e ninguém me tocou e ninguém me feriu e eu estava segura, mas apenas de certa forma e apenas por um tempo. Nós três estávamos a salvo, e todos sobrevivemos ao primeiro dia. Foi esse o problema. O guia disse que iria embora na manhã seguinte e que queria mais dinheiro por cabeça, muito mais dinheiro, se fosse para levar alguém. Foi então que eu soube que teria de matá-lo. O marido da minha mãe. E por conseguinte foi muito fácil saber que eu teria de matá-la também. Todo mundo do campo estava economizando para ir ao país pequeno, e agora todo mundo precisava de mais dinheiro e em todas as tendas filhos matavam os pais por dinheiro e pais matavam os filhos e as esposas — dependendo de quem fosse mais forte. Mas eles, minha mãe e o marido, foram dormir. Eles se amavam. Eles me amavam. Foram dormir, mas na verdade estavam esperando a morte, porque depois que as pessoas chegam a um campo, elas não vão embora, elas retornam na manhã seguinte e na outra, e a manhã sempre chega, trata-se de um fato, até que em pouco tempo a última pessoa do campo não existe mais e assim termina em poucos dias. A história termina em poucos dias. Eu queria o dinheiro que já tínhamos, mas eles disseram que não, que iriam manter as esperanças, e que o dinheiro mal dava para uma pessoa e se fôssemos, iríamos todos. Há esperanças; eles pensavam que sempre havia esperanças. Acreditavam em mágica. Não tinham medo de mim porque eu não era um filho. Era filha, e baixinha, bem baixinha. Foi por isso que precisei usar fogo e não uma pedra; por isso precisei ser ágil, e fui. Consegui o dinheiro; funcionou. Logo, também comecei a acreditar em mágica.

**Pessoa A**

O motorista do ônibus 72 para ao lado de uma sorveteria só porque pode, e compra um sorvete para a filha — sorbet de pêssego, para ser exata —, e todos os passageiros são obrigados a esperar. Um garoto em idade escolar que está sentado atrás dele berra que isso não é jeito de se comportar, e o motorista diz que ele que chupe seu pau, embora a filha esteja logo ali e seja pequena e isso seja totalmente errado. Também quero dizer alguma coisa porque me preocupa a possibilidade de me atrasar para a consulta médica, mas não falo nada porque no lugar do motorista do ônibus sem dúvida eu pararia para comprar sorvete sempre que tivesse vontade, só que compraria sorbet de maçã e não pararia porque meu filho queria sorvete, eu pararia porque eu queria sorvete, sorbet, para ser exata. Portanto entendo a intenção do motorista. Talvez isso conte como pensar em outra pessoa, e tenho vontade de contar isso a Nadav, mas não posso, é claro, porque ele já voltou à base, porque estou sozinha. Na clínica, a médica diz que tenho duas opções, e me empolgo porque minha coisa preferida na vida é poder fazer escolhas, e eu não achava que teria alguma alternativa nessa questão: pensei que fosse apenas algo que teria de fazer, assim como na vida normal, como no exército. A médica diz que podem aspirar e raspar o que sobrar, ou posso tomar dois comprimidos e o feto desceria sozinho. Entro em conflito. Se aspirarem, será de imediato, e estou meio entediada e ansiosa para saber qual seria a sensação, se me sentiria diferente ou pelo menos triste, o que não acontece há muito tempo. Mas se tomar os comprimidos, posso ir embora logo e retornar à base e então talvez meu oficial me deixe assinar apenas meio dia de folga e assim poupo esse meio dia, pois o oficial responsável pelas garotas da vigília é muito legal; ele é amigo de Nadav. Também poderia ser interessante simplesmente cumprir meu turno e fumar um cigarro na sala de vigilância enquanto um bebezinho minúsculo desce e ninguém além de mim sabe disso. Eu nem sabia que o comprimido existia! As maravilhas da ciência. Fico contente porque as duas opções são interessantes. Torna toda a decisão muito mais especial. Mas no final das contas decido pelos comprimidos só porque sinto saudade delas. Sinto saudade das pessoas inventadas no monitor verde.

**Pessoa B**

A mágica que aconteceu depois que fui embora do campo foi uma mágica bastante incomum; foi ocasionada pela minha mãe, e não foi a mágica que se esperaria. Talvez você imagine, pelo que vou contar, que tive muita sorte, mas não tive. Algumas pessoas tiveram que caminhar de Darfur para Cartum, mas o meu grupo só andou algumas horas e depois nosso guia nos transferiu para o caminhão de um beduíno. Uma das outras mulheres teve que se sentar na cabine do caminhão e fingir ser esposa do beduíno, e o restante ficou na carreta em meio a caixotes de madeira de batatas e farinha. Observei o beduíno pegando a mão da mulher e ajudando-a a subir na cabine do caminhão, e foi neste momento que ouvi pela primeira vez, dentro dos buracos dos meus ouvidos, os dois estalos de reprovação que alguém fez com a língua, e soou como a minha mãe, eu acho. *Nada bom, isso não é nada bom*, escutei um sussurro latejar na minha testa. A mulher que subiu na cabine aparentava uns dezoito anos, minha idade. Sua pele era de uma palidez incomum, parecida com a dos trabalhadores imigrantes da Índia. Naquele instante percebi que independentemente do que me acontecesse, vivendo ou morrendo, ou até mesmo se virasse rainha, minha pele jamais seria clara como a daquela mulher. Eu jamais seria tão linda. Isso partiu meu coração; partiu demais. Tudo era em vão. Eu nunca tinha refletido sobre nada remotamente parecido com esse tipo de preocupação, mas agora era só nisso que conseguia pensar, a minha pele. Ao longo das horas e dias que as rodas giraram pela areia, chorei tanto que os outros me ofereceram suas porções de pão e carne-seca. Não conseguiam imaginar o que eu tinha visto que pudesse me deixar ainda mais triste do que eles, porque tinham visto o que havia de pior, e isso amolecera o coração até dos filhos que tinham quebrado o crânio dos pais com pedras. Porém, eu chorava porque o movimento das rodas me ofendia. Não parava de pensar que não importava se e onde chegaríamos. Minha mãe e o marido continuariam mortos e ainda seria eu quem os matara. Pior que isso, eu continuaria sendo eu, e eu não tinha nada em lugar algum, e eu seria nada em qualquer lugar. Quando chegamos ao Egito, nosso guia se apavorou porque tinham acabado de descobrir dois caminhões que transportavam ilegais e não mataram só os ilegais: mataram os guias beduínos junto. Mas nos deixaram passar sem incidentes. Foi então que tudo ficou sombrio, depois ainda mais sombrio.

**Pessoa A**

Quatro horas após tomar o segundo comprimido eu penso que vou morrer, mas sei que não vou. Minha barriga dói pelo lado de fora, como se um baterista batesse nela com as mãos. Caio para a frente, mas estico o pescoço para cima, pois sei que vão gritar comigo se eu tirar os olhos do monitor. Nos meus dezoito anos de vida, houve momentos que achei que morreria, mas vivi e continuei vivendo. Quando fui alocada aqui, dois meses atrás, e cumpri meu primeiro turno perante a tela verde, consegui chegar até a quarta hora e então não tive dúvida de que morreria. Ao meu redor, por todos os lados, havia garotas vigiando suas faixas da cerca e eu não entendia como eram capazes de fazer isso por doze horas, e depois outra vez, e depois de novo, e mais outra. Não parava de pensar que essa seria minha vida nos próximos quatro meses, até que me deram permissão para trabalhar em postos de controle e torres de vigia, até que consegui "entrar na unidade", como disse Nadav, e nem imaginava como sobreviver até a hora seguinte. Os pixels verdes mergulhavam uns nos outros. Ficaria vesga. Na minha cabeça, contava até mil, recomeçava e recomeçava. Depois resolvi morrer, ou ao menos dar um tiro no pé quando o turno acabasse para que tivessem que me liberar do exército. Ponderei em qual atirar, se no direito ou no esquerdo, e foi meio divertido e me ajudou a passar tempo, e no instante em que sorri eu os vi. Entre os pixels, listras brancas estáticas formavam contornos de pessoas, centenas de miniaturas de pessoas, minhas pessoas, pessoas que não existem. Não foi a primeira vez que vi essas pessoas, mas já fazia seis anos que não as via, desde que tinha doze, a última vez que tive piolho. Da primeira vez que tive piolho, tinha oito anos e imaginei que morreria, mais não morri. Cocei a cabeça com muita força usando um lápis, enfiando-o no couro cabeludo, e quando tirei o lápis havia nele piolhos com sangue. Não achava que isso me mataria. Ainda assim, contei à minha mãe, e com uma escova ela espalhou gasolina pelo meu cabelo inteiro e me obrigou a ver tevê com um lenço na cabeça. Os piolhos fugiam da minha cabeça como se fosse de uma câmara de gás. Eu os sentia escapando e os via rastejando pelo meu pescoço todo, uma torrente de patinhas minúsculas e corpos redondos. Também não achava que isso me mataria. Mas em seguida minha mãe disse que precisaríamos acabar também com os ovos. Tive que ficar horas de pé no chuveiro enquanto ela passava um pente fino contra piolhos no meu cabelo. Ela também conversava comigo, e era isso o que eu mais detestava porque na época ela estava muito ocupada com os três filhos e o trabalho como professora escolar de História, sem ter marido, portanto resolveu usar aquele tempo com eficiência e me dar sermão sobre o fato de que eu nunca botava a louça na pia, de que eu sempre deixava a mochila junto à porta da frente, de que eu levava lama para dentro de casa e todas essas coisas que a estavam matando e de que sua única esperança era de que eu crescesse e tivesse uma filha igualzinha a mim, assim finalmente entenderia a merda que eu era. Não achava que nada disso me mataria, mas detesto palavrões, detesto agora e detestava quando era pequena, e sentia caroços na garganta sempre que ela os usava, e usou bastante quando estava tirando os ovos de piolho. Ela levou quatro anos para se livrar do piolho de uma vez por todas, e no começo eu sempre tinha que ficar de pé no banheiro e achava que morreria toda vez que ela falava palavrão — até que as inventei, as pessoas que não existem. Eram feitas de pontos marrons nos ladrilhos brancos do chão do banheiro.

**Pessoa B**

Cresci ouvindo histórias de pessoas que eram abandonadas ou estupradas pelos guias e deixadas à morte no meio do caminho, porém no Egito os vinte integrantes do meu grupo foram convidados a ficar alguns dias com a esposa verdadeira do beduíno em um vinhedo. A esposa era muito enrugada, mas sabia ler e de fato lia o Corão todas as noites, e eu não sabia ler, e então me ocorreu que nunca havia aprendido a ler, e pensei que, mesmo se aprendesse, nunca seria muito boa nisso e já tinha perdido dezoito anos, portanto que diferença fazia? De novo escutei os muxoxos de reprovação da minha mãe, os sussurros de *nada bom, isso não é nada bom.* Nunca na vida tinha pensado em nada parecido; esses pensamentos estavam na minha cabeça, mas não eram meus. Concluí que eram mágica, e que a mágica pode existir, e que é maligna. A mágica só ia ficando mais forte. O beduíno e a esposa foram muito gentis conosco e acima de tudo comigo: sorriam como crianças de manhã, e a esposa até me levou para um passeio no vinhedo, e então me ocorreu que eu jamais seria tão gentil, não com desconhecidos nem com qualquer pessoa desse mundo, que meu coração era negro que nem carvão, que nem os de uma bruxa, e que não era uma pena e que não haveria nada no mundo que pudesse me tornar melhor? Caminhamos pelo vinhedo e por um segundo, pela primeira vez desde que saíra do campo, tudo estava um pouco bom, tudo era de verdade e sem mágica. Nunca tinha visto uvas. Abaixei-me no meio das folhas verdes e contemplei uma, apenas uma uva. Era bem redonda e verde e tão pacata que senti inveja. Sua pele era lisa e brilhava sob o sol, deixando à mostra as rugas internas, rugas de mistério e carne e dignidade. Toquei-a com cuidado. E então escutei os muxoxos novamente. O sussurro de *nada bom.* Foi nessa hora que eu soube que estava perdida, quando esse pensamento me ocorreu: que não importava o que acontecesse, não importava o que fizesse, tudo seria em vão — eu nunca, jamais, nem em um milhão de anos, me tornaria uma uva.

**Pessoa A**

Criei o jogo que faço com as pessoas que não existem quando tinha oito anos e tive piolho; eu fingia que as pessoas eram os pontos nos ladrilhos do chão do banheiro. Agora jogo com as pessoas que finjo ver entre os pixels do monitor no decorrer do meu turno. Nem percebo as doze horas passando. Quando meu turno acaba, chego a ter saudade dessas pessoas. O jogo é assim: finjo que um grupo de pixels do monitor é na verdade um grupo de pessoas. Às vezes estão em um país. Às vezes estão no espaço. Outras horas, estão apenas numa sala gigantesca. Não interessa.

Em seguida, finjo que sou a soberana, e faço um anúncio especial, de que foi descoberto que um deles é muito especial, a pessoa mais especial de todas. Às vezes essa pessoa canta muito bem, em outra, a pessoa é a mais inteligente que já existiu, e uma vez ela é a pessoa mais bondosa do mundo. Mas essa pessoa, sempre uma menina, não sabe que é tão especial. Ela acha que é insignificante. Em geral, é apenas o menor pixel, aquele na pontinha do monitor, e quando lhe digo o que ela é de verdade, me deixa te dizer, ela fica tão empolgada que sente o gosto do coração na boca. Ela jamais imaginaria. Então o jogo recomeça com outro grupo de pixels, quiçá os pixels abaixo do salgueiro quebrado ou os da borda inferior. Nunca me canso porque acho que minha memória já está tão destruída que pouco depois que uma rodada do jogo termina eu esqueço tudo sobre as pessoas. Também me esqueço de coisas reais, como todas as brincadeiras que fazia com Yael na escola e meus programas preferidos e o som da voz de Dan e a data de aniversário da minha mãe e quem eu sou. Nadav diz que isso acontece com muitos soldados da vigilância, que faz parte do trabalho. Nadav acha que enlouqueci, que estou muito calma, complacente. Ele me perguntou o que acho do monte de sudaneses que pulam a fronteira do Egito com Israel, e disse que eles só me distraem dos jogos com pessoas inventadas, porque se pulam a minha faixa da cerca, tenho que avisar pelo rádio, e quando levam tiro, ainda que não morram, eles me distraem bastante. Nadav se enfureceu com a resposta, imaginei que talvez eu tivesse soado antissionista, então acrescentei: "Mas é claro que acho os egípcios uns animais." Então Nadav falou que eu era ingênua. Ele disse que não podemos atirar nos sudaneses porque faz mal à nossa imagem, mas também não os queremos aqui porque teríamos de lhes dar emprego, e eles trazem doenças, e reduzem os índices judaicos. Portanto, deixamos que os egípcios atirem neles, já que os egípcios não ligam para a imagem porque o mundo já pensa que eles são ruins, mas os perdoa por serem árabes. Não consegui acompanhar a explicação, então olhei para a parte branca de seus olhos e imaginei uma sala cheia de pessoas imaginárias. Foi nessa hora que ele disse que só penso em mim. Não tinha jeito. Mas não dei muita importância na época. Agora gostaria de ter me importado. Sinto cólicas na barriga como se ela tentasse forçar o caminho por entre minhas pernas, e meus olhos tremem tanto que todas as pessoas inventadas sumiram e só vejo uma cerca no monitor verde e a árvore quebrada, e ainda faltam oito horas para o turno acabar. O corpo do homem sudanês ainda está espetado ali, bem na ponta, borrado nas curvas do monitor.

**Pessoa B**

Andamos em direção à cerca da fronteira de Israel com o Egito em fila única e na escuridão total, a mão no ombro uns dos outros. O guia havia nos deixado uma hora antes e nos disse para simplesmente seguir reto e rezar para Deus. Não sabia por que caminhava, mas não sabia o que fazer senão caminhar, portanto ia em frente. Adiante havia um salgueiro; estava quebrado, mas a copa ainda estava verde, caída no chão. Os pensamentos mágicos, os sussurros de *nada bom*, pioram a cada passo. Tentei convencer minhas pernas a chegarem apenas até a árvore e depois nós veríamos. Nunca poderia voar como um pássaro, então que sentido teria? Passo. Muxoxos. *Nada bom*. Jamais poderia ser homem, então que sentido teria? Passo. Muxoxos. *Nada bom mesmo*. Jamais poderia voltar a ser criança, então que sentido teria? Passo. Muxoxos. *Nada bom, não tem sentido*. Quando cheguei à árvore quebrada, disse às minhas pernas que agora elas teriam de chegar apenas até a cerca ali na frente, seriam só mais alguns passos. Mas era tarde demais. Os sussurros de *nada bom* alcançaram minhas sandálias e elas ficaram presas na areia. Parei. A mulher atrás de mim e o homem à minha frente se viraram para me olhar, mas enxergavam somente os meus olhos, e tinham nos dito para não fazer barulho por causa das torres de vigia, portanto eles se afastaram logo de mim. Nunca conseguiria parar a mágica, os pensamentos, portanto *que sentido teria*, pensei, e foi nessa hora que as luzes se projetaram das torres egípcias, torres que nem sequer tínhamos visto, mas estavam tão perto de nós que eu via a pintura descascada através dos jatos de luz, a pintura descascada e as armas apontadas e os gritos e a cerca adiante; estávamos tão perto e eles todos corriam, mas fiquei imóvel até que algo me empurrou por trás, um tiro, e minha cabeça caiu e se entranhou nos galhos da árvore quebrada e em seguida os pensamentos e o mundo se tornaram silenciosos e frios, mas apenas por um breve minuto.

**Pessoa A**

Temos direito a um intervalo de dez minutos para ir ao banheiro a cada seis horas, e isso é bom porque troquei o absorvente, e também é bom porque, naquele exato momento, resolvi mudar quem sou. Não é pelo que Nadav diz. Não ligo para o que Nadav diz, nunca liguei, pois independentemente do que diga ele continua me chamando para ir à tenda dele todas as noites. É porque agora que a dor fez com que todas as pessoas que não existem desaparecessem do monitor, me dei conta de que não poderei me fiar nelas eternamente. Que é hora de começar a me preocupar com alguém além de mim mesma. Só me restam alguns minutos de intervalo para começar a me preocupar com alguém além de mim, portanto faço muita força para me concentrar. Fecho os olhos e começo pelo bebê. Nunca cogitei tê-lo, e a médica nem me questionou. Ela presumiu. Sempre presumem no que tange a soldados. Tento imaginar que fazemos os tipos de coisas que eu fazia quando criança, mas após cinco meses de turnos diante do monitor verde minha memória está tão destruída que não me recordo bem de nada de quando era criança, não bem o suficiente para fingir, não bem o suficiente para lembrar o cheiro. O único cheiro que sinto agora é de sangue e suor. Só lembro bem dos piolhos. Portanto tento me imaginar penteando o cabelo da minha filhinha com um pente fino contra piolho, mas não dá certo pois quando ela se vira, não tem rosto, somente um círculo apagado cor de pele. E acho que esse é o oposto de pensar em outra pessoa, dar à minha filha uma cabeça sem rosto, portanto paro de imaginá-la como seria e passo a imaginá-la como é de fato, e faço muita, muita força para me sentir mal. Chego a esfregar os olhos e tentar chorar. Imagino o bebê como vemos em retratos de fetos em panfletos sobre aborto, pequeno como uma unha e fofo como um alienígena encolhido; o imagino nadando feliz pelo sangue e tecido, até que de repente é empurrado em direção a uma luz enorme, assustadora, e sabe que vai morrer. Mas trata-se mais de um exercício de raciocínio interessante do que de tristeza, pois sei que o bebê não sabe que vai morrer. Desvio o pensamento para todos aqueles sudaneses que levam tiros junto à cerca todas as noites, para o fato de que saem do inferno e caminham sem parar com bolhas nos pés e acabam mortos, mas só me restam dois minutos de intervalo e, além disso, você tem que entender, é complicado me sentir mal por eles porque na verdade parecem africanos e são diferentes de todo mundo com quem já falei e eles são tantos, tantos, e sempre morrem, e também minha barriga começa a doer menos e concluo que mudar quem sou vai ser muito difícil.

**Pessoa B**

Muxoxo, sussurro de *nada bom*, que sentido tem qualquer coisa se eu nunca... se nunca sou todas essas milhões de coisas? A mágica venceu. Os pensamentos eram tudo; em breve eu não existiria. Meu ombro estava quente e úmido devido ao tiro, ouvia menos gritos dos outros, e conseguia enxergar a cerca. Tinha areia na boca e esperei que aquilo acabasse. Não senti tristeza; senti-me aliviada, salva. Inclinei-me para o lado não por querer respirar e sim porque meu corpo me obrigou. Encolhi as pernas e abracei os galhos quebrados da árvore com os braços. Pus o queixo entre as mãos. Uma criatura encolhida. Meu ombro esquentou mais ainda. Em seguida, meu outro ombro também ficou quente, mas era uma quentura diferente, quentura do toque de alguém que não era eu. Quente como o perdão, quente como uma mãe.

**Pessoa A**

As pessoas que não existem, continuo sem achá-las no monitor verde quando volto do banheiro. As outras garotas da vigilância estão entusiasmadas. Gali, que passou pelo campo de treinamento comigo, me conta que o entusiasmo se deve ao fato de que mais uma vez alguns sudaneses tentaram pular a cerca, mas os egípcios atiraram na maioria antes que os sudaneses sequer percebessem que estavam perto. Muitas coisas podem acontecer em dez minutos. Fecho os olhos para enxugar as lágrimas com as pálpebras antes que escorram. Estou chorando, mas só porque nesse exato segundo uma pontada atravessa minha barriga, uma dor diferente da anterior, uma dor sem igual, e penso que agora o bebê sem dúvida se foi. Fecho os olhos apenas por um segundo, e quando os abro continua não havendo nenhuma pessoa que não existe na tela, há apenas uma árvore quebrada, mas também, ao lado dela, uma pessoa no chão. A pessoa é muito maior do que as pessoas inventadas que geralmente aparecem na tela; é tão grande quanto os sudaneses geralmente parecem ser pela tela. É do tamanho de uma unha e fofa, encolhida como um alienígena. Vejo-a respirar na cama de areia. Nos metemos em apuros se tocamos na tela porque ela fica arranhada, mas não ligo. Estou pensando em alguém que não eu mesma. Estico a mão e toco o monitor verde — é frio e distante e real. Finjo tocar a criança que jamais conhecerei. Finjo que não existo. Durante somente aquele instante, a única coisa que existe é ela.

**Pessoa B**

Deitada na areia junto à árvore quebrada, eu via a cerca e sentia alguém me tocando. Senti a mão de alguém no meu ombro por muito tempo. Não era um galho quebrado. Era um toque. Um toque vítreo, eterno. *Mãe*, pensei. Um milhão de vezes e mais vezes e mais. Mãe, mãe, mãe. Uma vez, depois que meu pai foi embora, ela me ensinou a fazer arroz. Ela segurou minha mão; misturamos juntas. Isso tudo foi há muito tempo. Ela segurou minha mão, mas eu era pequena e o arroz ficou duro. Ela falou que a culpa era da água. Ela falou que a água não era boa. Mas foi naquela noite que ela parou de trançar meu cabelo. Não o trançou naquela noite, nem na noite seguinte, ou talvez a questão tenha sido que essa foi a noite que parei de pedir. Ainda assim comemos o arroz, e depois fomos dormir, e depois acordamos. Aquela noite, quando ela segurou minha mão e misturamos — aquela noite poderia ter durado para sempre, mas não durou. Aquela outra noite, perto da cerca, perto da árvore quebrada, aquela noite também não durou para sempre. Deitada na areia, eu seria capaz de jurar, alguém me tocava. Mas por mais esforço que fizesse para escutar a voz de minha mãe, ela esvaecia. Os sussurros de *nada bom* se calaram e depois morreram. A velha mágica maligna agora sumia. E no entanto. A mão de alguém, não dava para vê-la, mas ainda a sentia no ombro. Aquele toque, não era a minha mãe. Eu sabia, na cama de hospital do país pequeno, a bem da verdade eu sabia que jamais poderia ser ela quem me tocava junto àquela cerca. Ser tocada daquela forma, de tal distância, era como ser a uva que jamais poderia ser — poderia vê-la, mas ela não poderia me ver. Quando toquei na uva, meu dedo acariciou a superfície verde e ela era fria e distante e real. O que aconteceu foi que alguém estava ali, mas depois não estava, e em seguida eu, eu me levantei e corri para a cerca feita de faquinhas e pulei. Somente eu.

## Uma metralhadora automática que lança granadas

Um dia, treze dias antes da guerra, me tornei linda. Foi a melhor coisa do mundo. Não deixe que ninguém lhe diga que existe algo melhor que possa acontecer com uma mulher.

O dia começou no estande de tiros mais remoto, o que tem cordas de segurança longas o bastante para podermos mexer em lançadores de granadas automáticos. Foi uma manhã ótima, uma manhã que pareceu uma manhã na praia: cheirava a protetor solar.

— Yael — Hagar me disse naquela manhã —, hoje vai ser um dia bom.

Ela me dizia isso todas as manhãs, desde que ficamos amigas. Aconteceu uns meses depois de Dana me acusar de roubar seus pertences e declarar que só não me delataria se eu me mudasse para outro contêiner. O contêiner de Hagar era o único com uma cama desocupada. As garotas não ficaram contentes com a minha chegada. No início, me ignoraram, mas naquele mesmo dia consegui fazê-las gostarem de mim. Naquele dia fiz amigas.

Aquele dia com os lançadores de granadas automáticos, então, foi mais que bom, pois já tinha feito amizade com as meninas do meu novo contêiner, minhas primeiras amigas de verdade no exército. Chamada de ALGL, lançador de granadas automático leve, a arma pesava tanto quanto um adolescente, e preguiçosamente cavamos um buraco na areia da fundura de nossos joelhos para enfiar ali seu pedestal. Fazia mais de dez anos que o exército israelense não usava o lançador de granadas, e afora instrutores de tiros como nós, apenas um soldado de cada pelotão era treinado para montá-lo e fazer pontaria com ele. Montá-lo era complicado: incluía girar uma série de roscas até a posição certa e alinhar peças em determinados ângulos. Mas depois que a máquina com aparência de sapo era plantada na areia e a série de granadas carregada, mirar era fácil. Você puxava o máximo que desse para a direita. Apertava o gatilho com os dois dedões.

Hagar fez evaporar um Subaru abandonado com sua quinta granada. Em segundos, lançou mais dez.

— Uma máquina que é uma metralhadora automática que lança granadas — disse Hagar, e tirou os óculos de proteção e o capacete. — Bom, não resta dúvida de que é uma coisa que só um cara seria capaz de inventar.

Olhei os restos do Subaru pelo binóculo, a um quilômetro e meio de distância. A poeira rodopiava sobre ele, as rodas eram borrões pretos. A granada tinha um raio de destruição de quinhentos metros.

— Acho que o nome certo é "arma automática" — declarei. — E não metralhadora.

Hagar me ignorou. Levantou-se da areia e pegou o binóculo.

— Dá até para imaginar a cena deles conversando enquanto bolavam a arma: "Ei, cara, sabe o que seria do cacete? Uma metralhadora automática — escuta essa — que lançasse granadas!" — Hagar diminuiu o tom de voz e pôs a mão na virilha. Neta e Amid riram, mas eu apenas sorri.

Ela não era muito boa em imitações, e seu longo cabelo louro me cegava sob o reflexo do sol de junho que raiava nas dunas. Não havia como confundi-la com um garoto e, além do mais, tinha sido dela a ideia de matar o tempo com os lançadores de granadas naquela manhã, e ela não era um cara.

Fui eu quem disse às meninas que abriria mão na minha vez com o lançador de granadas idiota. Do treinamento básico, me lembrava da sensação causada pelo coice, de como eletrizara minha cavidade torácica, e estava feliz, tão feliz, só de ter a companhia das três garotas. A manhã foi boa, e quando Hagar retribuiu meu sorriso, havia uma mancha de batom pêssego em seus dentes, e não havia como não amá-la.

— Para de pensar sujeira — ela me disse.

— Não dá para evitar — retruquei. — Nem acredito que vou passar uma semana inteira com o americano.

Hagar conhecia Ari melhor que todas nós, pois fora designada para treinar seus recrutas rastreadores durante a semana M-16, três meses antes. Como atividade paralela, como uma de suas missões menos relevantes, nossa base organizava um campo de treinamento para rastreadores beduínos. Ari e outro cara, Gil, foram transferidos de suas unidades de infantaria para a nossa base a fim de servir de comandantes dos rastreadores, pois os beduínos eram retardados e incapazes de comandar o próprio campo. No dia seguinte, eu começaria a semana M-16 com Ari e seus novos soldados. Estava ansiosa para ter o que fazer. Estava ansiosa porque, apesar de ter namorado, desde quando o traíra com Boris, não passava uma hora sem pensar em fazê-lo com outro. Para ser mais específica, com Ari.

*

Durante a guerra, tentava lembrar o que fazíamos o dia inteiro, mas não conseguia. Cada dia era um dia. Os meses anteriores à guerra foram lentos. A juventude de Hebron se acalmara, e dois dos meninos da aldeia de Hidna apanharam tanto quando foram flagrados após o roubo da cerca que nenhum dos outros voltou novamente à base. Nossa pequena base conduzia treinamentos de cinco dias todos os meses para o pelotão que assumiu os revezamentos em Hebron e ao longo da Rota 433. Atualizávamos seus atiradores de elite e no resto do mês não precisávamos fazer vigília, pois os pelotões tinham pessoal suficiente para ceder alguns para vigiar a base. Era um ótimo lugar para uma adolescente ficar aquartelada na época. A decisão sobre o que fazer na maioria dos dias cabia às garotas; para Neta, Amit e eu, geralmente cabia a Hagar. Certos dias, ela sentia vontade de usar alguma arma sobre a qual havíamos aprendido no treinamento ("Estou com uma sensação", ela dizia, "acho que é nostalgia"), e o oficial encarregado do depósito de armas nos deixava pegar a arma porque tecnicamente era responsabilidade dos instrutores de tiro garantir que todas as máquinas de guerra funcionassem. Nunca brincávamos duas vezes com a mesma arma, já que depois sempre tínhamos preguiça de desmontá-la e esfregar os resíduos de dentro com um pano encharcado de gasolina para que não enferrujasse e funcionasse de novo.

*

Por volta das dez daquela manhã, chamamos o motorista da van pelo rádio para que nos levasse embora do estande. Nós quatro ocupamos o banco de trás. Neta e eu estávamos com pirulitos de morango na boca e meus dedos estavam melados. O rabo de cavalo de Neta balançava; Amit deitara a cabeça no colo de Neta e pusera as botas cobertas de areia em cima das minhas pernas. À minha direita, Hagar mexia no meu cabelo. Suas unhas compridas me causavam uma sensação gostosa ao arranhar meu couro cabeludo; o cheiro de nicotina misturado ao seu aroma de pepino me acalmava.

— Então eu perguntei pra ele do que ele gostava em mim, por que ele queria ser meu namorado, e sabe o que foi que ele falou? — Dana contou a Tamara. Estavam conversando sobre o namorado de vinte e sete anos de Dana. As duas tagarelavam sem parar no banco duplo à nossa frente. A van as pegara no tanque de gasolina junto ao depósito de armas, onde haviam acabado de limpar suas M-4. Elas limpavam as armas ali todas as semanas. Como se previssem que seriam despachadas para o Irã ou uma merda dessas. Qualquer dia desses.

Pegamos Ari e Gil perto de um reservatório enorme de metal do tamanho de uma sala de aula. Era um reservatório de emergência. A palavra "verdes" fora grafitada na frente. O boato era de que era cheio de balas verdes só até a metade, metade do espaço estava vazio, e uma vez Gil teria conseguido botar a namorada para dentro da base e entrado com ela no reservatório.

Não dava para ver o rosto de Hagar, pois ela ainda mexia no meu cabelo, mas sabia que estava revirando os olhos por causa de Dana. Havia somente dezesseis garotas na nossa base de treinamento, todas instrutoras de tiro da infantaria. O contêiner do terreno de alojamento feminino tinha quatro quartos, portanto cada panelinha de quatro tinha o seu. Porém, Hagar detestava que tivéssemos que escutar as outras nos trajetos de van.

— Ele falou que gosta de mim porque sou normal! O que isso quer dizer? — indagou Dana.

Dana e Tamara moravam no meu antigo quarto, o de número 2, o quarto que Hagar apelidara de "família: o futuro", pois as garotas ali só falavam dos namorados e das futuras famílias. O quarto 4 era chamado de "família: o passado", pois as meninas que o ocupavam falavam apenas dos pais e irmãos. O quarto 1 era o quarto "os mortos", porque falavam dos mortos, embora não tivesse havido combate desde o nosso recrutamento. Tratavam-se dos mortos que conheciam, por exemplo, da escola, mas mesmo assim falavam deles.

Era assim que funcionava o exército. Estávamos todas matando o tempo, e no final das contas cada uma gostava de falar de apenas um assunto. No meu quarto novo, era sexo.

— Ele explicou que, antes de me conhecer, todas as meninas que ele conhecia em Haifa eram esquisitas, então imagino que seja um elogio, mas mesmo assim! Me diz o que você acha, Tamara... você não acha chocante ele escolher o adjetivo "normal"? Tipo, é por isso que ele me ama? — Dana prosseguiu.

Na vida, disse Hagar, somente três coisas a deixavam feliz: o cheiro de posto de gasolina, Marlboro Light e sexo, e sua única tristeza era não poder se deleitar com os três ao mesmo tempo porque gasolina é inflamável.

Ela terminou meu cabelo e o amarrou com rapidez, bem apertado. Em seguida, puxou o rabo de cavalo de Dana, e quando Dana se virou, Hagar perguntou num tom alto o suficiente para que Ari e Gil a escutassem da frente da van:

— Ei, Dana, você é boa de boquete?

O rosto de Dana ficou vermelho. Neta mexia o pirulito dentro da boca, colocando-o para dentro e para fora. Não era um poço de inteligência, mas era minha amiga, e a acompanhei, e o verão estava a pino, e fizemos Amit gargalhar.

— Ei, só estou tentando ajudar — declarou Hagar. — Só queria te poupar tempo e dizer que é por isso que ele te ama: você deve chupar muito bem.

Foi nesse momento que ele se virou. Ari.

— Ei, se comportem — ele pediu.

Os olhos dele eram verdes, assim como os de Dan, um garoto que eu amava quando era uma colegial sem graça. Mas agora Ari me olhava como se eu fosse tudo menos sem graça.

Juro que olhava!

Abaixei os olhos.

Foi isso o que ele disse em seguida:

— Ei, você é linda.

E eu não vi, mas Hagar, Amit e Neta juraram que ele ainda olhava para mim.

*

De volta ao contêiner, meu rosto queimava. Era meio-dia. Tinha certeza de que uma das garotas tinha armado com ele.

Hagar, Amit e Neta sequer me dirigiram a palavra nas primeiras duas semanas depois que fui transferida para o quarto delas. Imaginava que Lea sabia como controlar um bando de garotas como ninguém, mas isso foi antes de conhecer Hagar. Durante aquelas duas semanas, o número de garotos com que cada uma delas mencionou ter dormido entrava na casa dos dois dígitos, enquanto eu tinha um namorado havia sete anos e o traíra somente uma vez, com um soldado russo baixinho. Elas odiavam o conceito de que eu, ou qualquer pessoa, tivesse namorado. Mas eu detestava Moshe, o namorado verdadeiro que tinha.

Quando passei a detestá-lo, não foi por culpa dele. Foi meu primeiro Pessach na casa dele. Eu tinha dezesseis. Estava entusiasmada. Ok, estava entusiasmada. Entusiasmada a respeito de trabalhadores imigrantes, Ok, a respeito de direitos de imigrantes e tudo o mais. Era jovem. Falava muito rápido. Passava da meia-noite. Havíamos acabado de comer, dito as últimas preces. A toalha de mesa branca ostentava manchas vermelhas, amarelas. Garrafas de vinho vazias, guardanapos sujos, palitos, ossos de frango. A prima dele tinha doze anos. Ela ceceava. Ela estava me escutando. "Não dá para acreditar que é assim que a gente trata as pessoas que constroem nossas casas!", ela declarou. Ela realmente não sabia como o nosso país tratava trabalhadores imigrantes e queria saber mais. Falei ainda mais rápido. Falei mais. Tinha dezesseis. Não sei nem se foi o quanto falei ou minha aparência simplória. Não era uma menina bonita e sabia disso.

Lembro-me do peso dos dedos do pai dele nos meus ombros. O bafo de vinho quando abriu a boca. Ele me interrompeu no meio da frase. "Vou te dizer uma coisa, filho, só espero, pelo seu bem, que ela ao menos seja boa de cama."

Eles fingiram não escutar. Ele estava embriagado: é assim que se age. Não pus a culpa no meu namorado. Eu o detestava. Não estava tentando provar que o pai dele estava enganado. Foi assim que aconteceu. Quando dormimos juntos, resolvi equações de segundo grau de cabeça.

Na nossa última vez na cama antes da guerra, perguntei a ele: "Por que sua mãe sempre põe tahine na salada de berinjela?" Ele não parou. Havia um selo que eu tinha tirado de uma laranja e colado no ventilador de teto. Eu o colocara ali na folga do mês anterior para ter o que procurar quando voltasse.

"Detesto tahine", afirmei. "Berinjela combina muito mais com maionese."

"O quê?", ele indagou. Estava ofegante. Era noite de sexta-feira. Tínhamos acabado de encerrar o jantar de Shabat. Berinjela era meu legume predileto. A mãe dele sabia disso. Eu detestava tahine. Ela também sabia disso. Ele estava pesado demais em cima de mim, o quarto quente demais; me enfureci rapidamente.

"É porque ela é mão de vaca", afirmei. "Ela sabe que tahine dura mais que maionese."

"Shh", ele pediu. "Alguém pode escutar a gente."

Nos escutar falando de berinjela? Voltei a seguir o selo da laranja, rodando e rodando e...

Quando Hagar enfim falou comigo, tarde da noite, na escuridão, quando nós quatro estávamos nas camas portáteis, responder à pergunta dela foi extremamente fácil.

— Claro que penso em dormir com outros garotos além do meu namorado. Uma vez até fiz isso com um soldado que treinei. E eu penso no americano Ari. O tempo inteiro. Estou pensando nele neste exato instante.

Responder às perguntas das outras garotas não foi mais difícil.

— Claro que Ari e eu faríamos do lado de fora!

— Acho que, do jeito como ele é alto, deve ser pelo menos deste tamanho.

Pouco depois, as meninas viraram a plateia noturna das minhas fantasias. Tinha amigas. Enfim. Horas e horas transcorriam e eu nunca ficava sem ter o que falar. Hagar sempre queria mais a respeito de Ari. Mais sordidez, mais tamanho, em cores. Como nos filmes. Como a América. Não sabia de onde era o Ari, mas tinha o sotaque que as pessoas chamavam de anglo-saxão.

*

As garotas juraram que não haviam pedido a Ari que ele dissesse que eu era linda na van. Então declarei que a única outra opção era de que estivesse tentando puxar meu saco para que eu não o obrigasse a se empenhar no dia seguinte, durante a semana M-16 dos soldados beduínos.

— Você já pensou na outra opção? — Hagar indagou e me passou um espelho de mão. — Você está gostosa — ela afirmou.

Na van, Hagar fizera duas tranças no meu cabelo e as enrolara em torno da cabeça para que a pele ao redor dos meus olhos ficasse repuxada. Meu nariz era comprido mas nobre, minhas bochechas estavam afundadas, meus olhos brilhavam. Não devia ter sido apenas o cabelo — eu tinha perdido peso desde a mudança para o quarto 3, o quarto do sexo, porque as meninas só fumavam e bebiam Coca Diet. A acne de que sofrera por anos havia sumido, mas foi apenas naquele dia, através do espelho de Hagar, que percebi. De manhã, às vezes Hagar se entediava e me acordava tirando minhas sobrancelhas pretas, e só então notei a delicadeza que meu olhar adquirira por causa disso. Havia passado anos tentando, mas naquele dia me tornei linda, por acaso, e foi um choque.

Acho que o momento em que mais amei Hagar foi naquele segundo, quando desviei o olhar do espelho para ela e me dei conta de que ela e o mundo provavelmente viam o que eu vi no espelho naquela hora — eu, linda.

*

— A gente precisa se acalmar — disse Hagar. — Vamos pôr logo água gelada nas nossas veias. — Na época, naquele mês, pôr água gelada nas veias era seu passatempo preferido depois das armas. Era uma de suas ideias mais esquisitas. Ela dizia que pôr água gelada nas veias provavelmente causaria uma sensação de inverno no verão, e que deveríamos tentar.

Conseguir saquinhos intravenosos gelados para colocar nas nossas veias era por si só uma produção. O sargento da cozinha permitiu que nós quatro usássemos o freezer industrial para congelarmos os saquinhos porque estava apaixonado por Neta. Um dos médicos da clínica pegou saquinhos intravenosos novos e todo o resto do almoxarifado de suprimentos de emergência porque achava que estava apaixonado por Neta até começar a dormir com Hagar e achar que estava ainda mais apaixonado por ela.

Éramos invencíveis.

Hagar beliscou a veia do lado oposto do meu cotovelo com força.

— Ai — exclamei, mas estava sorrindo.

— Você me deixa enfiar a seringa em você dessa vez? — perguntou Hagar.

— Adorei o que você fez com o meu cabelo — declarei. — Você pode enfiar o que quiser em mim, querida.

— Ô, benzinho — retrucou Hagar.

Nós quatro saímos do contêiner apenas de sutiã e calcinha, ignorando os olhares das garotas que estavam fumando.

Usando os dentes, Hagar amarrou um elástico verde acima do meu cotovelo e comecei a abrir e cerrar o punho. Em seguida ela enfiou a seringa, ligeira. Levantou-se e prendeu o saquinho intravenoso a um galho de cedro acima de nós.

Depois de terminar o serviço nas veias de Neta e Amit, Hagar furou a própria veia e se deitou no cimento, sorridente.

— Me refresque, Deus! — gritou.

Estávamos deitadas no cimento de roupa íntima. Amit me emprestou seus óculos escuros Prada falsificados. Era meio-dia e eu sentia o gosto do calor.

Pensei em Ari. O frio se aproximava da minha cabeça a nado. A água gelada nas minhas veias era um fantasma me lambendo por dentro. Acelerei o gotejamento do intravenoso, o que fez com que meus olhos zunissem. Era uma das ideias mais esquisitas que Hagar teve, mas não a mais esquisita. Ela tinha tantas ideias. Ela se perguntava o que aconteceria se puséssemos Coca Diet no saquinho, e precisei lhe dizer que isso significaria colocarmos oxigênio no sistema circulatório. Que nos mataria. Não sei por que eu sabia disso. Neta e Amit falaram que não haviam pensado nisso. Hagar falou que ela também não. Em seguida, disse:

— Mas, pensa só, que jeito bom de morrer!

No cimento, Hagar disse:

— Então. Você. Ari. Treinamento básico dos beduínos. Emocionante. Emocionante.

Não falei nada. Deixei que as garotas esperassem.

— Olha, escutei um boato curioso — anunciou Amit. — Ouvi dizer que talvez passem a dar M-4s aos beduínos, em vez de M-16s. — Tinha consciência de que ela estava tentando nos desviar da questão de Ari, pois elas todas gostavam de fingir que não tinham interesse nos meus papos fantasiosos, principalmente nos momentos em que estavam mais ávidas.

— Como se fossem gastar balas verdes com aqueles retardados — Hagar disse lentamente.

Uma M-16 tem alcance de 100 metros e usa balas comuns. A M-4 tem uma mira que amplia dez vezes, alcance de 250 metros e balas verdes. As balas verdes contêm uma massa que pesa 0,008 quilo. Chegam mais longe, com mais precisão, por serem mais pesadas, portanto os cilindros de metal dentro do cano da M-4 são mais compactos para dar mais ímpeto às balas, mais dinâmica. A M-4 é a arma que realmente pode ajudar você se precisar atingir alguém com rapidez. Mas se você usar uma bala comum na arma, ela não passa dos 75 metros. Jamais atingiria o ponto que você mirou.

Ficamos em silêncio por um instante, mas não consegui esperar e não poderia deixá-las esperando mais pelas minhas palavras, as palavras que eu achava sórdidas.

— Hagar — anunciei. — Eu vou mesmo ficar com o Ari.

— Faz meses que você diz isso — retrucou Amit. Estava com a cabeça deitada na barriga nua de Neta. Neta e Amit já eram melhores amigas antes do exército, e tiveram a grande sorte de parar na mesma base. Se antes eram melhores amigas, agora eram irmãs, mães, tudo uma para a outra. Quando fumamos narguilé e brincamos de jogo da verdade com Ari e Gil, não reclamaram por terem de se beijar. "É como se eu estivesse me beijando", explicou Amit. "É meio que uma viagem!"

— Esperem para ver. Desta vez estou falando sério — declarei. Abri a boca para degustar o sol. Estava gelada por dentro; eu era linda; o sol não me amedrontava. — Ele vai me pegar nos estandes. Na clínica. Na mesa de centro.

— Mesa de centro? — inquiriu Neta.

— É um negócio que eles têm na América — esclareci. — Não me atrapalhe.

— Mas ouvi dizer que ele é canadense — disse Neta.

— Ele é australiano — disse Amit. Foi uma das poucas coisas em que as duas discordaram.

— É, Nova Zelândia, Austrália — confirmou Hagar.

— Não importa de onde ele é, ele é meu — anunciei.

Já tínhamos entabulado aquela mesma conversa inúmeras vezes.

— Escutem, meninas — disse Hagar. — Yael. — Hagar pronunciou meu nome. Falou da mesma forma que eu falava o nome de Avishag naqueles raros momentos em que precisava dela mais do que ela precisava de mim, por um mero segundo. — Você acha que eles o torturam? — indagou Hagar.

Nos últimos cinco dias, desde que acontecera, Hagar nos obrigava a falar do soldado capturado em Gaza. Hagar morava no mesmo distrito escolar do garoto, e todas sabíamos que ela o conhecia, embora ela negasse, dissesse que estava apenas interessada na questão da tortura.

— Sei lá, Hagar — respondi. Era a verdade.

— Não, eles não o torturam; dão chocolate e levam para passear no parque — retrucou Dana. Eu sentia o cheiro de baunilha e suor de sua pele. Tinha sido ela quem me obrigara a trocar de quarto, mas agora se ressentia do fato de que as garotas do outro contêiner me aceitavam. Estava de pé diante de nós, no cimento. — Vocês, meninas — continuou Dana. — Desmioladas, despreocupadas, né? Ele deve estar morrendo de tanta pancada a esta altura.

Ficamos caladas por um instante. Em seguida, tomando cuidado com a agulha na veia, Amit tirou o sutiã. Neta também tirou. Era o que as duas faziam para espantar Dana. A nudez a incomodava. Hagar continuava imóvel.

— Então primeiro o Ari vai me virar — comecei, ignorando Dana. Um minuto depois, ela saiu às pressas, gritando que nós éramos nojentas. A certa altura da minha fantasia, todas adormecemos, os saquinhos vazios. Nos meus sonhos assombrados pelo sol, gelados por dentro, visitei Las Vegas, depois Bel Air, depois a ponte na qual as meninas de *Full House* dirigiam. Ao abrir os olhos, era a única que restava no cimento, e Ari estava parado no portão do alojamento feminino.

Estava! Juro.

— Preciso de ajuda — ele disse.

Ari tinha um medo. Tinha medo de fazer a série de alvos móveis com seus soldados.

Já que eu era instrutora de tiro, obviamente era fanática pelo treino com alvos móveis. Parecia terrível, mas na verdade não era. Os soldados do outro lado da linha de tiro andavam dentro de uma trincheira. O alvo era amarrado a dois gravetos, assim ficava alto o bastante para que os segurassem sem expor os braços. Usavam óculos de proteção e coletes à prova de balas. Ari e eu nos comunicávamos pelo rádio e tínhamos uma palavra de segurança para indicar que ele e os soldados da trincheira poderiam sair e trocar de lugar com os que atiravam. A trincheira estivera entupida naquele último ano, portanto era a primeira vez que ele a testava, mas eu sabia que ele se sairia bem. Eu acreditava naquele treino, como instrutora de tiro. Se fosse para atirar em alguém, a maior probabilidade era de que estivesse em movimento: era importante treinar. Mas Ari tinha razão. Era meio doido, ou ao menos eu acharia meio doido caso meu treinamento básico não tivesse sido como instrutora de tiro e não tivessem me dito que, como instrutora de tiro, eu deveria ser fanática por aquilo.

— O que eu estou falando é: sério? Com toda a grana que o exército gasta em picolés e pirulitos, vou ter que treinar meus soldados a atirarem em alvos móveis dando uma vareta amarrada com um alvo de papelão para metade deles ficarem na linha de tiro? — Ari disse naquele dia.

Então lhe disse que podíamos treinar primeiro os tiros, só nós dois.

Treinar a sós com ele era uma boa ideia, imaginei. A maioria dos rastreadores beduínos sabia pouco hebraico e era propensa a partir para brigas em que tentavam arrancar os tornozelos dos outros com mordidas, portanto era sempre uma boa treinar antes deles.

Ari e eu percorremos a trilha de cascalhos que levava à zona de tiro onde ficava a trincheira. Durante a caminhada, Ari me contou que fora tirado de sua unidade regular para transformar os rastreadores beduínos em soldados, e que acreditara que valia a pena imigrar para Israel por isso. Ele falou que os rastreadores andam à frente da tropa, buscando rastros, e que durante a guerra eles são ágeis, os mais ágeis. Disse que esses são os caras que precisam saber como lutar e que, caso não soubessem, a culpa seria toda dele.

— Você acha mesmo que eles têm como saber o que aconteceu numa duna de areia só de olhar? — indaguei.

Essa parte não era de sua responsabilidade, ele declarou. Afirmou que os beduínos têm a capacidade inata de perceber rastros. Têm anciões que lhes servem de treinadores profissionais para afiar a habilidade.

— Mas acredito que sejam bons — ele disse. — Eles falam que se você pisar no cume de um morro amanhã, daqui a dois anos um bom rastreador ainda é capaz de saber que você esteve lá, e de saber quando.

Depois de chegarmos à área de tiro, antes que ele fosse à linha dos alvos, Ari pôs a mão no meu ombro. Em seguida, foi até a trincheira, de capacete, óculos de proteção, rádio e tudo. Segurava um alvo amarrado a uma vareta comprida, e eu só enxergava o alvo. Prestei bastante atenção para ter certeza de que nenhuma parte de seu corpo estivesse para fora da trincheira. Eu estava atrás da linha de tiro.

Disparei contra o alvo. E mais uma vez.

Mas Ari não andava com a rapidez necessária. Saí da posição algumas vezes para berrar pelo rádio, "Rápido, bem mais rápido", mas foi inútil. As oito primeiras balas que atirei formaram um desenho de meio coração no ponto em que estaria o coração do soldado estampado no papelão. Então mudei de ideia. Perguntei-me por que todos os nossos alvos eram estampados com soldados de uniformes verdes, por que estávamos atirando contra nós mesmos aquele tempo inteiro. A bala seguinte foi para a cabeça. O nariz. Depois uma no olho direito. Como fazia depois de cada bala, fechei os olhos, esvaziei os pulmões, alinhei a mira. Ao abrir o olho direito, o alvo tinha sumido. Ari tinha saído da trincheira. Estava deitado no chão, atrás dela, inerte.

Fui até ele. A caminhada foi pesada no meu coração amedrontado.

Ainda estava de óculos de proteção e capacete. Quando fiz sombra sobre a cabeça dele, ele abriu os olhos.

— Você me matou — ele disse.

— Não matei — retruquei. — Mas poderia ter matado! Por que você não me falou nada antes de sair? — Meu coração berrava dentro de mim.

— Você me matou. Eu era tão jovem. Devia ter transado mais. Devia ter comido outro hambúrguer — lamentou.

Tentei continuar furiosa com ele, mas não consegui.

— Eu te matei — anunciei.

— Vem cá — ele chamou. Estendeu os braços, manteve a coluna ereta.

Sentei-me em cima da barriga dele, as pernas abertas. Ele pegou minhas mãos. Deixei meu cabelo cair sobre o pescoço dele.

Hagar teria se comportado de outra maneira. Mas eu havia sido uma menina menos que bonita por dezenove anos e meio até aquele dia, e tinha passado os últimos três meses pensando em Ari, e de algum modo sabia que quando sonhos viram realidade, temos de guiá-los. Estranho, mas o que eu queria era conversar com ele para esmiuçar seu cérebro. Ele sabia tanto, pensei. Queria falar das coisas que Hagar dissera. Fazer perguntas. Saber — tudo — naquele instante.

— Você acha que a ALGL foi inventada por um bando de garotos?

— Eu acho que foram os americanos que inventaram a ALGL.

— Você é americano?

— Sou da Nova Zelândia, mas falo que sou da Austrália.

— Você acha que eles o torturam? O soldado que capturaram em Gaza?

— Não.

— Você está mentindo para mim porque eu sou uma garota?

— Não. Ele era só um menino no tanque. Eles sabem que ele não tem ligação com a inteligência.

— Você está mentindo para mim porque sou uma garota sentada em cima de você?

— Não. O bom senso diz que ele só serve de permuta, e numa permuta, quanto mais saudável, melhor. As pessoas não torturam as outras se não precisarem de verdade. O mundo real é assim.

Ari afastou as mãos das minhas para segurar meus braços, me equilibrar. Brincávamos de gangorra.

— Qual foi o momento mais feliz da sua vida? — ele perguntou. Era uma cantada. Não me importei. Inclinei-me e o beijei. Queria dizer "Este", mas seria conveniente demais. Queria dizer "Este", mas não era verdade.

Depois do estande, Ari me levou para dar um longo passeio. Acabamos no contêiner de armazenamento emergencial. O que tinha a palavra "verdes" grafitada na frente. Era amplo como as salas de aula da minha infância e tão alto que mesmo se Ari desse o maior salto que suas pernas compridas lhe permitiam, ele não alcançaria o teto. Não havia balas verdes ali dentro. Havia duas mesas que reconheci dos trailers que serviam de sala de aula para os recrutas rastreadores, e sobre elas lençóis roxos e um travesseiro. Na frente delas havia um rádio antigo sobre blocos de cimento. Era quase como se fosse o quarto de alguém, uma moradia, mas era um contêiner.

Nos sentamos nas mesas diante do rádio.

— Como é possível não ter balas aqui?

— Os oficiais responsáveis pelos suprimentos se deixaram levar pela preguiça. Sempre se esquecem de encomendar balas novas para os ciclos de treinamento, e têm de esperar alguns meses para conseguir as verdes, então usaram os estoques de emergência.

— E se houver uma emergência?

— Que emergência?

— Sei lá, uma guerra?

— Não vai ter guerra nenhuma — ele declarou. Acreditei nele.

A luz do dia esvanecia lá fora, mas dentro do contêiner de verdes, Ari acendeu quatro lanternas militares com filtros vermelhos. Deitada nas mesas cobertas pelos lençóis roxos, pus a mão em sua nuca e a senti enrijecer. Em seguida nos amamos por um tempo.

— Aposto que você traz meninas pra cá o tempo todo — eu disse depois.

— Na verdade, não — ele afirmou. — Você foi a primeira garota que teve importância — ele disse. Acreditei nele. Ainda acredito. Às vezes acredito em coisas que sei que não são verdadeiras.

*

Isto é verdade, em todos os sentidos: ele estava enganado acerca da guerra porque houve uma. Pode pesquisar. A segunda guerra do Líbano. Em 12 de julho de 2006. É verdadeira como a História; um monte de coisas que poderiam não ter acontecido, mas a verdade é que aconteceram.

Dizem que em dois minutos a ALGL que os soldados levaram da nossa base para a fronteira destruiu um edifício de onze andares naquela guerra. Funcionou muito bem apesar de não a termos limpado depois de usar. Derrubou uma escola. Setenta e três pessoas. Se você pesquisar, é capaz até de achar o nome delas. E também do soldado que capturaram antes da guerra, em Gaza. O que era da escola de Hagar.

Quando finalmente tive tempo para me olhar no espelho de novo, foi no sábado, duas semanas após o início da guerra, e eu não era mais linda: era eu. Tentei prender o cabelo; puxei com força até doer, mas aquela garota, ela tinha sumido. Devolvi a Hagar o espelho que ela me dera. Tínhamos dormido nos estandes, uma hora aqui, uma hora ali, no asfalto, por uma semana, e estávamos tomando nosso primeiro banho no contêiner, nosso primeiro intervalo no treinamento dos reservistas. As balas verdes tinham acabado na noite anterior.

Já fazia cinco dias que Ari havia morrido. Ele e Gil foram tirados da base para combater no Líbano no dia em que a guerra foi deflagrada. Nosso oficial nos contou sete horas depois que Ari havia morrido.

Decorridas duas semanas de guerra, às sete da manhã, a tropa de reservistas que chegou naquele fim de semana, mais de uma centena, atacou o contêiner do oficial de treinamento em artilharia. Ficamos ao lado dele quando nosso oficial tentou espantar a turba aos gritos. Os reservistas vieram para três dias de treinamento nos nossos estandes; havia reservistas em estandes espalhados pelo país, antes de partirem para o Líbano. Usavam trajes verdes, levavam armas nas costas, mas não eram soldados. Tinham barba, cabelo comprido, empregos em fábricas, empregos em outros lugares, hipotecas, esposas, filhos.

Reservistas, eles entraram rápido naquela guerra — não foram os mais rápidos, mas foram rápidos. Não paravam de chegar à nossa base e ir embora. "Estamos treinando com balas comuns desde que chegamos aqui", um deles gritou. "Vamos partir esta noite. É uma loucura."

"Garanto que ninguém vai mandar vocês para o combate sem verdes", nosso oficial afirmou. Ele tinha medo. "Temos pessoas trabalhando para abrir o contêiner de verdes de emergência neste exato momento."

Porém. Não havia balas verdes na nossa base. Somente um contêiner vazio onde Ari divertia garotas. Um lugar para viver, praticamente, uma moradia, mas era um contêiner.

Olhei para os homens. Todos aqueles homens; eu sabia de algo terrível que eles não sabiam. Aqueles homens, alguns deles agora mortos, e naquele dia, antes de morrerem, eu sabia de algo terrível que eles não sabiam.

As balas verdes alcançam uma distância maior, com mais precisão, porque são mais pesadas, então as molas de metal dentro do cano da M-4 ficam mais comprimidas do que as da M-16, para dar às balas mais ímpeto, mais dinâmica. A M-4 é uma arma que na verdade pode ajudar a pessoa a atingir o alvo com rapidez. Mas se não usar uma bala verde com ela, ela não passa dos 75 metros. Jamais atingiria o alvo.

De início, imaginei que fosse a única que soubesse que não havia balas verdes no contêiner de emergência. Mas olhei para o lado, para Hagar.

Em seguida, olhei rápido para a areia, depois tornei a fitá-la. Forcei-me a olhar para seu rosto. Os olhos estavam fechados e ela arquejava. Nunca a vira com medo. Talvez nunca tivesse sentido medo. O rosto não se parecia com o dela, mais belo, ausente desta terra.

Ela também sabia. Ela sabia o que não havia no contêiner. Estivera lá. Estivera lá com ele. Talvez naqueles mesmos lençóis roxos.

Ela sabia que ainda assim os homens teriam de partir, de qualquer jeito, com as M-4s sem balas verdes. Aqueles reservistas, os maridos que poderíamos ter tido caso tivéssemos nascido dez anos antes — alguns deles não teriam morrido se a cor das balas fosse outra. É um fato histórico. O governo admitiu num relatório posterior — aquele que dizia que não estávamos preparados para a guerra.

De início, por um segundo, quis gritar com Hagar por ter mentido, por não ter me contado que já estivera com Ari, pela loucura que foi seu incentivo à minha atração por ele. Dava quase para ver: a mão dela em sua nuca, e o pescoço dele se enrijecendo. Ari.

Então por um segundo pensei apenas em Ari, Ari saindo da trincheira.

"Você me matou", brincara. Ele achou muito engraçado.

Observei o medo de Hagar, seus olhos fechados. Olhei para a garota que sentia medo pela primeira vez na vida, e talvez apenas um pouco, e talvez pela última vez.

Inspirei a pólvora que cobria nossos dedos e os cedros da base. E compreendi que existem pessoas que vivem pelo combate; pelos momentos antes de perder ou vencer. Pessoas para as quais este mundo não basta: elas querem água gelada nas veias, beleza a qualquer custo, sair da trincheira sob tiroteio, colares explosivos de granadas. Pessoas fascinantes para as quais a tortura nem passa pelo campo da imaginação. E olhei para os inúmeros homens na areia. Todos eles tinham ombros bem mais largos do que os meus e soube que provavelmente não ajudariam em nada no que viria adiante. Então eu soube: essas pessoas fascinantes — nunca fui uma delas.

# II

# O incidente diplomático

A primeira coisa que precisamos saber é que quando o incidente diplomático aconteceu, Yael estava alocada na base de treinamento próxima a Hebron. Lea estava na escola de treinamento de oficiais. Não tiveram nada a ver com ele. Avishag estava na fronteira egípcia quando o incidente se desenrolou, em torres de vigia e postos de controle. Aguentara os meses de turnos diante do monitor de vigilância sem problemas. Estava servindo na única unidade de infantaria dominada por mulheres, como soldada rasa na fronteira, quando aconteceu. Poderíamos jogar a culpa em Avishag, ou em Israel, ou no Egito, ou até na América se quiséssemos. Mas que diferença isso nos faria?

A segunda coisa que precisamos saber é que o oficial de infantaria Nadav não tem reclamação a fazer a nosso respeito. Nenhuma. Ele não está apontando o dedo para seus amigos de escola, ou para o pai, ou para o governo israelense, ou para qualquer governo, honestamente, e não vai pôr a culpa na "Guerra". Se Nadav tem problema com alguém, é com Deus. Quando tinha sete, ou mesmo aos seis anos, costumava parar no meio do dever de casa ou no meio de um episódio das Tartarugas Ninja, apoiava a miniatura de queixo nas mãos gorduchas, e dizia, "Se tenho problema com alguém, é com Deus".

Ele realmente dizia isso. Um menino de seis anos! Era muito maduro para a idade, nosso Nadav, e uma fofura só, mesmo antes de a mãe morrer no atentado suicida de um ônibus da linha 5 (o de 1991, na central de Afula; não o primeiro, mas o da primavera). E era sobre as coisas insignificantes que Nadav gostava de reclamar. Como fazer aniversário no jardim de infância e ser obrigado a levar os pais e um bolo para a escola. Nadav só tinha o pai, e o bolo era comprado pronto. Obrigavam Nadav a se sentar em uma cadeira rodeada de balões diante da classe inteira e olhar o bolo que jazia na mesinha. Quando assoprava as velas, o cheiro de fogo apagado se misturava ao da borracha dos balões e da cobertura barata de chocolate. À direita, seu pai tentava se encolher para caber na cadeira de madeira de tamanho infantil. Ninguém se sentava à sua esquerda.

Ele está só dizendo, se você traça o plano de que todas as crianças tenham pai e mãe, e então cria um mundo em que, aonde quer que vá, você tem o lado esquerdo e o lado direito da criança, um errado e um certo, um branco e um preto, uma cadeira e outra cadeira, um pai e uma mãe, uma mãe, bem, simplesmente não é justo dizer de repente a uma pessoa em especial: "Desculpe, você não vai se encaixar no plano." Nadav está só dizendo que, como um Deus, você não deveria sair fazendo merdas como essa. É doentio, é isso que é.

É só isso o que o oficial Nadav tem a dizer. Não deseja falar mais nada.

*

A gente pode pensar que Tom tinha o trabalho mais tranquilo das Forças de Defesa de Israel, mas ele sabia que na verdade seu trabalho era o mais difícil do mundo. Sim, ele passava todo o seu tempo de serviço em Tel-Aviv, a apenas cinco minutos de caminhada de Azrieli, o shopping mais amplo e mais iluminado do país — que é, afinal, onde fica a sede do exército, além do gabinete do chefe geral do estado-maior; e podia voltar para casa todos os dias às oito da noite e até dormir na casa dos pais; e só o que precisava fazer em suas onze horas de serviço era ficar sentado atrás de uma mesa de madeira e fitar um telefone vermelho. Mas espere — a gente realmente tem noção de como é difícil fitar um telefone vermelho que nunca toca? Todos os dias, das oito às oito, com apenas dois intervalos de meia hora para comer e fazer xixi? Por três anos? Não ponha nada além de um telefone sobre sua mesa e tente fitá-lo. Você não vai aguentar mais de quinze minutos.

Há trinta e quatro cubículos no escritório de Tom, e por sorte o dele fica num lugar que lhe permite esticar o pescoço e ver as duas folhas de um vaso de fícus e o relógio na parede. Ele fez um acordo consigo mesmo de que só pode começar a pensar em Gali quando faltarem quinze minutos. Antes disso, faz todo o resto. Arranca os pelos da sobrancelha com os dedos. Conta os dentes com o piercing roxo de sua língua. Pensa em Katie Holmes, depois em Shakira. Mas com Gali, Tom só pode devanear quando faltam quinze minutos para o expediente acabar. Não pode; caso contrário, dói muito.

Esta noite, ele vai ver Gali pela primeira vez em dois meses, então talvez isso explique a terceira perna que ganha imediatamente ao permitir que o aroma de romã do xampu Herbal Essences que ela usa venha à tona em sua mente, mas a gente sabe que na verdade ele a ganha toda vez que se permite pensar nela. O pior é quando a ganha bem no meio do expediente. Podia haver a mínima poeira no ar imóvel do escritório, ele espirrava e lembrava-se do momento em que ela espirrara no último encontro dos dois — seu rabo de cavalo apertado e acobreado balançando para a frente e para trás — e pronto: estaria arruinado pelo resto do expediente, e doeria.

*

Alguém sabe como dizer "Não faça isso" em ucraniano? Devíamos ter aprendido a falar ucraniano. Não a língua inteira — bastaria que soubéssemos como dizer "Não faça isso". Qualquer coisa poderia ter impedido Masha naquele dia. Na verdade, ela não era uma garota tão má assim.

Apesar de Berezhany, Ucrânia, ser uma cidade pequena, Masha ficava sozinha o tempo inteiro devido ao trabalho. Era responsável por numerar e preencher o formulário completo de envio dos sapatos que eram produzidos na fábrica todos os dias, portanto só tinha que trabalhar depois que os outros já estavam trabalhando havia algumas horas fazendo os sapatos. Só precisava chegar ao escritório ao meio-dia, e às vezes, mesmo que chegasse à uma, Julian não a advertia. Tinha que almoçar com a mãe idosa, que lhe beijava a testa quando ela estava no limiar da porta, de saída. Quando andava pelo mercado para chegar ao trabalho, parava ao lado do homem dos tomates e o via reempilhar os tomates num triângulo perfeito e depois recomeçar tudo de novo, suspirando. Todas as crianças estavam na escola, todos os pais estavam no trabalho, e as únicas pessoas ao redor eram os idosos e os desempregados, que perambulavam pelas ruas com passos pacientes, suaves. Tudo era comum, porém mais leve — como ver um vídeo de seu quarto quando você não está lá.

No começo, gostava de ficar no escritório e arquivar os formulários de encomendas concluídas quando todo mundo já estava em casa, jantando com a família. Todos os cubículos à sua volta ficavam escuros, e ela fechava os olhos e imaginava que, se alguém tivesse uma visão panorâmica do escritório, veria apenas dois pontos de luz brilhando nas trevas — seu cubículo e a sala de Julian, o patrão.

Mas se entediou. Fazia dois anos que namorava Phillip e, quando olhava para o cubículo à direita, via o retrato emoldurado da família de um estranho junto a uma árvore de Natal, e se enxergava como a esposa, segurando o pequenino e apontando para a estrela de Belém. E quando olhava para o cubículo à esquerda, via outra fotografia emoldurada e de novo seria ela no papel de esposa, dessa vez um pouco mais gorda e ruiva, rodeada por quatro meninos com sardas em excesso.

A primeira coisa que pegou da mesa de um dos cubículos foi uma caneta. Era vermelha e tinha marcas de dentes, e colocou-a a dois cubículos de distância, à esquerda de onde a encontrara. Deste cubículo, pegou um grampeador e o botou quatro cubículos à esquerda dali. Mas ninguém percebeu, embora ela tivesse esperado uma semana, depois mais dois dias. No fundo, sabia que mais cedo ou mais tarde pegaria as fotografias. Adorava imaginar como seria desviar os olhos de seu cubículo um dia e ver que a esposa não era sua esposa, e que os filhos não eram seus filhos. Ou, melhor, como seria ter o retrato de outra família na mesa e jamais perceber.

Ninguém percebeu. Uma semana se passou, depois dois dias, depois um mês. Em pouco tempo, nenhum dos retratos emoldurados sobre as mesas pertenciam aos legítimos donos. Começou a alterná-los, passando uma noite inteira organizando as fotografias das esposas num padrão de loura, morena, loura, quando...

"Você é uma menina má, hein?", ouviu Julian sussurrando atrás de si. A fotografia da esposa dele era a única na qual não podia encostar — ele sempre passava as noites trancado em sua sala. Mas algo mais lhe dizia que não deveria agir assim. Esse algo lhe dizia que nunca deveria ter entrado naquele emprego, para começar, e que não conseguiria nada de bom com um emprego que a obrigava a ficar no escritório até meia-noite com o patrão casado. Masha sempre havia sido uma garota esperta, observadora.

Não faça isso, Masha.

Julian a segurou com delicadeza pelo punho ossudo, mas ela agarrou com força a fotografia emoldurada que tinha na mão e olhou nos olhos dele. Respirou uma vez. Respirou duas vezes. Ela estava respirando.

E foi isso.

*

Quando Tom e Gali se beijaram pela primeira vez, no colegial, ele jurou que jamais deixaria que uma garota como aquela lhe escapasse. E realmente jamais a deixou escapar, porém chegou a hora do exército; então ele e Gali quiseram coisas diferentes; depois se tornaram coisas diferentes; depois pareciam estar sempre em lugares diferentes. Tom tinha a clara noção, desde seus dez anos, de que não entraria em nada semelhante ao combate. O atestado médico oficial que o livrara do serviço citava enxaquecas crônicas, e a verdade era que o problema de fato tinha a ver com a cabeça: ele pagava 120 shekels por mês para fazer mechas no cabelo avermelhado, e preferia morrer a submeter o cabelo a um capacete. Seus olhos eram de um tom verde que pedia apenas um toque de delineador todas as manhãs para que se destacassem. Sabia que não poderia continuar enquanto lutasse contra terroristas e tudo o mais.

Mas Gali também tinha a clara noção, desde seus dez anos, de que queria disparar armas e fazer as coisas explodirem e correr pelos morros atrás de homens-bomba. Gali sabia que os pais tinham feito seus membros do zero e sempre esperara que esses membros tivessem um propósito. Para sua sorte, no ano em que teve idade para entrar no exército, a primeira unidade de infantaria predominantemente feminina da história já existia, e a oportunidade era boa demais para não aproveitá-la. Apesar do que talvez estejamos propensos a pensar sobre ela, Gali realmente gostava bastante da companhia de amigas mulheres e sempre foi popular com elas na escola, apesar de sua aparência. Mas ela nem poderia imaginar que colocariam essa unidade experimental favorável às mulheres na fronteira egípcia, numa fronteira que fora pacífica nos últimos trinta anos. Agora estava empacada na vigia das torres, onde nada acontecia, e em postos de controle guarnecidos, onde a maior empolgação era alguém pegar DVDs contrabandeados ou pessoas contrabandeadas ou frutas contrabandeadas ou maconha contrabandeada. Suas mãos estavam atadas na maior parte do tempo; alguém que era superior dava ordens para que deixasse o que quer que fosse entrar em Israel. Só conseguia ir para casa ver o namorado de dois em dois meses.

*

Agora é sexta-feira. Tom tem o fim de semana de folga, Gali também tem o fim de semana, e é *o* fim de semana. Ela deve estar chegando à rodoviária de Tel-Aviv neste momento, ou talvez já esteja no táxi a caminho da casa dele. Tom tira folga a cada dois fins de semana, mas, de novo, isso não significa que concorde com a gente que seu trabalho seja fácil. Fitar o telefone que sabe que não vai tocar. Quando soube que seria alocado nesses gabinetes, a apenas vinte minutos de casa, agradeceu profusamente à mãe por ter mexido todos os pauzinhos que ela tinha com a esposa do assistente pessoal do chefe do estado-maior. Tratavam-no como um rei, de certo modo, e seu comandante direto dissera até que ele podia escolher diante de qual telefone se sentar. Cada telefone deveria ser um canal sempre aberto de comunicação entre o exército israelense e os exércitos de outros países, e Tom recebera a oportunidade de optar pelo telefone dado ao exército libanês, que tocara inúmeras vezes durante aquela recente guerra torpe.

Ele sabia que o telefone ligado ao exército egípcio provavelmente não tocaria nunca. E sabia que, mesmo se tocasse, o telefonema não teria nada a ver com Gali. E sabia que, ainda que o telefonema tivesse algo a ver com Gali, a probabilidade de que não fosse ela na linha seria de quase um milhão por cento. E mesmo assim escolheu o Egito, pois, já que passaria três anos esperando o telefone tocar, queria conservar a possibilidade de que talvez, por alguma razão, de um modo estranho e inacreditável, o telefonema partiria dela.

*

— Num dia é cebola; no outro é mel — o tio de Hamody murmurou, sinalizando para que a esposa enchesse sua xícara de louça branca de café levantando-a e inclinando-a para um lado e para outro.

— Mas tio — disse Hamody. Ele queria dizer, "Mas tio, eu a amo", mas não o fez, pois não queria usar um chavão.

— Isso também vai passar — o tio prosseguiu. — Muçulmanos não se casam com garotas cristãs.

De modo geral, Hamody adorava que o tio fosse o principal imã de toda a parte ocidental do Egito. De modo geral, adorava o tio mais do que tudo neste mundo.

— Ela também nunca vai casar contigo — o tio anunciou. A fumaça do ambiente entrou nos olhos de Hamody. Não estava chorando. — Mais vale um pássaro na mão do que dois voando — o tio declarou, e riu.

Mas Hamody queria a garota exatamente por esse motivo. Não por ser uma garota cristã, pois na verdade não era; pelo menos do ponto de vista de Hamody. Também não era uma garota muçulmana do seu ponto de vista — não era uma garota de modo algum. Era um pássaro na árvore, aquela garota, esperando que Hamody subisse, teimosa demais para usar as asas e voar até ele. Durante o terceiro ano de colegial ele a observava caminhar até o mercado todas as sextas-feiras com o irmão bebê sob o braço moreno e o coro formado pelos outros irmãos zumbindo ao seu redor. Ela equilibrava a sacola de compras com rodinhas com o outro braço moreno. Quando rapazes se ofereciam para ajudá-la com as compras, e eles sempre se ofereciam, o que ela fazia era botar o bebê nos braços deles e continuar a arrastar as compras.

"Bom, obrigada pela ajuda", Hamody a ouvira dizer uma vez a um dos muitos pretendentes inocentes que eram deixados com um bebê agitado no colo, correndo atrás da morena num silêncio incrédulo. E Hamody ria, ele ria.

— Para que procurar sarna pra se coçar? — indagou o tio de Hamody. Hamody sentia o rio de café preto cremoso jorrando pelas veias, se acumulando no cérebro. Já havia se perguntado sobre o motivo para nunca ter contado sobre seus sentimentos para o tio, e agora se lembrava de que não tinha sido ele quem falara naquela semana: tinha sido o café.

— Ah, Hamody. Deus distribui seus tesouros a cada pessoa desta terra de forma igualitária; a questão é que algumas escolhem não aproveitar seus tesouros — declarou o tio. — Não podemos ter tudo o que vemos, somente o que podemos ter.

*

— Cara, o que você está fazendo aqui tão cedo? — Tom perguntou a Oleg, o russo que cumpria o turno da noite junto ao telefone que ligava o exército egípcio e o chefe do estado-maior das tropas israelenses.

— Sabe como é: o ônibus chegou cedo, achei que podia te poupar dos últimos cinco minutos — Oleg justificou.

Tom ficava admirado com a generosidade que os russos demonstravam de vez em quando. Ele não passaria nem um minuto além de seu expediente ali. Levantou-se, tomando o cuidado de usar a mochila JanSport para tampar a parte da frente das calças, percorreu o gabinete inteiro e passou ao lado das cercas de arame farpado da base e cruzou os portões que desembocavam no coração das ruas tumultuadas e barulhentas de Tel-Aviv. A torre de Azrieli se agigantava acima dele, brilhante como uma boca cheia de diamantes. Carros perseguiam e capturavam as cores uns dos outros na avenida. Foi nesta hora, parado ao lado de um vendedor de sucos orgânicos de laranja e erva de trigo, que sentiu algo vibrar na calça de seu uniforme verde. Empurrou a M-16, às suas costas, para baixo e pôs a mão no bolso para ler a mensagem de Gali.

> pfv nao fica chateado presa na base ate daqui a 2 fins de semana pfv responde pfv não fica chateado saudades

Tom enfiou o telefone no bolso. Já estava começando a sentir a dor. E nós de fato sabemos, nós sabemos, como é impossível não fazer nada além de fitar um telefone durante onze horas. Sim, um telefone. E por isso não podemos condenar Tom por não responder à mensagem de Gali, e não podemos condená-lo pelo lugar onde suas pernas o levaram em seguida.

*

Já eram dez horas da noite, e Tom ainda não tinha respondido à mensagem de Gali. Ela sabia porque, apesar de tecnicamente não ter permissão para levar o celular ao posto de controle da fronteira, ela o fez, colocando-o para vibrar e escondendo-o entre o coração e o colete à prova de balas que usava. De longe, meio que parecia um homem, ou um sapo, ou um homem-sapo, com seu colete verde cheio de balas e granadas de mão e o capacete verde. Quando a russa Jenna foi levada ao hospital por causa da desidratação (aquela vaca idiota extremamente bem-sucedida), Gali se ofereceu para ficar na base embora estivesse na hora de tirar o fim de semana de folga em casa.

— Oi, Gali. Você poderia dar uma olhada nesta identidade? — Avishag perguntou. Era ela o outro cabo de plantão no portão de caminhões ao lado de Gali naquela noite. Seu cabelo liso espetava para fora do capacete como se estivesse sufocado nas raízes. O oficial Nadav estava sentado em uma cadeira branca de plástico, supervisionando as duas, estalando os dedos e observando com tranquilidade todos os movimentos de Avishag.

Na identidade que Avishag mostrou a Gali, lia-se "Mustafa Al-Zain". Era um árabe israelense, segundo o documento, que parecia totalmente legítimo. Na fotografia, seu sorriso era tão largo que o nariz vermelho se curvava para dentro, e embora a identidade dissesse que tinha quarenta e dois anos, aparentava uns vinte, e era bem bonito.

— Olá, Mustafa — disse Gali, se inclinando com cuidado em direção à janela do motorista, fazendo pontaria com a M-16 como mandavam as normas. — Sua identidade diz que você mora em um dos vilarejos lá no norte. O que está fazendo aqui no sul?

— Poxa, cara, não pega no meu pé. Estava só olhando as belezas do Egito. Será que um homem não pode admirar as belezas do Egito? — respondeu Mustafa. Atrás dele só havia colinas de areia, parecidas com colheres bronzeadas gigantes de ponta-cabeça em cima de uma mesa de jantar bege.

— Mas de caminhão? — Avishag intercedeu, simulando um tom de curiosidade e erguendo as sobrancelhas.

— É, um homem não pode ir olhar as belezas do Egito de caminhão? — disse Mustafa, tentando a sorte. Mas já era tarde demais e ele sabia disso. Apertava o botão para abrir a carroceria enquanto falava.

O caminhão estava praticamente vazio, à exceção de três pequenas caixas de papelão. Também estava bem limpo, e cheirava a Bom Ar. Gali, com toda a sua estatura, se ajoelhou e examinou o conteúdo de uma das caixas enquanto Avishag iluminava o caminho com a lanterna de luz enorme, dolorosa. Por um instante, as duas pareceram piratas exploradoras, ou princesas piratas exploradoras, ao menos na imaginação de ambas.

Por cima, havia laranjas, e não tinha problema porque a quantidade não era grande o suficiente para que tivesse de pagar imposto. Mas no fundo da caixa havia centenas de DVDs piratas. *Shrek 2*, *Simplesmente amor*, *Madrugada muito louca*; além de *Cavalgando Miss Daisy* e *Gangbangs de Nova York*.

— Oficial Nadav!

— Nadav! — as garotas berraram ao descer do caminhão.

Nadav se levantou e caminhou até as garotas a passos lentos e acariciou a face com a palma da mão. Era pouco mais alto que Gali e cerca de trinta centímetros mais alto do que Avishag. Com delicadeza, pôs a mão no ombro dela e o apertou. Sua voz também parecia ter se apertado para sair da boca.

— Qual é o problema? — indagou Nadav.

— Filmes — respondeu Gali.

— Quantos? — Nadav perguntou.

— Provavelmente mil — disse Gali.

— Então não tem problema — declarou Nadav.

— Mas... — Avishag tentou.

— Sem mas. Se prendermos o cara, vamos levar dias para conseguir alguém do jurídico pra prestar queixa e pegar os filmes. Ele vai sair logo depois e ficar mais esperto na hora de escondê-los — justificou Nadav. Não olhava para as garotas ao falar; olhava para a própria mão no ombro de Avishag.

— Então mais uma vez a gente não faz nada? — Avishag questionou, mas Nadav simplesmente lhe fez uma carícia atrás da orelha com o dedo indicador e sorriu.

— Valeu por serem umas vacas — Mustafa berrou ao dar partida no caminhão, deixando para trás uma nuvem de poeira que penetrou o nariz, as orelhas, a boca, os poros do rosto de Avishag e de Gali.

*

Das vinte e quatro horas de qualquer dia, Gali e Avishag passavam seis de serviço no posto de controle da fronteira, oito na torre de vigília e as dez horas restantes fazendo o que quisessem. Claro que sabemos que é preciso tomar banho todos os dias (eles averiguam), comer na tenda do refeitório (não averiguam), manter a arma limpa e o colete totalmente equipado (eles dizem que fazem averiguações aleatórias, mas não fazem).

E dormir. É preciso dormir.

Mas ainda assim restava um tempo para as garotas. Ainda havia tempo, todo esse tempo, pairando ao redor delas.

*

— Você fala que me ama, mas nunca escuta uma palavra do que eu digo — declarou Avishag.

Ela gostava daquele espaço. Fora o contêiner de madeira onde ficava o chuveiro, o gabinete do oficial era um dos únicos lugares da base que não era uma tenda. E também não era de madeira: era um ambiente feito de placas de reboco brancas, largado por um trator no meio daquele nada. Havia até uma planta verde, uma mesa e um sofá. E trancava por dentro.

— Escuto sim — retrucou Nadav. Ele pôs a M-4 debaixo de uma cadeira e se sentou, depois se curvou para tirar as botas militares.

— Não entendo nem qual é o motivo para estarmos aqui… a gente nunca faz nada sobre nada — disse Avishag. — E eu achava que estar em combate significava alguma coisa. Achava que depois de passar pelos monitores eu faria alguma coisa que não fosse só observar.

— Sei que é duro, meu bem — disse Nadav. Ele deu uma olhada no Swatch preto e começou a desabotoar a camisa militar verde.

— É duro porque você é uma porcaria. Você nunca nos deixa prender ninguém. Você só quer saber quanto tempo de folga vai ter. E se as meninas na torre de vigília estiverem ligando para você neste exato minuto? Seu rádio nem está ligado. E o que acontece se nos pegam? E você nunca aparece quando eu estou de guarda para ver se está tudo bem comigo ou, nada, e você, e você... — Avishag prosseguiu. A sensação era de que não falava tanto havia séculos.

Tentou continuar, mas Nadav foi até o sofá. Deitou-se em cima dela e segurou-lhe os braços finos.

— Shhh, escuta — ele pediu, e beijou sua orelha.

— Não é justo — reclamou Avishag, mas sua voz já lhe faltava de novo.

— Também não é justo para mim, ter que mimar todas vocês, soldadas garotas — disse Nadav. Ele cobriu sua boca com a mão. — Você acha que eu gosto de ser o oficial dessa "infantaria feminina experimental"? Que fui eu que escolhi isso? Tem certos dias em que você é a única razão para eu ter forças para vestir o uniforme.

Ele manteve a boca de Avishag tampada, embora não houvesse necessidade. Avishag não ia falar. Deitada naquele sofá, Avishag questionava por que nosso mundo sequer nos dá palavras.

*

Na primeira vez que Tom foi à rua Allenby, 52, estava com Oleg e seus dois primos. Tinha sido três meses atrás, no aniversário de dezenove anos de Tom. Tanto ele como Oleg tinham o fim de semana de folga, o que raramente acontecia porque em geral se revezavam diante do telefone, e Gali só teria folga dali a um mês, no mínimo. Tom estava tão triste e absorto nos próprios pensamentos naquela semana que às vezes Oleg precisava gritar com ele para que percebesse que seu turno havia terminado. Tentou animá-lo dando-lhe uma garrafa inteira de vodca russa barata, mas foi em vão.

Tom chegou a suspeitar de que Oleg tinha trocado seus turnos para que conseguisse sair com Tom naquele fim de semana, mas no início Tom não estava a fim.

— Cara, não estou com vontade nenhuma de uma festa nesse fim de semana — Tom justificou, mas não era da índole do nosso Oleg aceitar um não como resposta.

— Na Rússia, a gente diz: "Nenhuma cadela merece que a gente chore que nem uma cadela." Entende? — disse Oleg.

Tom não se convenceu.

— Você uma vez não gritou comigo porque é da Bielorússia e não da Rússia? — indagou. Em seguida, olhou ao redor, para a rua junto à base, na esperança de tomar um táxi que o levasse rápido de volta para casa.

— E daí, cara? Estou te falando: no lugar para onde vou te levar, meu amigo, você vai ter uma noite inesquecível — disse Oleg. Deu um sorriso triste de cachorro russo e juntou as mãos, implorando.

O táxi os deixou no bairro especializado em roupas, bem perto da Allenby, 52. De fora, o edifício parecia uma loja de roupas normal, mas quando bateram na porta de metal, um russo jovem e magro de calça de moletom abriu.

— Quer umas laranjas? — ele perguntou com o sotaque carregado. — Tem uma laranjeira nos fundos da loja. O que foi que eu te disse, este país tem belas laranjas. É por conta da casa.

No cômodo havia dois sofás e uma mesa de jantar imensa, mas somente duas cadeiras de plástico. Na parede branca havia um pôster amarelo em que preços foram escritos com marcador preto de ponta grossa. Escreveram errado "Tudo-includo".

— Oleg, que lugar é esse? Você não pode estar falando sério. Um puteiro? — Tom sussurrou. Mas o russo das laranjas podia escutá-lo, e riu.

— Vê lá como fala, está bem? — pediu Laranjas.

Mas a verdade era que Tom estava surpreso por não ter ficado estarrecido. Estava animado. Será que as garotas eram gostosas? Poderia lhes pedir para fazer qualquer coisa? Desde aquele dia da aula de educação física da décima série que ele nem sequer beijava outra garota que não Gali.

Quando Tom se deu conta, Oleg e seus primos haviam pagado e uma mulher de meia-idade já estava ali para acompanhá-los ao segundo andar.

— O que você vai querer? — Laranjas perguntou.

— O que for mais barato — ele disse por fim. — Na verdade eu não sou… Sabe como é, não faço esse tipo de coisa.

— Então só uma chupada. Duzentos shekels. Podemos passar no cartão de crédito como massagem.

Lá em cima, o corredor era bastante parecido com o alojamento da universidade do irmão de Tom. Havia quartos para todos os lados, até o fim do corredor de carpete verde, pelo que Tom via, mas a mulher de meia-idade lhe disse para ir para o segundo quarto à direita. Quando ela se aproximou para apontar o cômodo, seu bafo cheirava a alho.

O quarto era pequeno e o único móvel era uma cama branca de tamanho grande, adornada por uma manta de estampa do Oriente Médio. As paredes eram brancas e pelo odor pareciam ter sido pintadas havia pouco tempo. Não havia nada nelas.

A garota se sentou na cama de pernas cruzadas. Embora o cabelo fosse pintado de um tom louro de farmácia e as raízes castanhas aparecessem no alto da cabeça, e apesar dos lábios num tom vivo de rosa e a sombra dos olhos roxa, ela não aparentava muito mais que dezessete anos. Era magra. Afundava-se nas calças de moletom e a alça da regata caía do ombro até quase se aproximar do cotovelo pontudo. Sua pele era tão branca que contra o fundo da parede era como se pedaços dela não estivessem ali.

Quando ela ergueu os olhos, Tom só conseguiu notar-lhe os olhos. Eram tão grandes, tão salientes e azuis que pareciam flutuar no ar.

A menina tornou a abaixar a cabeça e se levantou para apagar a luz. No escuro, Tom sentiu as mãos geladas o segurando e conduzindo até a cama. Antes que ela pudesse tocar em seu cinto, ele se levantou e voltou para perto da parede e acendeu a luz. O quarto zumbia de silêncio.

— Que tal eu ficar só te olhando — ele sugeriu. — Na verdade, eu não estou… — E ele permaneceu encostado na parede.

A garota não respondeu. Simplesmente ficou sentada na cama e olhava para baixo. De vez em quando erguia os olhos e Tom olhava, olhava e olhava para ela. De certa maneira, era bonita, e era toda olhos.

Assim que foi, então, o aniversário de Tom.

*

Avishag cobre o rosto com as mãos, mas logo fica difícil respirar porque suas mãos fedem a ferrugem por ter subido a escada de metal até a torre de vigília. É meio-dia e seu capacete está encharcado de suor, o que faz com que seu cabelo coce, mas tem preguiça de tocá-lo. Além do mais, não tem permissão para tirar o capacete enquanto vigia.

Gali está com o torso inclinado para fora da torre e olha para o telefone celular. Avishag tem vontade de lhe dizer que ela é uma idiota, que não têm permissão para usar o celular enquanto vigiam, que vão ser pegas no flagra. Mas não diz, pois sabe que ninguém vai flagrá-las ali. Que ninguém liga, na verdade, se estão ali.

Pelo binóculo, Avishag vê dois guardas egípcios ao longe. Tecnicamente, as garotas deveriam olhar pelos binóculos a cada dez minutos, mas na realidade às vezes nem sequer olham e ninguém tem como saber. Os egípcios não estão olhando pelos binóculos neste instante, e isso faz com que Avishag se sinta ótima, superior. Ela acha que um deles tem bigode, mas não dá para ter certeza, e essa ideia a leva à risada.

Os egípcios são homens, mas não precisam carregar nada. Nem colete, nem balas extras, nem capacete. Apenas o uniforme marrom de tecido fino e a M-16. Nem têm miras telescópicas nos fuzis como as meninas têm na M-4. Avishag está começando a odiar o inimigo, e isso a surpreende e diverte. Não devido às três guerras e os mortos, as minas terrestres, as mentiras e tudo o mais, mas porque não precisam usar aquelas porcarias de capacetes.

Os dedos longos de Gali se mexem com agilidade, escrevendo e apagando, quase enviando e apagando. O suor cai em seus olhos, um mosquito pousa em seu nariz, e ela faz que sim com a cabeça, depois faz que não para rejeitar um pensamento qualquer que havia acolhido pouco antes.

Porém, Avishag não percebe nada disso. Está olhando pelo binóculo, pensando em si mesma, pensando no inimigo, e no bigode, e na probabilidade de que tenha acabado de perder a cabeça, mas é engraçado como se sente basicamente a mesma.

É somente Gali que sabe o que nós sabemos, pois ela pode olhar as horas no celular. As garotas têm exatamente mais sete horas a cumprir.

*

Samir olha para as mãos escuras e fortes de Hamody ao recolher o jarro de café e o cinzeiro do chão da torre de vigia e botá-los de volta na mochila. Observa quando Hamody joga a mochila com facilidade sobre as costas largas e o observa quando ambos descem a escada, e o observa quando ele salta para a areia, praticamente sem dobrar os joelhos.

— Nossas quatro horas de vigia acabaram! — Hamody declara com um sorriso generoso. — Digamos, Samir, que você fala pouco, não é?

Samir fica satisfeito por haver apenas mais seis soldados nos chuveiros naquela tarde. Samir não se despe por completo, mas observa Hamody tirando o uniforme. Mantém o olhar voltado para baixo, e quando Hamody tira as meias ele repara nos pedacinhos de algodão branco presos entre os dedos compridos dos pés de Hamody.

É só depois que Hamody está debaixo da água que Samir começa a se despir, vagarosamente. Primeiro tira a camisa marrom, tomando o cuidado de não encostar nos círculos úmidos que se formaram sob suas axilas ao dobrá-la e colocá-la no banco de metal. Depois de tirar as calças, em seguida a cueca, anda às pressas até o chuveiro na ponta esquerda do contêiner, abanando os braços de um jeito esquisito e perturbador.

Ele abaixa a alavanca e fica de frente para a parede, e depois se aproxima mais. Com cuidado para que ninguém possa ver.

*

— Oi, Avishag, você poderia me ajudar a dar mais uma olhada nestas identidades? — pediu Gali.

O caminhão era preto como carvão, o que era estranho, e maior do que as garotas geralmente viam no posto de controle da fronteira. O oficial Nadav estava sentado na cadeira branca de plástico, supervisionando as duas, estalando os dedos.

Na identidade que Gali mostrou a Avishag lia-se “Momo Levin”. Era do subúrbio de Tel-Aviv, segundo o documento, que parecia legítimo. No banco de passageiro, ao lado dele, havia um homem egípcio. Em seu passaporte lia-se “Nadim Al-Hamid”, e ele também parecia legítimo para Avishag.

— Olá, Momo — disse Avishag, se curvando com cuidado em direção à janela do motorista, apontando com a M-16 como mandavam as normas. — Sua identidade diz que você mora nos arredores de Tel-Aviv. O que está fazendo aqui no sul?

— Poxa, cara, não pega no nosso pé — Momo retrucou. Avishag se questionou se realmente parecia um homem daquele ângulo, a arma apontada para a frente e o cabelo todo coberto pelo capacete. Ou talvez fosse apenas que em certo ponto, em certo momento, tivessem combinado que todo mundo era uma espécie de cara, e ela era a única que não ficara sabendo.

— Me desculpe — disse Avishag. — Você vai ter que abrir a traseira do caminhão.

Tanto Avishag como Gali a certa altura precisaram usar um banheiro químico público que não era limpo havia mais de duas semanas. Ambas conheciam o odor de uma blusa ensopada de sangue nos cotovelos, depois do treino de rastejo, e ambas sabiam qual era seu cheiro quando tinham de usá-la de novo no dia seguinte. Avishag também conhecia o odor do peito de um homem que não tomava banho havia dias, e o odor de seu cabelo imundo. Conhecia também o cheiro do corpo de seu irmão morto, e como se misturara ao cheiro de lama fresca.

Mas mesmo antes que a carroceria estivesse totalmente aberta, estava claro para ambas as garotas que nunca na vida haviam sentido um cheiro tão horrível. O cheiro era tão pungente que Avishag puxou uma mecha do cabelo para fora do capacete com toda a força que lhe restava e o prendeu debaixo do nariz. Só se deu conta do que estava fazendo quando sua cabeça começou a latejar devido à força com que puxara a mecha.

O caminhão tinha três passos de largura e em seu assoalho estavam empilhadas doze jovens mulheres. Uma delas era uma menininha de rosto redondo e usava uma blusa da Coca-Cola, mas estava sem roupas íntimas e calças. Os poucos pedaços de assoalho visível do caminhão eram marrons, vermelhos e úmidos.

Avishag fechou os olhos.

Gali fechou os olhos.

Gali abriu os olhos. Avishag também.

Doze pares de olhos retribuíam o olhar fixo delas, esperando, respirando, em silêncio.

— Nadav! — Gali berrou sozinha. — Nadav!

Nadav, o oficial, se levantou e andou em direção às garotas a passos lentos. Tentou botar a mão no ombro de Avishag, mas assim que encostou o dedo ela se curvou e caiu de quatro, inspirando, expirando, depois com a respiração acelerada.

— Qual é o problema? — indagou Nadav.

— Mulheres — declarou Gali.

— Quantas? — perguntou Nadav.

— Mulheres, uma menininha. Elas, Nadav... — Gali disse e apontou para os fundos do caminhão.

Momo e Nadim desceram do automóvel. Momo estava com o braço sobre o ombro de Nadim, e mais que qualquer coisa que tivesse visto naquela noite, essa cena enjoou Avishag. Por fim, ela se atirou no chão, e continuou de quatro, inspirando a própria náusea.

— Todas elas têm passaporte — Momo disse para Nadav.

— E têm visto com carimbos no verso e todas essas coisas — Nadim acrescentou num hebraico entrecortado. Entregou a Nadav uma pilha de passaportes vermelhos.

Nadav olhou os passaportes.

— Não — gritou Gali. — Não, nem olhe para isso. Você sabe, você sabe que elas querem fugir, Nadav — berrou Gali.

Nadav fitou Gali com seus olhos quietos.

— E como você sabe disso, cabo Geva? — ele perguntou a ela. — Você fala ucraniano?

Mas, naquele instante, Gali não tinha nem certeza de que ainda falava hebraico.

— Vamos parar com "mas" se não eu te mando para julgamento com o comandante da base. Sou o oficial de plantão, e se eles dizem que elas têm passaporte e visto, elas têm passaporte e visto — decretou Nadav.

Ao fechar a traseira do caminhão, uma das mulheres esticou tanto o pescoço que Gali pensou ter ouvido seus ossos se alongando.

— Tchau, pessoal — Momo berrou ao dar partida, deixando para trás uma nuvem de poeira que penetrou o nariz, as orelhas, a boca, os poros da pele do rosto de Gali, mas apenas pairou sobre Avishag caída no chão, aconchegando-a como um lençol sujo de verão.

*

Foi só quando o turno no posto de controle terminou, duas horas depois, que vimos Avishag se levantar do chão. Quando Nadav pôs a mão na cabeça dela, ela deu um pulo, ligeira.

Ela o empurrou uma vez. Ela o empurrou duas vezes. Ele a segurou na terceira vez e a segurou num abraço por um minuto inteiro.

— Vamos descansar — ele disse. — Tudo vai parecer melhor de manhã.

*

Na cidade de Berezhany inteira, e talvez até no território da Ucrânia inteira, ninguém tinha cabelos mais lindos que os de Masha. Não era a cor — embora fosse salpicado de ouro. Não era exatamente a forma — embora caísse sobre seus ombros finos em ondas como se de uma fonte. Também não era precisamente o comprimento, embora o mantivesse longo, até o cóccix, desde os doze anos e tivesse permissão para deixá-lo solto, já que as normas do ginasial eram menos severas que as do primário. O negócio acerca do cabelo de Masha era a maneira como ele se estruturava e reestruturava ao redor de seu rosto. Era como se tivesse vida própria. Sempre sabia exatamente como cair em torno do rosto a fim de dar às suas bochechas redondas a luz mais abonadora, independentemente de onde Masha estivesse. Na escola, e mais tarde, quando entrava na fábrica de sapatos ao meio-dia, e mesmo quando perambulava nos fins de semana de mãos dadas com Phillip, era como se fosse seguida por uma equipe própria de iluminação, garantindo que sempre brilhasse, que sempre estivesse em sua melhor forma.

Portanto, quando o cortou curto, acima dos ombros, boatos começaram a circular pela cidade. Jakub, o cabeleireiro, imaginou que o motivo fosse o mesmo motivo de sempre: dinheiro. Imaginou que ela o tivesse vendido para uma loja de perucas por estar enfrentando algum tipo de contratempo econômico. Kalyna, a senhora que morava bem ao lado do pequeno salão de recitais, imaginou que o motivo fosse o de sempre: amor. Achava que Masha tinha se apaixonado por um novo rapaz e quisesse testar a natureza da devoção do jovem cortando o cabelo. Mousia, de oito anos de idade, de quem Masha tomava conta nas noites de sábado, achou que a única explicação era que Masha tivesse enlouquecido. Na primeira vez que viu Masha com os próprios olhos, andando pelo mercado de cabelo curto, Mousia deixou escapar um berro e correu até sua casa para soluçar no quarto. Chegou a faltar ao teste de vocabulário que os alunos da segunda série tiveram na manhã seguinte.

No final das contas, era Jakub quem tinha razão, pois a questão era dinheiro, mas Kalyna também tinha certa razão, pois, vai saber, talvez Masha estivesse apaixonada. Mas não era exatamente como eles pensavam. Vejam só, Masha havia sido despedida de seu emprego na fábrica de sapatos por causa da esposa ciumenta do patrão. Já que Masha tinha dormido com o patrão. Bastante. E ele tinha esposa. Não havia outros cargos na cidade que aceitariam alguém sem experiência ou instrução, e Masha frequentaria a escola, mas primeiro tinha de ganhar dinheiro suficiente para que a mãe pudesse ficar com a casa, e, bem. Era como dar dois passos à frente e regredir sua vida idiota inteira aonde quer que fosse.

Mas espere. Ela poderia ir para o estrangeiro, virar babá de crianças ricas, cortar o cabelo (pois sejamos sinceros, se você tivesse marido, também não gostaria que ele convivesse com Masha e seu cabelo), ganhar dinheiro suficiente para que a mãe pudesse até comprar a porcaria da casa do proprietário, ganhar dinheiro suficiente para que Masha fizesse o curso de contabilidade, ou o que bem entendesse.

Mas o emprego não era exatamente como Masha imaginara.

*

Começou como um pensamento, algo que existia somente na cabeça de Avishag, mas quando as duas garotas terminaram a longa caminhada até a torre de vigia, já era uma sensação.

Gali e Avishag subiram a escada e se sentaram, e não disseram nem uma palavra. E então uma hora se passou, e então era mais que uma sensação.

Era uma sensação urgente, como formigas comendo a pele de Avishag por dentro. A princípio, não fazia nenhum sentido para ela, pois tinha tomado um banho na noite anterior, depois de ver Nadav, e fora um banho delicioso, longo, imersivo e agradável para Avishag com o aroma de sabão.

E não fazia sentido. Não fazia.

Mas permanecia sentada, e pensava, não entendia.

Então entendeu.

Era o uniforme. O uniforme idiota debaixo da M-16 e do colete de munições e o colete à prova de balas, debaixo disso havia sempre o uniforme verde.

Avishag estava vestida com o uniforme, mas também o vestira na noite anterior, ao sair do escritório de Nadav e se dirigir aos chuveiros. E agora ela sentia: na véspera seu uniforme tocara onde ele a beijara; aqui, ali, mais embaixo, depois do outro lado. E agora o mesmo uniforme a tocava novamente, e de repente, do nada, ela se deu conta de que não aguentava mais. Mas se dar conta não bastava — ainda podia sentir: não estava na sua cabeça. Ela sentia o cuspe seco dele na pele, era real, íntimo e tão *presente*.

Não havia como escapar.

Só que havia.

Ela desafivelou o capacete e o atirou no chão.

— Avishag? — Gali disse.

Avishag tirou a M-16. Depois o colete com munição, o colete à prova de balas e sua placa de identificação. Sentou-se em cima deles, como se desfalecesse, desamarrou as botas com areia e em seguida retirou as meias.

— Avishag, o que é que está acontecendo? — indagou Gali.

Os dedos ágeis de Avishag desabotoaram a camisa militar e depois desafivelaram o cinto marrom grande. Ela tirou a regata verde, depois o sutiã esportivo vermelho do Mickey Mouse, depois a calcinha.

Por fim, quando estava totalmente nua, se abaixou até o chão da torre e fechou os olhos. O sol torrava a pele de Avishag aos sopros, como uma criança soprando uma flor.

Gali pensou em gritar, ou estapear Avishag, ou até pedir ajuda pelo rádio. Mas então pensou na coisa mais estranha.

Ela pensou em como, na sua primeira vez, estava totalmente vestida.

Foi só quando Gali teve o segundo orgasmo que ela percebeu que era o segundo, que já tivera outro antes.

O primeiro lhe foi dado pelo rio Jordão. Em todo Pessach de seu kibutz as crianças iam pular da ponte para celebrar o fim do longo Seder no refeitório do kibutz. Mas apesar de ser bem alta, Gali tinha medo de altura. Ela nunca conseguia ter coragem de pular.

Durante seu último ano no kibutz, quando já sabia que se mudaria para Tel-Aviv, Gali tornou a ficar de pé em cima da mureta de cimento da ponte com seu vestido amarelo de Pessach e olhou para baixo. Esperou e esperou. Todo mundo já tinha ido para casa. Os pinheiros espalhavam suas agulhas laranja pela água, e marolas antigas desabrochavam cada vez mais perto da margem do rio e seus arbustos lilases.

Um pombo voou acima dela. Gali cobriu os olhos com o cabelo. Sentiu o cheiro de xampu; deu um passo adiante e pulou.

Por um segundo foi como andar no ar, e era tão anormal, ficou claro para Gali que algo tinha dado errado e não poderia mais ser consertado. Sua pele foi sugada em direção ao sol.

Ela caiu na água com um estrondo. Um sinal quente de fadas felpudas percorreu seu corpo inteiro naquele instante. Os dedos dos pés se contraíram. Os ombros se curvaram. Os nervos dos cotovelos riram. Ela saltou para fora da água verde de boca aberta, tentando tomar fôlego.

Mas o segundo de Gali aconteceu no dia em que conheceu Tom na décima série, na casa dele, após a aula de geografia.

Estava totalmente nua na hora, e ainda fazia sol lá fora.

E era em Tom que queria pensar agora.

"Você é tão forte", ele disse quando ela se viu em seu quarto naquela tarde da décima série.

"Sério?", ela indagou. Estava preocupada com a possibilidade de ficar doente. Estava preocupada porque Tom poderia beijá-la, preocupada porque ele poderia não beijá-la, preocupada porque poderia ter alguma coisa no seu dente, preocupada porque era muito alta, preocupada com os perigos da cidade, com a barulheira da cidade, mesmo naquele instante, no quarto de Tom.

"Você parece tão forte", declarou Tom, e chegou tão perto que as pontas do nariz de ambos se tocaram. "Olha", ele disse, e apontou para o espelho na parede. "Você parece tão forte."

No espelho, só o que Gali via era a mesma pessoa de sempre. Mas então viu Tom no espelho, olhando para ela.

Ela queria que os olhos dele banhassem todas as suas partes.

*

Avishag respirava tão fundo, deitada no chão da torre, que era como se tivesse adormecido. Não havia possibilidade de que alguém visitasse a torre para averiguar as garotas. Ninguém as averiguava.

*

Se pudéssemos olhar para a sétima torre da direita para a esquerda do lado israelense da fronteira egípcia em 7 de agosto do ano de 2007, o que veríamos seria duas soldadas israelenses de olhos fechados. Estariam deitadas no chão. Nuas.

*

Samir não falava nada, e Hamody já tinha fumado sete cigarros e fervido dois bules de café preto, portanto, por puro tédio, Hamody resolveu talvez fazer justamente o que estava ali na torre para fazer. Pegou o binóculo e olhou para o lado israelense.

De início, pensou que estava imaginando, que talvez o pó de café que o tio lhe dera fosse forte demais para ele, mas olhou e olhou. Banhou seus olhos naquela visão, real e remota.

Do outro lado da fronteira, duas soldadas israelenses estavam deitadas no chão, nuas.

A primeira garota judia era comprida e tinha seios pequenos e firmes. O cabelo castanho-claro caía sobre os ombros. Uma espécie de gazela, o tipo de garota que competiria de igual para igual se um dia tivesse de persegui-la.

A segunda garota judia era delicada, tinha seios fartos, e era simplesmente perfeita. De olhos fechados daquele jeito e com o cabelo avermelhado ao seu redor como asas, quase parecia a pombinha cristã da cidade de Hamody, com a qual ele sabia que jamais poderia se casar.

Hamody baixou o binóculo e olhou para Samir, que estava sentado numa cadeira de plástico de costas para ele, olhando a base em silêncio. Hamody pensou em dizer algo, em explodir em vivas alegres, em rir da situação toda, mas então se deu conta de que não poderia, ou não queria, pelo menos não com Samir. Hamody percebeu que queria guardar aquilo para si. De repente deixou de se importar. O tio sempre lhe dissera, desde a infância, que Deus distribui seus tesouros entre todas as pessoas de forma igualitária; só que algumas delas optavam por não aproveitá-los.

Samir olhava para o outro lado, e antes que se desse conta do que estava fazendo, Hamody abaixou as calças, depois abaixou mais, e usava apenas a mão esquerda para segurar o binóculo.

*

Quando Samir olhou para trás, quase não acreditou. De início, pensou que estava imaginando, que talvez o pó de café que o tio dera a Hamody fosse forte demais para ele, mas ele olhou e olhou, banhou seus olhos naquela visão, real e tão próxima.

Bem à sua frente estava Hamody. O radiante, lindo Hamody, e estava exposto, se tocando.

Foi como se as mãos de Samir tivessem vida própria.

Quando o oficial Tariq subiu a escada da torre como um guepardo silencioso, Samir tentou se conter. Realmente tentou. Escutou Tariq berrar, e o viu pegar Hamody pela gola, e viu quando Hamody entregou o binóculo a Tariq, e ouviu Hamody gritando que era tudo culpa dos judeus, que era algum truque premeditado, uma nova estratégia malévola israelense.

Samir ouvia tudo isso e via, mas não entendia nada. Também viu o olhar chocado que Hamody lhe lançou, o jeito como ele olhava lá embaixo, para Samir *ainda* se tocando, para Samir de calças arriadas.

Mas mesmo enquanto isso tudo acontecia, e mesmo tendo pensado que seu cérebro dera sinal para que as mãos parassem, e mesmo sabendo que Tariq e Hamody o olhavam naquele momento, e que eles saberiam, e que eles veriam, ainda assim, Samir não podia evitar. Iria acontecer, já tinha quase acontecido, e então...

Aconteceu.

*

Tariq precisou de dois minutos para se recompor e arrumar a boina e se comunicar pelo rádio com o comandante da base. O comandante levou cinco minutos para entender Tariq e dois minutos para contatar Abou Kir, o comandante do quartel-general da região militar do norte. Foram sete minutos para que Abou Kir entendesse e treze minutos para que o secretário do chefe do estado-maior do exército do Egito acreditasse que seu problema era urgente a ponto de justificar uma ligação urgente para o oficial de mais alto posto do exército egípcio inteiro.

Quarenta e dois minutos depois de Tariq ter visto as garotas judias nuas com os próprios olhos através do binóculo, em algum lugar no coração de Tel-Aviv, um telefone vermelho específico tocou pela primeira vez em seis anos, e foi Oleg, o russo, quem atendeu.

Demoraria dois meses para que a imprensa israelense soubesse da história, dois meses e meio para a imprensa egípcia, sete anos para a BBC. Mas, quando a imprensa tomou conhecimento dela, denominaram a situação toda de "Um incidente diplomático".

Logo depois que o comandante da base achou Nadav no gabinete dos oficiais subalternos, onde Nadav passava tempo com a cabo Rona Mizrahi, Nadav finalmente cumpriu a caminhada de quinze minutos pela areia a fim de averiguar as meninas da torre sete, para berrar com elas, para que ficassem sabendo da amplitude do dano que haviam causado. Os passos de Nadav na areia foram ligeiros, impetuosos, mas ao subir a escada da torre, só encontrou as garotas cumprindo o turno posterior ao de Gali e Avishag. Ilana Rotem e a pequena Shonit Miller estavam de pé na torre, roendo as unhas, vestidas da cabeça aos pés, e armadas.

*

Era terça-feira, e demoraria duas semanas para que o jurídico aparecesse e sentenciasse Gali e Avishag a sete semanas na prisão militar, o castigo mais severo que uma pessoa do sexo feminino em combate ativo já tinha recebido pelas benevolentes cortes marciais até então. Quando a amiga de Avishag, Yael, ficou sabendo, ela achou hilário que, das duas, foi Avishag quem acabou na cadeia. Todo mundo ficou surpreso, mas as garotas ficaram contentíssimas em tirar uma folguinha da base. Passariam sete semanas dormindo na cela e jogando cartas com gente que vendera maconha dentro da base.

Mas, até então, os dias ainda tinham vinte e quatro horas, e oito delas as garotas voltavam à torre, as mãos esquerdas no cabo das armas, os olhos rodando através dos binóculos, esperando a variedade de oficiais subalternos que apareciam de hora em hora para averiguá-las segundo as novas ordens do comandante da base.

*

E, naquela noite, Tom já começava a sentir a dor. A gente sabe, ou ao menos acha que sabe, como é impossível não fazer nada além de fitar um telefone por onze horas, portanto não podemos realmente culpá-lo por voltar a Allenby, 52.

Dessa vez, quando a garota o fitou, manteve o olhar fixo nele e não abaixou a cabeça. Foi ele quem apagou a luz. Ambos sabiam que ele teria aquilo que pagara, e, se iria olhar nos olhos dela, seria apenas depois. Ele manteve os olhos fechados o tempo inteiro.

*

Por seis horas do dia as garotas ainda guarneciam o posto de controle da fronteira.

Era terça-feira e a noite já havia caído, tardia e quente. Na carroceria de um caminhão vermelho quatro louras fitavam Gali e Avishag; esperavam, respiravam, olhavam, sem chorar.

— Poxa, cara. — O motorista desceu do caminhão e implorou para Avishag, colocando a mão no ombro dela. — É tudo aprovado e autorizado. Tenho compromissos a cumprir — declarou o motorista.

Avishag fitou seus olhos azuis. Eram tão grandes que ocupavam metade do rosto. Gali olhou nos olhos das mulheres e não os desviou, embora precisasse piscar. O caminhão era tão pequeno, uma das mulheres, de cabelo louro cortado recentemente, estava sentada sobre os joelhos em uma posição de pretzel tão dolorosa que parecia que seus ossos perfurariam a pele se ela continuasse assim por mais um minuto que fosse.

— Não sou um cara — Avishag retrucou para o motorista, e tirou o capacete, e os cabelos escuros caíram abaixo de seus ombros. — Não sou — disse. Ao dizê-lo, pensou no bebê que não tivera e percebeu que ninguém poderia negar que era verdade.

Nadav se levantou da cadeira lentamente e parou entre as garotas e a traseira aberta do caminhão.

— Avishag — ele chamou —, que tal você pôr o capacete para não meter todos nós em encrenca?

— Não vou permitir que você faça isso comigo — Avishag declarou e pegou Nadav pelo braço. — Você não me conhece. Eu não sou assim.

— Você — disse Nadav, e riu. — A única coisa que você faz é reclamar. Você, você, você… — Ele disse várias vezes. Empurrou Avishag para o lado segurando-a pelo ombro. Ele riu. Repetiu a palavra até esvaziá-la de sentido, até seu discurso virar um rosnado, uma língua estrangeira.

*

As portas do caminhão abertas, e do lado de fora o homem que pegara o passaporte de Masha na França está parado e conversa com três soldados armados. Um dos soldados entoa um som, e aos ouvidos de Masha o som se torna uma canção como as cantadas pelas crianças do primário no fim de cada ano na salinha de recitais de sua cidade. E logo a canção perde a voz humana: é mera melodia, e em seguida é um grito de guerra, um grito fraco, e é o bastante para Masha, ela salta do caminhão e começa a correr para o sul, até onde os pés a levarem.

Quando seus pés batem na areia eles transmitem um choque que percorre seu estômago e ecoa nos pulmões. As pernas finas de Masha se enrolam sob a saia manchada, e quando se esticam, ela ouve os ossos rachando, gargalhando. Ela tem a sensação de que as pernas correm mais rápido do que o coração é capaz de jorrar vida dentro delas, rápido a ponto de o vento ser uma cortina suave que ela não para de romper.

*

Pois bem, há várias coisas que sabemos. Masha está correndo para o sul, em direção à cerca do lado egípcio, e há minas terrestres adormecidas embaixo do lugar para onde vai. Sabemos que apesar de Samir já estar na cadeia, o tio de Hamody o libertou sem problema, e ele já está de volta à torre, e a figura correndo em direção ao seu portão no escuro está próxima o suficiente para que a veja pelo binóculo. Já tem uma bala no cano e mais vinte e oito no pente, e, a tal distância, sabemos que ele é capaz de se sair bem mesmo sem uma mira telescópica.

E sabemos que nenhum telefone vermelho vai tocar para pedir detalhes sobre a figura que vem do lado israelense. Sabemos que Tom vai fitar o telefone vermelho silencioso, como sempre. E sabemos que Gali vai berrar "Nadav", mas será em vão, e que Avishag não vai berrar o nome dele, pois tem discernimento, e sabemos que Nadav não vai olhar logo abaixo das sobrancelhas de Avishag e fazer o que ela quer, pois sabemos que Nadav não reclama com ninguém além de Deus.

Hamody fecha o olho esquerdo e olha a figura pela mira da arma. Está a quatrocentos metros das minas terrestres, agora a trezentos. Corre rápido. Hamody destrava a arma e respira fundo. Os dedos estão agitados devido ao café, mas ele sabe como acalmar os nervos. Não haverá surpresa.

No entanto, ao vermos o cabelo de Masha balançar ao vento, iluminando-a de cima como uma lâmpada branca, é inevitável dizermos:

Corra, garota, corra.

Mais rápido.

# O oposto da memória

Espero o ônibus vir me buscar.

Tiro a camisa do uniforme, mas continuo de regata. Solto os cabelos, deixo que meus grampos despenquem na areia, deixo meus cachos caírem sobre os ombros; em seguida cubro os olhos com eles. Devido ao sol — está tão quente que meu pescoço não sustenta minha cabeça de pé.

Espero na calçada da rodovia. O sol faz bum bum bum na minha cabeça. Não há banco, somente uma placa indicando o ponto de ônibus e o asfalto. Não há pessoas de carro zunindo pela pista, ninguém além de mim.

Permitiram que eu passasse o fim de semana fora da base porque eu disse que minha mãe está muito doente. Foi fácil conseguir permissão para que me deixassem sair. Dana, Amit, Neta e Hagar já foram liberadas, e eu aproveitei meu status especial como última instrutora de tiro que estava lá durante a guerra, que estava lá quando a situação era uma verdadeira loucura e que continuei depois. Talvez tenham ficado com medo de que eu pirasse se não me deixassem fazer o que queria. Eu disse que teria de deixar minha arma na base, pois dormiria no hospital.

A verdade é que preciso tomar o ônibus para o centro comercial a fim de comemorar o noivado de Noam. Ela é a primeira das nossas colegas de classe a noivar. Avishag telefonou: acabara de sair da prisão, implorara para que eu fosse. Ela disse que até Emuna estaria presente, convencera não só ela como todo mundo, então quem sou para não ir também? E quem sou eu? Durante o nosso telefonema semanal, no fim de semana passado, falei para ela: "Emuna, quero te ver." Ela disse: "Yael, você quer muitas coisas." Mas ela me disse que iria. Geralmente a vejo todos os meses, na minha folga, e eu disse que estávamos quase completando um mês e uma semana.

*

Menti sobre minha mãe estar doente, e não vejo problema em estar aqui sem a camisa do uniforme, até por estar totalmente só. Enfio a camisa, a boina e o cordão de comandante na mochila JanSport sem dobrar nada.

Sento na areia e abaixo a cabeça; fecho os olhos e espero que a espera termine. Sinto uma trégua do sol e do bum bum bum do dia, como se uma árvore invisível, ou provavelmente uma nuvem, tivesse relaxado bem em cima de mim.

Mas ao levantar a cabeça vejo que não é uma nuvem e sim uma pessoa — um oficial da polícia militar — em pé perto de mim. Ele usa a boina azul da polícia militar e segura um bloquinho aberto. Não está descansando. Está ocupado me olhando, sem piscar, para que eu saiba que estou em apuros.

Abaixo a cabeça, fecho os olhos e espero que a espera termine.

Lembro-me de momentos que são os piores mas também de momentos que acontecem o tempo inteiro.

*

Na sétima série, minha mãe levou minha irmã e eu à escola, e nosso carro estava logo atrás do carro de Emuna. Atrás de nós estava o carro da mãe de Avishag. Olhei para trás e vi Dan sentado no banco da frente. Lembro-me de ter acordado naquela manhã e pensado que meu sonho me machucara, mas queria voltar a ele e dizer algo mais. Meus olhos estavam secos e raivosos. Pus meu Dr. Martens e jeans boca de sino. Todas usávamos Dr. Martens e bocas de sino naquele ano. Meus sapatos eram azuis; os de Emuna também.

Enxergava o cabelo louro da mãe de Emuna preso num coque e Emuna, mascando a manga do casaco vermelho. Ainda sentia o gosto do chocolate quente que tinha bebido minutos antes. Lá fora, gotas de chuva caíam nos bananais e eu via as bananas e a terra pela minha janela meio aberta. O rádio estava estridente; tocava uma canção antiga, uma canção sobre uma menina cujo cabelo parecia ouro negro.

"Está chovendo", minha mãe disse. "Feche a janela." Embora nossa vila esteja no meio do nada, havia sempre engarrafamentos na avenida que levava à escola naquela hora do dia. Isso foi antes de começarem com as vans que buscavam os alunos. Eu gostava na época. Gostava de olhar os carros adiante, principalmente quando conhecia as pessoas dentro deles, e de me imaginar uma parte dessa corrente, um acorde desse ritmo.

"Feche a janela", minha mãe disse. Virou o pescoço e me olhou no banco de trás. "Está chovendo."

Na escola, Emuna e eu cruzávamos juntas o portão quebrado, adentrando a fluorescência, os murmúrios e os assoalhos de linóleo. Todas as garotas se lançavam sobre minha cadeira quando nos sentávamos, e eu tirava o dever de casa sobre a Bíblia da mochila JanSport. Todas usávamos mochilas JanSport naquele ano. A minha era preta; a de Emuna era roxa com listras amarelas. Ela foi a única menina que concordou em se sentar ao meu lado naquele ano, quando Avishag e eu não nos falávamos por causa da briga que tivemos por causa da minha queda por Dan.

Estávamos estudando Jonas pelo segundo ano seguido. Havia uma professora nova e ela não sabia que já tínhamos estudado Jonas no ano anterior.

O dever de casa foi ainda mais ultrajante da segunda vez. Naquela noite tive um sonho em que Jonas me dizia: "Você achou que iria sair do lugar? Sua idiota." Ele me dizia isso enquanto ele mesmo estava preso numa baleia, tentando fugir de Deus como um imbecil que não conhecesse as regras da Bíblia e soubesse como as histórias terminam.

Tínhamos de completar frases traçando linhas que ligassem uma coluna de perguntas — *Jonas foi à cidade de... Deus disse à baleia que comesse Jonas porque... Deus matou a árvore de Jonas porque...* — a uma coluna de respostas.

"Ela vai deixar todo mundo copiar, mas eu sou a primeira, então não me empurra", Emuna disse às garotas.

"Pensei em você o fim de semana inteiro", eu disse a ela naquele momento. "Pensei em você o tempo inteiro. Estava com saudade."

Mais tarde, enquanto comíamos nossos sanduíches (mostarda-tomate-maionese para mim, manteiga e pepino para Emuna), a nova professora de Bíblia não falou de Jonas, mas disse que no fim de semana seu namorado lhe pedira em casamento quando estavam no alto da torre Azrieli, em Tel-Aviv. Lá embaixo, carros zuniam, perseguindo uns aos outros, e o mundo inteiro martelava adiante sem parar. Mas não para a nossa professora, que disse que o mundo havia parado.

Então Noam disse que quando crescesse seria pedida em casamento no alto da torre Azrieli, e todas concordamos que era uma boa ideia, à exceção de Lea, que revirou os olhos. Lea sempre revirava os olhos.

O problema era que não nos demos conta de que não seria nossa a decisão do lugar onde nos pediriam em casamento, ou se sequer nos pediriam. O namorado de Noam pediu-a em casamento no ônibus. Tinham acabado de receber um telefonema do corretor de imóveis, e então ele perguntou se ela se casaria com ele.

Mas ela queria que todos nos encontrássemos no Azrieli para comemorar. Em homenagem à época em que éramos crianças.

*

Ao torcer o pescoço e ver o policial militar, eu rio. Às vezes é necessário rir. Sentada na areia, é necessário. Passei dois anos no exército, entrando e saindo das lojas movimentadas do shopping Azrieli de cabelos soltos durante as folgas, passeando de trem com sombra azul no rosto. Uma vez, usei meu piercing no nariz, o que Hagar me convencera a fazer, quando estava uniformizada, tomando o ônibus na central de Tel-Aviv, sempre apinhada de boinas azuis, ávidos por uma advertência.

E aqui, neste nada, duas semanas antes de terminar o serviço militar, é onde levo uma advertência. É agora que me descobrem.

— Seu número de identidade, soldada — o policial pede sem me encarar. Está olhando fixo para as linhas do bloquinho, apertando a caneta. De onde ele surgiu?

Abaixo a cabeça de novo. Fecho os olhos.

— Seu número de identidade, soldada — diz o policial.

Não respondo. Levanto a cabeça e olho para ele, tranquila. Ele se mexe um pouco, assim o sol volta a explodir em mim. Semicerro os olhos e o encaro. Ele não pode me obrigar a falar. Não pode pôr a mão na minha boca, forçá-la a se mover e expirar ar e emitir sons vindos da garganta. Nenhuma força no mundo é capaz disso.

— Seu número de identidade, soldada — repete o policial. — Vou pedir mais uma vez, depois disso você vai se encrencar.

Eu sei que não estarei tão encrencada assim. Será preciso alguns dias para que a queixa seja escoada da polícia militar para a minha base. Mas então só terei mais uns dias de serviço a cumprir. O máximo que poderiam fazer é me obrigar a limpar banheiros, mas não vão fazer nem isso. Meus comandantes me adoram. Sou a instrutora mais velha que restou na base. Hagar e as outras duas já estão na Europa. A base anda quieta desde a guerra, um ano atrás. Ninguém vai me perseguir agora. Acho até que meu novo oficial, Shai, está apaixonado por mim. Afinal, tenho sido uma boa soldada. Ensinei muitos garotos a atirar.

— Não sou soldada — declaro.

— Você está usando as calças do uniforme e botas militares. Você é soldada, e você tem a cara de pau de andar por aí só com metade do uniforme? — diz o policial.

— Não sou soldada — retruco. — Não sou.

Imagine que você saiba que alguém é uma coisa, você saiba com certeza, mas a pessoa insiste em dizer que não é essa coisa — ela nega até a morte. Tem algo que você possa fazer? Não há nada que você possa fazer. Se eu sou uma civil, ele não tem nenhuma autoridade sobre mim. Nem existe a regra de que civis têm que andar com identidade.

O policial cruza os braços, e eu sorrio. Não preciso falar mais nada, mas falo.

— As calças são da minha irmã — declaro. — Eu ainda estou no colegial. E você é um cara grande e armado que está me assediando. Eu devia era desatar a chorar.

— Sua irmã é soldada? Qual é o nome dela? Ela pode arrumar uma encrenca das grandes por ter emprestado o uniforme.

— Ela tem dez anos — afirmo. — É uma menina de dez anos bem alta. Nem sei onde ela arranjou estas calças.

— E as botas?

— Comprei na Zara.

— Não comprou, não.

— Zara de Londres, eu juro. Sou uma colegial bem viajada.

— Vamos falar sério — diz o policial militar. Está batucando com as botas no chão, de um jeito meio feminino, apesar de ser um homem peludo. Parece que vai ter um acesso de raiva.

— Eu não sou soldada — declaro. — Eu não sou soldada.

Continuo negando quem sou por mais alguns minutos. Então o ônibus chega.

Às vezes penso em coisas e me pergunto por que nunca pensei nelas antes. Às vezes me lembro de coisas e rogo por misericórdia.

*

Entro no ônibus e finjo procurar dinheiro na bolsa. É só quando a porta se fecha que tiro a camisa de uniforme da bolsa e visto sem abotoá-la e mostro ao motorista minha identidade militar, que me permite usar o transporte público de graça quando estiver uniformizada.

O motorista não liga para a camisa nem para os botões nem mesmo para a estrada. Está ao celular e sinaliza para que eu entre. Quando nos afastamos, tento acenar para o policial, mas ele desapareceu.

Sento perto da janela, dois bancos depois do motorista. Da costura do linóleo vermelho do ônibus irrompe a espuma e a janela está coberta de poeira. Abaixo a cabeça e fecho os olhos e espero o ônibus chegar ao Azrieli. Espero que a espera termine.

Luto o tempo todo. Por quê? Não faria nenhuma diferença para mim receber uma notificação por uso de traje inadequado em público, ou seja lá qual for o nome disso. Absolutamente nenhuma diferença. Tudo — Emuna, eu, vida, o ônibus, Jonas — teria continuado a martelar adiante da mesma forma.

No ponto seguinte, um homem-bomba entra e se senta ao meu lado. Não tenho prova de que é, mas me convenci de que é verdade, então tento me certificar. A última coisa que desejo é construir um elefante feito de medo. Ele aparenta uns cinquenta anos, e seus passos demonstram que está cansado do mundanismo do ônibus e desta nova terra.

Ao se sentar ele balança o corpo para a frente e para trás. Seu ritmo é de um homem que desistiu deste mundo e, no entanto, continua nervoso por algum motivo. Seus segundos são tão carregados que mesmo na exaustão ele acha motivo para preocupação. Está esperando que algo grandioso aconteça, algo que vá mudar tudo para sempre.

Ele põe dois sacos pretos grandes debaixo do assento. Vejo um vasilhame de plástico com biscoitos marrons saltando do saco mais próximo de mim, mas poderia se tratar de um disfarce. Um homem desses transportando biscoitos caseiros?

Caso não suspeitasse de que é um homem-bomba, acharia que ele é russo. Algo a ver com a proximidade dos olhos, e o chapéu cinza esquisito, um chapéu que não combina com este país. Mas tenho quase certeza de que é árabe: o sotaque do grunhido que me dirige quando ele se senta, o jeito como os olhos se encovam no rosto, a pele amarelada. E parece um homem-bomba.

Apesar de ser verão, ele está vestido com um belo paletó e calças largas, um suéter felpudo por baixo. Seus trajes foram bacanas outrora, mas agora estão gastos.

Levanto-me às pressas. Olho ao redor, mas não há bancos vagos no ônibus e nenhum dos outros passageiros parece assustado. Todos encostam as cabeças contra as janelas empoeiradas, mandando mensagens ou olhando fixo para a frente em uníssono.

Quando o ônibus entra em um túnel, o homem começa a cantarolar. Sei o que vai acontecer. Ouvi histórias nos noticiários inúmeras vezes. A mulher que sabia, mas não disse nada e perdeu a orelha. O menino que mandou mensagem para a mãe dizendo estar com medo e morreu em seguida. O motorista que soube o tempo todo, mas imaginou que poderia parar o ônibus e ligar para a polícia antes que algo acontecesse; o motorista que teve medo de que qualquer ato apenas piorasse as coisas.

O homem continua a cantarolar. No início, só ouço "lá lá lá", mas depois percebo que deve estar entoando o chamado à prece, aquele que ouvia pela janela do meu quarto às cinco da manhã, todas as manhãs, quando era criança. O chamado, embora abafado por sua jornada desde a fronteira libanesa, entrava em alto volume.

"La ilaha illallah", entoa o homem. Não existe outro Deus.

Preocupo-me mais com a possibilidade de não morrer do que com a de morrer. De que fique com queimaduras, cega, e me torne um fardo. De que não seja capaz de andar ou usar o banheiro por conta própria. De que queira morrer ainda mais. Estou assustada com a proximidade disso tudo, de que tudo mude em segundos, e como eu me preparo? Do que eu vou querer lembrar a respeito de antes?

Meu sangue murmura dentro das veias do pescoço e meus dedos se agitam como se estivesse digitando em um teclado invisível. Mas não grito. Não posso fazer cena. Nunca se deve fazer cena.

Faço uma pergunta ao homem-bomba. Talvez ele me responda num hebraico perfeito; talvez nada aconteça.

— O senhor está indo para Tel-Aviv, não é?

— Ã-hã — ele resmunga. Somente ar. Palavra nenhuma. E ele fecha os olhos e continua a balançar o entoar, "Lá. Lá. Lá", os lábios enrugados.

Quando o ônibus sai do túnel e a luz volta a atingir o rosto dele, suas bochechas parecem ter sido sugadas para cima, como um demônio ou um homem de graça.

Noto que a barba não está bem-feita. Deus pede a eles que se barbeiem antes de fazê-lo, ou não? Não me recordo. Penso, *Ok, ok, você tem que tomar uma decisão*, portanto me levanto e piso em cima dele. Ele vai desconfiar e explodir. Vai acontecer neste exato instante.

Mas não acontece. Ele vira o rosto para me olhar indo para a parte de trás do ônibus. Assim como outra passageira, uma etíope segurando o bebê como se tivesse medo do que eu possa fazer.

Estou tão apavorada que me sento nos degraus da traseira do ônibus, sacudindo com os buracos ao longo da rodovia. Estou tão apavorada que me sento ao lado da lixeira, cheia de sorvete e lenços e cascas de sementes de girassol. Nem fico nervosa com os olhares dos outros passageiros, que não entendem o que me fez levantar do meu banco, que talvez nunca tenham morrido de medo de não morrer.

Mas não estou apavorada a ponto de falar com alguém, de gritar. Meu pavor tem apenas a magnitude necessária para talvez salvar minha própria vida. O heroísmo nunca foi uma de minhas qualidades.

Penso nela o tempo inteiro, Emuna. Mais do que penso em Avishag, apesar de ela e eu ainda conversarmos por telefone todos os dias. Ainda assim. Clamo por misericórdia e dreno meu cérebro; abaixo a cabeça e fecho os olhos. E ainda assim penso em Emuna.

*

Em um dos últimos dias da sétima série, minha mãe levou minha irmã e eu à escola, e nosso carro estava logo atrás do carro da mãe de Emuna. Meus olhos estavam esgotados, secos e raivosos.

Enxergava o cabelo louro da mãe dela preso num coque e Emuna, mascando a manga do casaco vermelho. Ainda sentia o gosto do chocolate quente que tinha bebido minutos antes. Os bananais estavam todos marrons.

Ainda gostava de carros e de engarrafamentos na época. Gostava de olhar os carros adiante, principalmente quando conhecia as pessoas dentro deles, e de me imaginar uma parte dessa corrente, um acorde desse ritmo. Olhei para o carro dela e gostei do fato de que Emuna não me via.

Foi então que o vi. O homem com a arma ainda estava bem longe. Ele provavelmente levaria cinco minutos para caminhar do bananal até a rua. Eu o vi se aproximando cada vez mais. Não disse nada.

O carro da mãe de Emuna seguiu em frente e o nosso foi atrás. Emuna ainda mascava o casaco vermelho. Eu a enxergava a esse ponto — enxergava seus dentes.

O homem que portava a arma usava turbante palestino. Eu sabia, mesmo na época, que vinha do Líbano. Que tinha sido o único homem a penetrar a fronteira desde a retirada do exército. Eu sabia, não tenho como negar.

Sabia que era uma caçada e que eu estava dentro de um carro parado.

O carro delas seguiu em frente. Nosso carro seguiu em frente. O homem armado continuava a caminhar. Pois bem, eu poderia ter pensado, *Não nos machuque*. Porém pensei mais. Pensei, *Não nós, elas. Vá para lá. Vá para lá*. E fiquei quieta.

O carro delas seguiu em frente, nosso carro seguiu em frente, o carro delas seguiu em frente. Em seguida ele encostou a arma na janela e atirou na mãe de Emuna. Ele correu; ele foi embora.

Emuna no meio de todo aquele vermelho, eu a enxergo.

Essa lembrança, entretanto, não é a pior. O que aconteceu depois foi muito pior.

*

Depois que o ônibus para junto à calçada oposta ao shopping Azrieli, dou uns passos e nem acredito que ainda estou viva. Sinto-me uma cópia de mim mesma em papel-carbono, mas, no final das contas, nada aconteceu.

As pessoas se dispersam; o motorista ajuda a mulher etíope a tirar o carrinho de bebê do ônibus. O homem-bomba que nunca o foi marcha sozinho em direção a uma cafeteria, onde, do lado de fora, pessoas ainda muito novas fumam com as pernas apoiadas nas mesas. Pessoas, todas essas pessoas, caminham como se conduzidas por cordas invisíveis, atravessando, seguindo, em diagonal, às pressas. Ouço o baque de seus passos. Os carros murmuram como mosquitinhos gigantes, a música da cidade ao meu redor, me tocando. Os edifícios atiram suas sombras e penso que mesmo se o ônibus tivesse explodido nada mudaria. Tudo isso continuaria a existir.

*

É comum eu pensar que não me lembro do enterro ou dos dias seguintes, mas sei que eu estava lá. Chorei muito, mães que não a minha me abraçaram, e depois minha mãe me abraçou em casa.

Sabia que não precisaria ver Emuna porque ela sempre viajava no verão. Aquele verão poderia ter sido diferente, imaginei que talvez fosse, mas no final não foi; porém eu não parava de pensar que era fora do normal que a vila e o país ainda não tivessem explodido, que eu ainda não tivesse explodido. Esperei o estrondo que jamais aconteceria e que eu não merecia.

Lembro-me de uma coisa que a mãe de Emuna dissera no dia que Omer rompeu com ela e ela disse que queria morrer. A mãe dissera que achava que sua vida estava começando quando o pai de Emuna lhe pedira em casamento, e depois achava que a vida estava começando quando se casou com ele, e depois quando Emuna nasceu. Ou talvez tenha sido minha mãe quem falou isso sobre mim?

Os piores momentos aconteceram depois.

Em um dos primeiros dias da oitava série, minha mãe levou minha irmã e eu à escola, e nosso carro estava logo atrás do carro do seu pai. Meus olhos estavam esgotados, secos e preparados. Eu estava de Dr. Martens e jeans boca de sino.

Enxergava você mascando a manga do casaco. Ainda sentia o gosto do chocolate quente que tinha bebido minutos antes. Lá fora, gotas de chuva caíam nos bananais e eu via as bananas e a terra pela minha janela meio aberta.

"Está chovendo", minha mãe disse. "Feche a janela." Olhei para os carros adiante e tentei me imaginar uma parte dessa corrente, um acorde desse ritmo.

"Feche a janela", minha mãe disse. Virou o pescoço e me olhou no banco de trás. "Está chovendo."

Na escola cruzei sozinha, atrás de Emuna, o portão quebrado, adentrando a fluorescência, os murmúrios e os assoalhos de linóleo. Todas as garotas se lançaram sobre minha cadeira quando me sentei, e tirei o dever de casa sobre a Bíblia da mochila JanSport.

Estávamos estudando Jonas pelo terceiro ano seguido. Era a mesma professora, e ela havia se esquecido de que já tínhamos estudado Jonas no ano anterior. Ou talvez não se importasse. Ela era casada.

Jonas era um profeta, não queria ser profeta, mas Deus o tornou profeta mesmo assim, apesar de ele ter se escondido de Deus. Depois, Jonas foi a uma cidade de pessoas ruins e disse a elas que eram muito ruins e que Deus mataria todo mundo. As pessoas ruins não se enfureceram com Jonas; na verdade, se tornaram boas e Deus as poupou.

Em seguida Jonas fica muito triste porque se sente um idiota por ter dito àquelas pessoas que Deus as mataria e logo depois Deus muda de ideia, e também fica desidratado no deserto. Então acha uma árvore que lhe serve de abrigo do calor e Deus mata a árvore. Então Jonas ficou muito triste. E então Deus disse: "Está vendo, Jonas? Você está triste por causa da morte da árvore apesar de não ter tido nenhum trabalho para erguê-la, então como você espera que eu não pense duas vezes antes de matar todas aquelas pessoas que eu criei?"

Mas Deus havia prometido um desastre a Jonas. Obrigara Jonas a fazer uma cena em vão. Jonas pensara que o mundo inteiro acabaria, mas Deus jamais deixaria que isso acontecesse. Aposto que ele sabia desde o início. Certas pessoas, e Deus, sabem desde o início que o mundo não vai acabar. Caminham a passos lentos nas calçadas que me cercam.

Precisamos traçar linhas entre as perguntas e as respectivas respostas de novo. Mesmas perguntas, mesmas respostas, mas dessa vez foi mais difícil.

*Deus matou a árvore de Jonas porque...*

"Ela vai deixar todo mundo copiar, mas eu sou a primeira, então não me empurra", Avishag disse às garotas. Ela passou a se sentar ao meu lado. Sorria para mim, como se nunca tivéssemos parado de nos falar. Fiquei surpresa, e depois fiquei exultante. Não poderia lhe dizer que estava guardando a cadeira para Emuna. Não por qualquer coisa relativa a Avishag. Não por estar feliz porque ela havia me perdoado por eu ter me apaixonado por Dan. Porque não queria que Emuna se sentasse ao meu lado.

Emuna era de verdade, e era a mesma. Ficava em meio às garotas como um enfeite e olhava para mim. Todas olhavam.

"Pensei em você o fim de semana inteiro", eu disse a Avishag naquele momento, em alto e bom som. "Pensei em você o tempo inteiro. Estava com saudade." Esta era a pulsação dos piores momentos. A pulsação do mundo seguindo em frente.

*

Subo cada vez mais de escada rolante até chegar à ponte ao ar livre que leva à entrada do shopping Azrieli. Na avenida lá embaixo, os carros perseguem as cores uns dos outros; velozes, de novo e mais.

Nos anos desde que terminamos o ginásio, nos encontramos no shopping Azrieli diversas vezes. Todas as garotas fazem isso. O encanto se extinguiu na segunda, talvez na terceira vez.

Sei exatamente o que vai acontecer, portanto nem é preciso que aconteça. Mas vai acontecer. Coisas que não precisam acontecer acontecem o tempo inteiro. Não paramos de fazê-las.

Vamos todas nos abraçar, as sete ou oito que aparecerem. Avishag e eu trocaremos dois beijos nas bochechas. Vamos todas provar sapatos que jamais compraremos e compraremos regatas que talvez jamais usemos. A conversa será sobre namorados, vestibulares, empregos de garçonetes e da maravilha que será terminar o exército. Zombaremos de Tali e Lea por terem resolvido se tornar oficiais. Elas repetirão o velho mantra sobre a facilidade de ganhar dinheiro permanecendo no exército mais um ano, pois como oficial você ganha mais do que ganharia fora e não tem gasto nenhum. Eu vou dizer, "Mas você? Lea!", e ela vai encolher os ombros, ou dar um tapinha nas minhas costas, seus movimentos maquinais, reminiscentes da autoridade que teve outrora, mas desprovidos de força. Pediremos café na cafeteria Aroma e Lea enfiará um pacote de açúcar goela abaixo. Então todas gargalharemos. O banheiro estará inundado e uma mulher sem casa cuspirá em nós quando lavarmos as mãos com sabonete industrializado. Em seguida pegaremos o elevador até o terraço, e uma das garotas dirá que, daquela altura, as pessoas circulando pelas ruas de Tel-Aviv parecem formigas. Talvez até seja eu. "É tão bom estarmos juntas", alguém dirá. "Eu sou louca de amor por Tel-Aviv", outra garota acrescentará. Todas torceremos para que não tenhamos de criar nossos filhos em uma cidade pequena.

*

Quando vejo Noam, ela corre e me abraça. Em seguida me mostra a aliança.

— Topázio e ouro branco — ela anuncia.

Demoro uns minutos para reparar que Emuna não apareceu. Penso demais, e somente em mim mesma.

Quando reparo que Emuna não apareceu, me animo.

E talvez esse possa ser o estrondo. Talvez Emuna tenha partido para a Índia. Talvez esteja no quarto de sua infância, devastada, em conclusão e afinal de contas devastada. E talvez tenha resolvido que simplesmente não queria nos ver, que não seria divertido, que já basta.

Tudo isso aconteceu antes, e vai acontecer de novo da mesma maneira, portanto a bem da verdade não é preciso que um dia aconteça, todo esse encontro, o shopping, nós.

Digo que penso em Emuna o tempo inteiro, mas nem sequer pergunto por ela. Não de imediato. Eu espero.

— Nem acredito que já somos quase adultas — eu digo e beijo Noam nas bochechas.

Atrás dela estão seis garotas que conheço desde que nasci. Estamos em frente a uma sapataria no terceiro andar do shopping épico, as pessoas andando à nossa volta, nos engolfando, murmurando línguas.

— Você é muito doida — diz Noam. — Como é possível você não estar usando a camisa do uniforme? — ela me pergunta depois que peço desculpas por estar suada e explico que vim direto da base. — Você vai arrumar uma encrenca das brabas — acrescenta Noam.

— Se alguém perguntar, falo que não sou soldada — declaro.

— Você não pode fazer isso, maluquete — Lea diz e me dá um soco no ombro.

— Bom, eu já fiz, Dona Oficial. Já fiz uma vez e posso fazer de novo.

Gargalhamos.

Além de Lea, que também veio direto da base, todas usam jeans boca de sino. Nunca as abandonamos.

*

Emuna. Quero te dizer uma coisa. Umas coisas.

Você se lembra daquela vez, na sexta série, em que vimos o filme? Foi a primeira vez que assistimos a um filme no cinema. Naquele dia nos sentamos no chão da cozinha de Lea. Devíamos ser oito. Lea pediu um carro por telefone. O aroma daquela ligação, para mim, ainda é de perfume roubado, banana e pés.

"Queríamos pedir um táxi. Um grande. Somos muitas. E vamos ao cinema", disse Lea.

Lembra-se da van que foi nos pegar? Do percurso? Tentamos fazer com que nossas caras e palavras e alegria fossem como a das adultas que achávamos estar virando.

"Aqui está a gorjeta", Lea disse ao motorista quando chegamos ao shopping de meia-tigela que Nahariya ergueu. "Uma gorjeta, como de hábito."

O filme queria nos assustar. Era *Pânico 2*. Gritamos. Logo depois de Neve Campbell dar um tiro na cabeça da sra. Loomis, no instante em que ela diz, "Só para garantir", todas as luzes se acenderam e o filme parou e um lanterninha berrou, "Não se assustem. Um objeto suspeito foi descoberto no shopping e precisamos que todo mundo se dirija ao estacionamento."

"Que sorte a nossa. Que. Sorte. A. Nossa", Lea disse no estacionamento. Ao me lembrar disso agora, me dou conta de que essas foram as palavras mais adultas que uma de nós proferiu naquele dia, mas na época eu não percebi. A peça estava encerrada.

"Lembra daquela vez que fingimos ser lobos e engatinhamos de uma ponta à outra da rua da Nina?", perguntei a Lea.

"E?", Lea perguntou.

"E nada", declarei. "Só uma lembrança que me veio à cabeça."

"Você faz isso o tempo todo", disse Lea. "Lembra daquela vez que isso, e lembra daquela vez que aquilo." Ela imitava minha voz, falando como uma lesada. Naquele ano eu ainda esperava que ela voltasse a ser a garota com quem eu brincava, e quanto mais eu esperava mais ela me zombava.

"É, ela faz isso o tempo todo", concordou Noam. "É irritante."

Avishag virou o rosto. Ela nunca me defendeu, agora percebo. Nunca, desde o início.

Mas você.

E você disse: "Deixa ela. Deixa ela em paz."

E você. Lembra-se?

Por que você nunca me deixa?

*

Só depois que todas as palavras sem peso terminam de cair de nossas bocas é que pergunto a Noam: "Cadê a Emuna?" Eu a encaro. "Ela não vem, não é?"

Emuna. Demoro muito tempo para perguntar cadê você. Muito tempo.

Queria te dizer uma coisa. Quando estou contigo, quando respiramos o mesmo ar, também me lembro de você; ainda, sempre e tudo ao mesmo tempo.

Ok.

"Ah, a Emuna? Ela foi ao banheiro", Noam diz. "Aí está ela, atrás de você", Noam aponta com o queixo.

Sinto seu cheiro, parada atrás de mim e de verdade, antes de me virar. Sinto o cheiro de sabonete industrializado do banheiro de Azrieli em suas mãos. Sinto o cheiro de urina que molhou a franja da bainha de seu jeans boca de sino. Você está bem aqui.

O cheiro é o oposto da memória. Uma coisa ao contrário de outra.

## Meios de reprimir manifestações

**Choque**

Lea, a oficial, havia parado de sentir o próprio corpo. Estava deitada de costas no alto de uma barricada contra franco-atiradores, segurando uma página do jornal, bloqueando as estrelas. Tinha que esticar os braços para segurar a folha larga acima da cabeça.

— Nossa — ela exclamou.

— O exército não fez isso — declarou Tomer. Com um peteleco, jogou a guimba do cigarro no asfalto da Rota 433. Referia-se a Huda, a pequena palestina na praia. O jornal a mostrava aos gritos em meio à areia vermelha, próxima dos membros decepados de seis pessoas que formavam sua família.

— Eu sei — ela disse. — É manipulação.

O mundo dizia que o exército israelense tinha feito aquilo com um ataque aéreo, porém o exército israelense sabia que a família fora morta por uma mina latente que os militantes palestinos haviam deixado junto ao mar. Lea olhou para Tomer. A luz laranja das lâmpadas da rodovia o iluminava por trás, portanto poderia ser um demônio. Ele tinha dezenove anos, dois anos a menos que a oficial.

— É que de repente perdi a sensação no corpo — ela esclareceu.

— De novo?

Lea volta e meia lhe dizia que não estava sentindo o corpo. Que conseguia mexê-lo, mas não senti-lo. Que eram duas coisas diferentes. Ele nunca a questionou: ele a impulsionava. Era isso o que ela queria.

Tomer puxou a arma das costas e empurrou os ombros dela contra o cimento. Quando as calças deles estavam abaixadas, ele apertou as mãos contra o pescoço dela, depois os braços. Ele a chamava de "Lea" durante o dia porque era este seu nome, e porque ela lhe dera permissão. De noite, quando puxava o cabelo dela com tanta força que sua cabeça latejava, ele a chamava de "oficial", porque ela disse que era assim que ele devia chamá-la nesses momentos, e era isso que ela era. Ela queria que ele a chamasse assim nesses momentos, pois sabia que era quando ele estava mais próximo e mais ríspido que precisava mantê-lo a distância. Quando ela olhava para o lado, via a luz quente que vinha das casas dos vilarejos dos outros.

Ela sabia que os dias no exército se aproximavam da linha de chegada, mas não conseguia senti-lo. Não era capaz de imaginar ou lembrar qualquer coisa que desejasse antes de se tornar soldada, e lutava para descobrir coisas que quisesse para a futura vida de civil. Achava que devia querer uma família ou entrar numa boa faculdade, mas achava isso por causa dos dados que a rodeavam. Não sentia a vontade na própria pele. Logo que começara a se sentir assim, menos de um ano após ingressar no exército, após o pescoço de um dos soldados de seu posto de controle ter sido praticamente cortado ao meio, ela decidira que a única coisa razoável que realmente poderia querer devia existir dentro do exército, e portanto resolvera virar oficial. Não queria mais ser uma soldada idiota no posto de controle, do tipo cujo pescoço poderia ser praticamente cortado ao meio. Queria poder berrar com soldados que enfiassem o pescoço onde pudesse ser cortado. Passou a aceitar que seus dias de serviço começariam e terminariam na unidade de transições, mas pensava que, se era para ficar no posto de controle, era melhor ser a oficial do posto de controle.

Tomer fazia quase tudo que ela pedia sem muitas perguntas. Era um menino sensato de dezenove anos. E Lea, ela tinha uma certa beleza, afinal de contas. Uma beleza fria, sussurrada, inabalável, e lindos seios. Também era a única garota pulverizada nos dias dele. E ele estava matando o próprio tempo — o próprio tempo como soldado.

Lea acordou sozinha na cama na manhã seguinte. Estava na própria tenda porque era a única mulher no posto.

Era um posto estranho. A Rota 433 era completamente tomada pela estranheza. Atravessava a Cisjordânia, mas estava fechada aos palestinos desde 2002, quando os motoqueiros foram baleados. Por alguma razão, o exército precisava de quatro soldados e um oficial a cada cem quilômetros, mais ou menos, portanto ela se viu comandando quatro garotos que faziam a vigia em turnos diurnos em um posto de controle sempre deserto. Isso para que houvesse um sujeito para dizer, "Perdão, a estrada está bloqueada", caso alguém resolvesse aparecer, mesmo depois de todo aquele tempo. Isso pouco tinha a ver com seus primeiros dias no exército, em um posto de controle gigantesco, e não tinha quase nada a ver com quem ela era. Esse posto a teria enraivecido, porém ela sabia que seu serviço estaria encerrado em poucas semanas.

Ela passou o dia na cama lendo um livro preparatório para o vestibular. Esperava tirar notas boas o suficiente para estudar administração. Devia averiguar o garoto de plantão duas vezes por turno, mas não se dava ao trabalho porque nunca acontecia nada. A não ser no dia que aconteceu. Tomer, responsável pelo turno da tarde, ligou para o celular militar dela para avisar que havia três manifestantes do sexo masculino no posto de controle.

— Eles jogaram pedras ou algo assim? — ela indagou.

— Não, mas estão com um cartaz. E ficam tentando argumentar que eu, tipo, os disperse, apesar de eu ter explicado que aqui nós não temos meios de reprimir manifestações.

— Não é verdade.

De repente, estava mais empolgada do que nunca desde que fora alocada na Rota 433. Como oficial, sabia que todos os postos de controle tinham uma caixa de suprimentos a serem utilizados em caso de manifestações. Finalmente, ela pensou, seu treinamento serviria para alguma coisa. E, se os manifestantes insistissem, precisaria fazer o possível para agradar.

Ela destrancou o armário de metal com suprimentos de sua tenda e pegou a caixa de madeira. Estava pesada, o que fez com que demorasse um tempo para levá-la à barricada contra franco-atiradores e depois cruzar a estrada em direção ao guarda-sol que marcava o posto de controle.

— Tivemos uma aula sobre protestos e tal no campo de treinamento, mas esqueci — declarou Tomer.

Dois dos três manifestantes palestinos estavam na faixa dos trinta anos, e o outro não passava de um menino, um menino de dedos na boca. Seguravam um cartaz, uma folha de papel A4 em que haviam escrito com marcador em inglês: "Abram a 433." Um dos homens usava uma camiseta do Guns N' Roses.

Ele levantou a mão, então ela fez sinal para que ele desse um passo à frente. Fez sinal para que parasse quando estava a apenas quatro passos de distância.

— Comandante, estamos aqui para protestar contra a restrição à nossa mobilidade, que é um castigo coletivo e infringe a legislação internacional — o manifestante esclareceu num hebraico firme, carregado de sotaque.

Ela pôs uma das mãos no cano de sua arma e a outra no bolso.

— Por que só tem vocês três? Isso mal configura uma manifestação.

— De fato peço desculpa, oficial. Esta semana nós teremos um casamento na aldeia, e, sabe como é, as outras pessoas não são sérias — disse. Ele fez uma pequena reverência ao se expressar. — Haveria possibilidade de você nos dispersar só um pouquinho, o bastante para causar uma comoção na imprensa, ou algo do gênero?

Sua intenção era ser cruel, mas o homem agia com bastante doçura. Ele semicerrou os olhos enquanto falava com ela e parecia mais um correntista de banco pedindo um aumento do limite de crédito do que um manifestante. Teve a sensação, até certa medida, de que aquilo era o mundo real.

— Veremos o que é possível fazer — ela disse.

Sentou-se no asfalto e abriu a caixa de madeira. Havia instruções impressas ali dentro, enfiadas em uma luva de náilon transparente. Tomer gesticulou para que o homem se afastasse e esperasse. Sentou-se ao lado dela e ambos leram.

> *O objetivo de Meios de Reprimir Manifestações é reprimir manifestações. Seu intuito é intimidar e no máximo ferir, mas o objetivo não é matar. Uma orientação geral:*
>
> ** Use do mais leve ao mais pesado: choque, gás lacrimogêneo, borracha. É necessário conter os danos quando possível.*

Granada 30, a granada de efeito moral, fora criada para assustar e espantar através de um barulho estridente. As instruções diziam que, se explodida a um raio de dois metros de indivíduos, poderia causar problemas nos tímpanos e feridas leves devido ao plástico, então Lea pediu que os manifestantes se afastassem um pouco. Eles recuaram ainda de frente para o guarda-sol e, passado um tempo, o menino tirou os dedos da boca e lhe fez um hesitante sinal de positivo. Ela não sabia exatamente como reagir, portanto também lhe fez sinal de positivo — ele já estava a uma distância suficiente. Em seguida ela voltou rapidamente a pôr a mão na arma.

A granada de efeito moral era laranja e em forma de cone. Uma listra vermelha passava por suas laterais. Ela a segurou na mão e depois se curvou até o chão para pegar uma pedra. Seus dedos se enrijeceram em torno da superfície seca da pedra. Jogou-a nas mãos de Tomer.

— O soldado é você — disse ela. — E, além do mais, já faz mais tempo que aprendi a lidar com esse troço. Vamos praticar.

Fingiram que a pedra era a granada. Ela passou as instruções como se as soubesse de cor, embora as tivesse lido momentos antes. Lembrou a ele que segurasse a granada na palma da mão e protegesse a alavanca com o indicador. Explicou como enfiar o dedo médio da mão esquerda na trava de segurança como se fosse um anel e puxá-la girando o punho, como faria se alguém lhe perguntasse as horas. Elevou um pouco a voz, pois ele tinha esticado o braço para trás para o exercício de arremesso sem acompanhá-lo com um olhar constante.

— As instruções dizem que depois de tirar a trava de segurança você não pode desgrudar o olho da granada, porque você só tem três segundos e meio até a explosão. E se você esticar o braço para trás e bater numa parede?

— Mas eu sei que não tem parede nenhuma atrás de mim — ele retrucou.

— E se de repente tivesse? E se aparecesse um pássaro? Não é nada bom uma coisa explodir na sua mão, nem mesmo uma granada de efeito moral.

Depois de alguns ensaios, chegou a hora da verdade. O menino estava de novo com a mão na boca, e um dos homens enxugava a testa com o antebraço. O calor irradiava do asfalto que os separava.

— Prontos? — ela berrou para eles. Em seguida, ela e Tomer enfiaram os protetores nos ouvidos.

Ela refletiu que qualquer coisa neste mundo contra a qual fosse possível se defender com pedaços de espuma nos ouvidos não poderia ser assim tão potente, mas toda vez que uma granada explodia, ela sentia o estrondo nos ossos do quadril como um golpe e na boca como um gostinho de metal.

Ela imaginou que os três ficariam mais um tempo, mas após quatro granadas a manifestação se dispersou. Tudo saiu de acordo com o planejado, exatamente como ela e qualquer pessoa que estivesse em sua posição teriam previsto.

Em seus anos de escola, ela tinha a sensação de que todos os minutos eram parte de uma competição. Conseguir aquela nota. Aquele garoto. Comprar aquela camiseta. Ser a garota mais popular. Não deixar que outra garota a desobedecesse. Dar as melhores festas. Correr. Correr. Correr antes que alguém chegasse antes dela. Mas o exército era uma trégua entorpecente naquela competição esbaforida de dezoito anos. O exército — ele começava e terminava, e ela sabia disso. Tudo que abarcava era governado pelas datas predeterminadas do começo e do fim, um período em que nada do que fizera teria relevância. O que quer que fizesse, o exército terminaria quando terminasse. Ela voltaria ao mesmo lugar, àquela mesma estação perto da base onde os soldados enfim devolviam os uniformes. Era difícil sentir qualquer coisa, consciente disso. Os dias, em sua maioria, eram feitos de protocolos e ordens, indo de um ponto a outro no que parecia ser a única reta possível.

Ela tentava, um pouquinho, ainda, às vezes, sair da reta, assim como a linha saía do traçado em seus anos de escola quando o dedão em cima da régua tirava o lápis do prumo. Tentou com sexo, com a dor e com matérias de jornal chocantes, às vezes, mas não fez muito esforço.

**Gás lacrimogêneo**

A página de jornal que Tomer levou à barricada naquela noite era sobre uma garota que fora assassinada pela mãe. A garota era uma árabe israelense de um vilarejo no norte, e tinha engravidado de um dos irmãos, que a estuprara e supostamente receberia uma sentença severa. O retrato mostrava a menina no dia de sua formatura no ensino médio, sorridente e vestida com um jeans. Tinha um sorriso de menina generosa, boazinha, o sorriso daquela aluna que nem era capaz de fofocar sobre os atos dos personagens da novela. Esperava-se que a mãe recebesse uma sentença leve, pois o assassinato acontecera em nome da honra, e num acesso de cólera, e é preciso respeitar a cultura dos outros. A mãe usara facas, bastão e saco plástico, e jurava que antes tinha implorado à menina que tirasse a própria vida. A matéria terminava com a fala do açougueiro do vilarejo da menina, que explicou que uma mulher desonrada é sempre como uma carne em putrefação, e às vezes não existe alternativa. Se não for cortada imediatamente, a desonra acaba por infeccionar a família inteira.

A oficial deixava que os garotos ficassem com o jornal que o caminhão de entregas trazia todas as manhãs, com a promessa de que Tomer guardasse as partes mais chocantes para que ela lesse de noite. Ela não queria perder tempo lendo as coisas que fariam com que se sentisse inferior à maioria.

— Achei que aquele menininho ia chorar — disse Tomer. Estava de regata e calças de uniforme, embora ela tivesse avisado que não gostava que ele saísse da zona residencial sem o uniforme completo.

— Não, não ia — ela disse. — Foi só um barulho. Nem achava que eles iam se dispersar, mas talvez eles só quisessem uma coisa simbólica. — Ela ouvia um rádio ligado em alguma casa, em uma língua que não a sua.

— Foi tipo buum! — descreveu Tomer. Em seguida os dois pararam de falar.

Ela não tinha dito a ele que não sentia partes do corpo naquela noite, mas no cimento agiram como se ela não sentisse absolutamente nada e tudo fosse justo e necessário contanto que os outros soldados não escutassem seus barulhos. As tendas ficavam a apenas meio quilômetro da barricada, e às vezes ela gritava numa altura que a fazia imaginar que devia se preocupar.

Suas horas, as areias. Atravessava-as como um fantasma sobre o qual lera em um livro juvenil que comprara no supermercado. O fantasma estava numa casa, mas não podia abrir gavetas ou pegar uma xícara. Não podia mexer em nada, e sua existência não tinha importância, não era sentida. Lea vivia envolta por uma neblina feita de bolas de algodão.

Os manifestantes voltaram na tarde do dia seguinte. Ela tinha passado a primeira metade do dia se questionando se voltariam. Cometera erros em um dos testes práticos que fez, inclusive em uma questão de matemática que nada mais era do que um pouco de álgebra e bom senso.

Os manifestantes voltaram, agora com protetores de ouvido.

Dessa vez não precisaria carregar a caixa de madeira até o posto de controle porque pedira ao soldado do início da manhã que a levasse por precaução.

— No que podemos ajudá-los agora? — ela perguntou ao homem, que se aproximava com cautela. Estava usando a mesma camiseta da véspera. O menino era quem segurava o cartaz dessa vez, mas ainda assim estava com os dedos na boca.

— A questão é: ninguém vai escrever uma matéria sobre umas bombinhas barulhentas — explicou o homem. — Essa é a questão, comandante. — Ele era cuidadoso, como um cliente que comprasse uma blusa e pedisse reembolso apesar de já tê-la usado mais de uma vez. Porém, sua postura era firme, como se estivesse decidido a insistir ao máximo.

— O menino pode se machucar — ela disse. Tomer estava atrás dela, batucando as unhas na própria clavícula.

— Ele tem treze anos — disse o homem. — Para vocês, ele já é homem. É o bar mitzvah.

Ele aparentava menos. Ela se lembrou de que as instruções diziam que independentemente de qualquer coisa, os meios de reprimir manifestações não deveriam ser utilizados contra crianças. Também se lembrou de uma longa discussão na escola de treinamento de oficiais sobre crianças serem quaisquer pessoas que não pudessem imaginar que já tivessem feito o bar mitzvah, usado terno e lido no templo etc. Os manifestantes realmente sabiam onde estavam se metendo — consumidores informados e coisa e tal.

A Federal, arma usada para atirar granadas de gás, parecia mais uma arma de brinquedo do que qualquer arma de brinquedo que ela já tinha visto. Era basicamente um tubo marrom com duas alças prateadas, uma na frente e outra atrás. Parecia ter sido pintada com spray de tinta. As instruções de uso eram longas, e ademais não queria que o homem pensasse que tinha o poder de fazê-la se apressar, e por isso ela o enxotou para longe sem prometer nada e se sentou na cadeira de plástico sob o guarda-sol para ler.

Por alguma razão, metade das instruções era história. Depois de uns minutos ela sabia que a arma Federal fora inventada pela Polícia Federal em Nova York, na América, por uma empresa chamada Federal, e por isso o nome! No exército, vez por outra, era inevitável se perguntar quem teria redigido certas instruções para certos procedimentos e quem teria supervisionado tal redação. Tinha a impressão de que cada documento tivera permissão para adquirir vida própria. Às vezes ainda havia surpresas e um tantinho de vida no exército. Momentos breves.

A granada usada como munição para a Federal tinha trinta e sete milímetros de diâmetro, e seu gás era do tipo CS. Era prateada com uma listra azul, de aspecto muito bonito e tecnológico. A Federal tinha miras, e isso a preocupava porque tanto ela como Tomer eram péssimos atiradores, e era por isso que haviam parado na Rota 433, para começo de conversa. Mas as instruções diziam que as miras não deviam ser usadas porque o atirador não mira direto em um alvo individual, já que o gás se dispersa, dã. Sentiu-se uma idiota quando leu aquilo, mas provavelmente menos idiota que a pessoa que criara a arma. Na verdade as instruções advertiam contra o uso da mira para disparar, pois o gás poderia pingar nos olhos do atirador. Quando pôs a mão no nariz, já sentiu um leve cheiro de gás, que cortou seus pulmões como lascas.

As instruções diziam que a distância eficaz era de até oitenta metros, mas não dizia que distância poderia ser perigosa, e portanto ela posicionou os manifestantes a uma distância que lhe parecia ser de cinquenta metros, mas pensou melhor e pediu que dessem mais uns passos para trás.

Ela lambeu o dedo para conferir a direção do vento, mas não sentiu nada. Carregou a arma com a granada, apontando o cano para o chão e fechando-o em seguida. Esperava que o vento estivesse bom e mirou a um ângulo de quarenta e cinco graus a partir do chão.

Durante esse tempo todo, não dissera uma palavra a Tomer e ele tampouco a ela. Então ela fez sinal para que ele ficasse no seu lugar, segurando a arma, e ensinou:

— A única coisa, literalmente, que você precisa fazer agora é apertar o gatilho, mas aperte com força porque a arma não tem trava, então os projetistas compensaram com um gatilho resistente.

Depois ela acenou para os manifestantes, e apesar de Tomer não ter contado, não ter avisado, fez-se o som insignificante de algo se soltando, e em seguida o rosto dos manifestantes ficaram vermelhos e molhados, ele gritaram e depois correram e sumiram.

**Borracha**

Não havia estrelas suficientes naquela noite, e na barricada Lea parecia chorar. As luzes das casas que a cercavam se apagavam, uma após a outra. O retrato na página de jornal que Tomer lhe entregara era de um pássaro que supostamente entraria em extinção dali a dois anos. O pássaro era uma águia de cauda cinza, mas o jornal dizia que seu nome era águia-rabalva, o que a levou a pensar que o retrato e a matéria podiam ser mentiras. O pássaro parecia ter uma raiva no olhar que ela não sabia que pássaros eram capazes de ter, mesmo aqueles cientes de que estavam em extinção.

— Essa foi a pior notícia que você achou hoje? — ela indagou.

— Não houve menção aos manifestantes — declarou Tomer. Haviam relatado os incidentes ao quartel-general da Rota 433 por telefone no fim do primeiro dia, mas ao que constava ninguém dera importância.

Tomer também estava deitado de costas naquela noite, olhando para o jornal e depois para ela. Ele apertou seu ombro no dela.

— Mas você está chorando — ele constatou. Nunca a vira chorar. — Ou foi o gás lacrimogêneo? Foi você que *me* falou para lavar as mãos duas vezes antes de tocar no meu rosto — ele disse.

— Não sou tão burra assim — ela retrucou. — Vou fazer contabilidade na Universidade de Tel-Aviv, se quer saber. — Nunca tinha falado com ele sobre o momento de sua partida, e não sabia se ele sabia que seria em breve.

— E depois?

— Meu ombro. Você está me machucando.

Ela já sabia que viriam na manhã seguinte, e portanto poderia estudar sem distrações. Só tinha cometido quatro erros no simulado, todos na parte de inglês. Sabia que todos estavam errados antes de marcar, mas não conseguia imaginar quais teriam sido as respostas por conta própria.

Ela já sabia que voltariam, e portanto foi com Tomer ao posto de controle no início do turno dele. O que não sabia era que os manifestantes voltariam com óculos de laboratório e máscaras cirúrgicas. Pareciam cientistas malucos, e se perguntou onde teriam conseguido aquelas fantasias, na cidade patética da Cisjordânia onde viviam. O menino usava óculos escuros baratos por cima dos óculos de proteção, ela deu um sorriso ao vê-los, ele retribuiu o sorriso.

Mas quando o homem com camiseta dos Guns N' Roses gritou, "É dia da borracha!", o rosto dela endureceu. Ela usou apenas o queixo para lhe fazer sinal. Deixou que se aproximasse mais do que nos dias anteriores.

— Não — ela retrucou. — Bala de borracha pode matar vocês. Essa situação já se prolongou demais.

— Mas, mas… — disse o homem. Reavaliou seu tom de voz. Percebeu que não era um cliente, que tinha todos os motivos para temer aborrecê-la. — Mas essa é a questão. Sem dúvida vão publicar borracha. Sempre publicam borracha.

Lea fez que não.

— A gente não vai pedir mais nada, nunca mais, a gente jura.

Ela não se mexeu.

— A gente só quer uma coisinha, e você pode dar ela pra gente. Quer dizer… — ele disse. — Pense nisso.

Ela pensou nisso e soube que estava vencida, que seu semblante o demonstrava. O homem se afastou por conta própria, levantando um pouco os braços para indicar que lhe daria todo o tempo do mundo.

— O menino tem de se afastar porque é preciso ter dezoito anos para a borracha — ela explicou. Não tinha certeza se era essa a regra, mas imaginava que sim.

O menino se sentou à beira da estrada por meia hora e aguardou com os dedos na boca, até que enrugassem. Foi esse o tempo que ela levou para ler as instruções. Ainda mais tempo. Tomer estava de pé ao seu lado enquanto ela lia.

As instruções advertiam que as balas de borracha podiam matar. Além disso, todos os seus aspectos pareciam criados para divertir e complicar a vida do soldado. Passou pela cabeça dela a questão de quantos soldados tinham lido aquelas instruções recentemente.

O Romay era um cano de metal que devia ser acoplado ao cano de um fuzil descarregado. Em seguida, era preciso enfiar quatro balas de aço revestidas de borracha dentro dele pela parte de cima e disparar com a semibala carregada no pente. Se menos de quatro balas fossem atiradas de uma só vez, a semibala era expelida com muita força e o impacto era como de abrir fogo de verdade. As balas se espalhavam em um ângulo de dez graus de cima para baixo, e era necessário se assegurar de que atingissem somente as pernas do alvo, pois, se outras partes do corpo fossem atingidas, o impacto seria como abrir fogo de verdade. Caso o alvo estivesse a mais de cinquenta metros de distância, estaria fora do alcance de balas de borracha. Caso estivesse a menos de trinta, estaria próximo demais, e as balas de borracha teriam o impacto de fogo de verdade.

As instruções estavam escritas de tal maneira que, se as balas de borracha matassem um homem, o culpado seria o dedo que apertara o gatilho, já que as instruções tinham alertado sobre todas as possibilidades. Ela se questionou como funcionaria na maioria dos casos, quando os manifestantes não eram três indivíduos cooperativos com um cartaz de papel A4, e sim uma turba enfurecida. Mas não se questionou muito porque os manifestantes eram três indivíduos cooperativos, e por isso seu passo seguinte foi medir.

Pediu que fossem para bem longe e depois caminhou até eles, contando seus passos, como aprendera na aula de medição do campo de treinamento. Segundo seus cálculos, estavam a pouco menos de cinquenta metros do guarda-sol. Com um gesto, pediu que dessem uns passos adiante e em seguida voltou para perto de Tomer.

Os dois homens ficaram quietos, parados exatamente no lugar calculado em que ela lhes dissera para aguardar o tiro. Permaneceram pacientemente, como crianças comportadas esperando permissão para brincar no parque.

O kit só tinha algumas semibalas, e ela pôs duas no pente de Tomer. As balas eram iguais às comuns, mas as pontas não eram de cobre.

— Abaixo do joelho — ela disse a Tomer. — Deite no chão e mire abaixo do joelho.

Foi o outro homem, aquele com quem nunca tinha falado, quem levou o tiro. Segurou a perna deitado no chão como um jogador de futebol ferido em campo. Mas antes do escurecer ele foi embora mancando. A claudicação parecia pior porque era amparado pelo outro homem à esquerda e o menino à direita, e o menino era mais baixo; ele era pequeno.

**Abrir fogo**

A única coisa que não serve para reprimir manifestações é abrir fogo, e Lea tinha certeza que os manifestantes cooperativos sabiam disso — eles conheciam todas as regras —, e portanto sabia que não voltariam. Naquela noite Tomer levou o jornal inteiro por preguiça, e foi tão bruto que ela passou momentos no cimento imaginando sua espinha como uma corda, e depois que ela tinha dado um nó, e depois que tinha se partido.

Porém, eles voltaram. Os dois homens voltaram com pedaços de colchão amarrados em torno das pernas com retalhos de pano. Parecia que metade de seus corpos pertencia a lutadores de sumô. E o menino de dedos molhados voltou simplesmente como menino.

— Não vamos abrir fogo contra vocês — ela afirmou. Era a única alternativa que restava.

— Por favor — disse o homem. Ele se aproximou. Ele se aproximou sem ser convidado, assim como o outro homem e o menino. — Atire e erre, é só atirar e errar.

— Você tem que ter meios e intenção de nos matar para que atiremos — explicou ela. — Está no manual básico do exército israelense.

— Por favor — rogou o homem. — A gente precisa aparecer no jornal. Mesmo que seja na página cinco.

Mas ela falou em meios. Depois falou em intenção. Depois falou em meios.

— Meios? — indagou o menino.

— Uma arma — esclareceu Tomer.

— Ou faca — ela acrescentou.

— Ou uma pedra — disse Tomer.

Ele não sabia o que estava dizendo, porque depois desse comentário o menino se abaixou calmamente para pegar uma pedra do asfalto. Poderia não estar ali, mas estava, pois era a pedra que Tomer usara para ensaiar o lançamento da granada de efeito moral.

Ela levou a arma até o ombro, carregou-a e mirou no menino. Tomer levou a arma ao ombro, carregou-a e mirou no menino.

Foi antes de o menino ouvir o sussurro do homem em árabe que ele deixou a pedra no chão, como se flagrado roubando-a.

Em seguida o menino pôs os dedos na boca e as armas foram abaixadas e ela pensou que o dia e o verão e o lugar estavam quase no fim, mas Tomer, parado atrás dela, se manifestou.

— Tecnicamente, poderíamos prendê-lo por isso — disse Tomer. — Tecnicamente, poderíamos — ele repetiu, e encolheu os ombros.

— Por favor? — disse o menino. Não pedia a ela. Pedia ao homem. A detenção de uma criança era sempre no mínimo página cinco, ela sabia. Ele seria solto em poucos dias; provavelmente seria solto em poucos dias.

O homem fez que não, mas o menino disse que aquela era a questão, eles queriam só aquela coisa, e agora poderiam obtê-la, e depois pediu que o homem pensasse naquilo e o homem soube que estava vencido.

— Piranha — o homem disse para Lea quando Tomer pegou o menino pelo braço. Era o que ele precisava dizer. Afinal, era uma oficial de posto de controle do sexo feminino, e ele interpretava o papel de palestino pobre, mas a palavra soou forçada e ela sentiu vergonha por ele.

Depois que os homens partiram, ela e Tomer caminharam atrás do menino até a base para dar telefonemas referentes à detenção. Os homens demoraram um tempo para ir embora, e a noite já caía quando voltaram para a barricada, mas as lâmpadas laranja da estrada ainda não estavam acesas.

Ela acelerou o passo porque queria andar ao lado do menino. Ela acelerou o passo de repente e em seguida sentiu medo de tê-lo assustado. Sua mão saltou e roçou a dele.

Era o menino quem poderia sentir medo, mas na verdade foi ela quem teve medo, e mais, porque o sentia na hora e em excesso — a umidade seca da mão dele, agora junto à sua, e flocos de poeira da pedra que ele havia pegado, e o vento. Sentia tudo isso ao mesmo tempo. Pensou que mais tarde Tomer atiraria todo o peso do corpo em cima de seus ossos, empurrando-os contra a barricada de cimento. Por um breve instante, se perguntou se naquele momento ele falaria seu nome verdadeiro, e não "oficial". Ela se perguntou se devia pedir a ele, em seguida lembrou que não era um detalhe importante a ponto de merecer reflexão. Aquelas datas, as datas em ambas as pontas de seu serviço. O que acontecia entre uma e outra era apenas decoração e ar, não mudaria o lugar onde ela acabaria.

Ela resolveu que pediria uma consulta com o psiquiatra do exército no dia seguinte e pediria que sua liberação fosse antecipada, embora já restasse pouco tempo a servir.

*

Alguns anos depois, a Rota 433 foi reaberta, mas por poucos meses. Ainda havia soldados que passavam três anos fazendo pouco além de dizer, "Desculpe, a estrada está bloqueada" para qualquer pessoa que cometesse a idiotice de tentar. Quando soube que a rota estava aberta, e quando soube que a rota tinha sido fechada de novo, ela sentiu: a própria mão, o cuspe do menino, quase da mesma forma que sentira na ocasião.

Às vezes, em festas escuras em Tel-Aviv e em calçadas e em cômodos, ela sentia o cuspe na mão, mesmo quando não era obrigada a ouvir a respeito da Rota 433. Sentia em festas escuras e em calçadas e em cômodos onde nunca estava a sós, onde estava sempre com outra pessoa que não ela, e era quando essas pessoas falavam seu nome que ela sentia. *O que você acha, Lea. Muito obrigado, Lea. Concordo contigo, Lea.* Sempre que ouvia seu nome no escuro, sentia o cuspe do menino em sua mão naquela noite, durante a caminhada.

Naquela noite, Tomer ficara apenas um passo atrás dela e do menino. Andaram, chutando pedras, cantarolando, contemplando as estrelas antes que as lâmpadas ofuscassem algumas delas. Ela pensou em tudo o que ainda não tinha acontecido, mas tinha certeza de que aconteceria em breve. O cimento. O jornal. A alegação de choque.

— Lea — Tomer disse momentos antes de chegarem à base. — A gente não pode se esquecer de apostar em que página do jornal essa prisão vai ser noticiada. O que você acha, Lea?

E ali estava a pergunta boba novamente, a que ela tinha acabado de repelir. Tinha voltado. Ela se perguntou como ele a chamaria naquela noite, embora soubesse que qualquer palavra que escolhesse entre todas deste mundo não teria relevância. Não mudaria o ritmo dos passos dos dias, nem mesmo o ritmo dos passos daquela noite.

Enquanto caminhavam, o menino tornou a enfiar a mão na boca, a mão em que ela tinha acabado de encostar.

Naquela noite, Lea tinha vinte e um anos; Tomer, dezenove; o menino, treze. Passaram pela barricada de cimento em silêncio e com passos sincronizados. Pelos olhos de um aldeão que observasse de dentro da luz de um lar bem distante, poderiam ser uma família.

# Antigamente podíamos fingir que éramos algo bem diferente

Três dias antes de ir embora da vila, uma coisa quase boa aconteceu: Lea voltou a pensar em algo que não era exatamente verdade.

— Escuta, Yael. Miller matou uma oliveira — disse Lea.

— É — confirmei.

— É a coisa mais difícil do mundo, morrer. Quando se é uma oliveira.

— É.

— Foi intencional. Premeditado.

Lea virou a cabeça para o lado oposto ao bosque de oliveiras junto à sua casa e me olhou de verdade, pela primeira vez em várias semanas. Deixou o cigarro no cinzeiro. A noite caía em torno de seu quintal, roxo, laranja, imenso. A sombra do anão de jardim amputado era larga, e o sino dos ventos chacoalhava. Lea semicerrou os olhos, sugestiva. Queria que eu dissesse sua nova ideia louca em voz alta, aquela que ainda cultivava, a primeira que lhe ocorria em muito tempo.

E é claro que o fiz.

— Acredito que a gente tem um assassino na vila — anunciei.

Estávamos com vinte e um anos. Tínhamos cumprido o serviço militar, e eu estava para ir embora da vila por causa de um emprego no aeroporto. Estava presa na casa dos meus pais sem fazer nada havia quase um ano, mas o tempo extra de Lea como oficial tinha acabado apenas uns meses antes. Eu tinha perdido o contato com praticamente todo mundo, à exceção de Lea e Avishag. Aconteceu assim, que depois de todos aqueles anos terminei com as mesmas melhores amigas que fizera no primário. Nunca falei com Hagar nem com as outras garotas com quem servi. Avishag estava morando com a mãe na casa da avó, em Jerusalém. Trabalhava em um escritório, arquivando papéis. Às vezes eu ainda ligava para Emuna, mas ela já estava na faculdade, na América. Lea planejava ir para a faculdade, chegou a prestar vestibulares, mas se deu conta de que não sabia o que queria do futuro, e também não sabia como estudar para o futuro. Eu também não sabia como estudar para o futuro, mas queria que ele chegasse. Estava pensando em um emprego.

Fazia anos que Lea e eu não fingíamos juntas. Mas também fazia semanas que não nos falávamos, que ela não me dizia uma coisa verdadeira, até mesmo uma coisa verdadeira que não o fosse.

A oliveira estava para lá de morta. Era apenas tronco, um tronco curto. Os galhos tinham escurecido, um a um, e caído no chão. Não estávamos lá para ver tudo isso acontecendo. Estávamos no exército. Quando voltamos, já não podíamos fazer mais nada.

A mulher de Miller começou a gritar, como fazia todas as noites após o jantar. Ouvíamos cada palavra, cruzando o bosque de oliveiras até o quintal de Lea. Uma gaveta foi fechada com um baque. Louça foi quebrada.

— Falem baixo, seus hooligans — berrei. Depois que Lea se calou, cabia a mim gritar com os vizinhos dela sempre que se exaltavam.

— Meshuganas — o grito de Miller se voltou para nós.

— Hooligan — berrou Lea. Fingi não me empolgar ao ouvi-la falar alto de novo, apesar de minha boca ter se aberto sem que eu notasse.

— Macacas — berrou Miller. Ele nos chamava de macacas porque nossos avós não eram da Europa. Mas nós gostávamos. Eu, pelo menos, ainda gostava. Antigamente gostávamos muito de pensar que éramos animais.

*

Uma vez fingimos ser lobos. Tínhamos doze anos, estávamos zangadas porque depois de fazermos o bat mitzvah nossas mães nos disseram que agora éramos mulheres. Portanto mordemos os calcanhares uma da outra. O povo da vila nos viu engatinhando pelas ruas e pelos bananais. Nossas mães pediram que parássemos, mas pegamos as calças delas com os dentes e nos recusamos a largá-las. Na rua, lambemos os dedos dos pés da menina na cadeira de rodas, e ela riu. Quando chegamos ao quintal de Miller, ele gritou “Meshuganas” e nos perseguiu com uma pá quando arreganhamos os dentes para ele. Trocamos histórias uivando e as compreendemos até nossos ossos se exaurirem.

Sempre fingíamos ter outras idades, outros nomes. Jamais dávamos os nomes verdadeiros quando nos perguntavam. Telemarqueteiros, professores novos, crianças novas, comerciantes vendendo balas no mercado árabe — todos queriam tirar vantagem de nós. Não queriam de fato saber nossos nomes: era apenas uma estratégia para que acreditássemos que gostavam de nós. Para que falássemos com eles. Para que comprássemos o que vendiam. Queríamos que se importassem conosco, ainda que não fosse um sentimento genuíno. Antigamente nos importávamos tanto com tudo. Queríamos conversar com quem fosse possível. Vivíamos tão distantes do mundo. Mas não entregávamos nossos nomes. Éramos Esther e Meek e Olga. Jamais nós mesmas. Nosso mundo era pequeno na época, mas era maior que a vida porque acontecia apenas dentro das nossas cabeças.

*

Se você é menino e entra no exército, uma das coisas que pode acontecer é que você morra. A outra coisa que pode acontecer é você viver. Se você é menina e entra no exército, provavelmente não vai morrer. Talvez mande reservistas para morrer na guerra. Talvez reprima manifestações em postos de controle. Mas provavelmente não morrerá. Muitas coisas podem acontecer com você depois. Você pode conseguir um emprego. Embarcar numa viagem. Ir à faculdade. Casar. Voltar para a casa dos pais. Tanto Lea como eu voltamos a morar com nossos pais, voltamos à vilazinha junto à fronteira do Líbano. Àquela altura já tinha um emprego me esperando em Tel-Aviv, como segurança do aeroporto. Foi meu tio quem conseguiu. Eu não o conseguiria sozinha. Não na época. A grana era boa. Só precisava ficar sentada. Era bom; até eu percebia. Lea não percebia nada. Não percebia nem quando o cinzeiro sobre a mesa de madeira do quintal de sua casa estava transbordando. Ela nem reparava quando estava claro lá fora, pois geralmente acordava depois que o sol se punha. Toda vez que ia visitá-la, a mãe dela me recebia dizendo: “Você arrumou emprego. Você arrumou emprego, não foi? Ouviu isso, Lea? Não é uma *beleza*?" E a mãe juntava as mãos com um estalo e voltava para a cozinha, e então nós duas nos sentávamos lá fora, olhávamos para o bosque de oliveiras e fumávamos tanto que não conseguíamos falar. Havia somente oitenta e duas casas na vila. Uma casa bem ao lado da outra, até o fim. À exceção da casa de Lea. Havia um terreno vazio que separava a casa dela da de Miller. Era um bosque de oliveiras. Pois embora fizesse pleno sentido construir uma casa ali, não podiam devido às oliveiras. É totalmente contra a lei matar uma oliveira. Não se pode nem desenraizá-las.

Éramos garotas. Sei que éramos apenas garotas. Fizemos o que fizemos no exército, e depois acabou. Se Lea estava com dificuldades de falar ou de sair do quintal dos pais quando tínhamos vinte e um anos, não era por seu passado; sei disso. Eu admito: o problema era o futuro do passado. Existia dentro de nossas cabeças, grande demais.

*

Na noite seguinte àquela em que Lea me disse que Miller era um assassino, eu voltei ao quintal dela, e tudo estava praticamente igual ao que estivera nas semanas anteriores. Ela estava de pijama vermelho. Estava sentada na cadeira de plástico, fitando o bosque de oliveiras, fumando. A única diferença era que ela segurava uma pilha de papéis nas mãos. Fiquei me perguntando se ela passaria o resto da vida sentada naquele quintal, fitando a árvore morta e fumando. Naquela noite, não me parecia impossível. Ela tragava a fumaça para os pulmões como se sua vida dependesse daquilo, até o rosto ficar sulcado. Eu não sabia o que dizer. Quando éramos pequenas, e amigas, era sempre ela quem falava, que me dizia qual deveria ser nosso próximo interesse, quem deveríamos ser. Sentei-me ao lado dela ao longo de dias e semanas, esperando que ela se interessasse por alguma coisa, qualquer coisa, nem que fosse só um pouquinho.

E agora ela se interessava.

— A gente tem que avisar a todo mundo que ele é um assassino — decretou Lea. — Ele precisa saber que é um assassino. Não se pode matar uma oliveira desse jeito. É preciso querer matar, é preciso assassinar.

Oliveiras vivem milhares de anos. Sempre achei difícil acreditar nisso, olhando para as árvores junto ao quintal de Lea. As raízes se enrolavam como se interrompidas no meio da frase, como se alguém tivesse acabado de lhes dar vida.

— Concordo — eu disse para Lea. Sempre concordava com ela. Sempre concordarei com ela, aconteça o que acontecer, eu juro.

— Não é questão de concordar; é um fato — ela afirmou.

— Concordo, mas, Lea, como foi que você descobriu?

Lea declarou que andara pesquisando. Ao que constava, não havia quase nada neste mundo que pudesse provocar a morte de uma oliveira. Tipos específicos de fungos e bactérias poderiam deixá-la doente, causar tumores, mas não matar. Existe um inseto que come a casca e uma lagarta que ataca as folhas. Mosquitos podiam diminuir a qualidade dos frutos. Geadas e coelhos eram capazes de matá-la, mas estávamos no norte de Israel, e não havia geadas nem coelhos. E coelhos só a matavam se um deles entrasse na árvore, ficasse preso e morresse, e assim o cadáver envenenasse a oliveira de dentro. Aconteceu na Espanha uma vez, segundo Lea.

— E também tem a gasolina — acrescentou Lea. — Se você jogar uma boa quantidade de gasolina nas raízes de uma oliveira, ela morre.

Olhei para os restos mortais da árvore. Um fim escuro. Um início claro de algo que não tinha meio. O tronco se quebrou em um ponto tão abrupto que aposto que mesmo se alguém nunca tivesse ciência de que havia mais árvore ali, se alguém nunca tivesse visto uma oliveira ou qualquer outra espécie de árvore na vida, ainda assim saberia que faltava alguma coisa.

— O bar mitzvah! — eu disse. — Foi quando o assassinato aconteceu!

Lea assentiu.

Lembrei-me da mãe de Lea nos contando, quando voltamos do exército, que enquanto estávamos fora os terríveis vizinhos Miller ficaram ainda piores. Deixaram de simplesmente empurrar as folhas varridas até o bosque de oliveiras. Fizeram o bar mitzvah do filho no bosque, embora não fossem donos do terreno e não tivessem esse direito. Trouxeram todos os seus parentes da Inglaterra e fizeram pão árabe do zero em um autêntico forno de barro, enquanto se admiravam com a natureza bucólica e holística de suas vidas na fronteira da Terra Santa. Em alto e bom som. "Você tem que entender", disse a mãe de Lea, "essa gente não nasceu aqui, então eles não entendem".

— O bar mitzvah! — repeti, e quando olhei para Lea, ela sorria. Um sorriso malévolo, sincero.

— O Miller usou gasolina no forno de barro — disse Lea. — A minha mãe viu. O imbecil não sabe nem acender uma fogueira.

— Mas por que ele jogaria gasolina perto de uma oliveira? — indaguei.

— Porque sobrou. Porque a árvore estava perto do forno. Quem há de entender a cabeça de um assassino?

Paramos de falar.

— Um assassino, veja só, e não um simples matador — disse Lea.

Então ela me mostrou os cartazes que tinha criado. Quarenta cartazes, em papel A4. Ela os fizera com lápis de cor. Do irmão caçula. No pé da página, lia-se: "Assassino de Oliveira: Procurado Vivo ou Morto."

Tinha desenhado o rosto de Miller com as próprias mãos. Desenhou a calva incipiente em preto e arranhões em lápis vermelho. A cada cartaz, se tornava mais sombrio.

— Está bem — declarei. — Está bem. — Eu entendia. Sempre entendia sua lógica.

Saímos do quintal. Mesmo.

Prendemos cartazes nas oliveiras e nos bancos da rua e no carro de Miller e até em seu gato errante. Lea esticava a fita adesiva, eu me inclinava e cortava pedaço após pedaço com os dentes. Em seguida, ambas dávamos tapas com força para garantir que o cartaz ficaria no lugar.

Quando voltamos para o quintal de Lea, onde nos sentamos e fumamos, a esposa de Miller já tinha começado a gritar e a bater coisas como de hábito. Mas não berramos para que ficasse quieta. Contamos até três e gritamos: "Assassino! Assassino!" Não houve reação.

Ainda assim, acreditávamos que, quando Miller acordasse, ele saberia que sabíamos o que ele era.

*

Uma vez fingi que poderia provocar a morte de um homem. Uma vez disse que quem tentar escapar do serviço militar merecia a pena de morte. Minha mãe sempre diz que aposta que os filhos de Miller partirão para a Inglaterra sem serem recrutados, e concordo com ela.

Fingi que poderia matar um homem quando estava no exército. Foi um ano depois da guerra, pouco antes de terminar o serviço militar. Era um jogo. Disse ao meu oficial, Shai, que um homem tinha piscado para mim. Era um mero peão de obras árabe, e eu estava cansada, longe de casa e entediada. Ele tinha todas as licenças. Havia sido levado de seu vilarejo até a base para construir uma parte nova dos estandes de tiro. "É um engano; não fiz nada de errado", ele disse com sotaque. "Tenho todas as licenças", declarou. "Estou construindo coisas na sua base."

"Não se preocupe", disse Shai. "Não se preocupe."

Ele tampou os olhos do homem com uma toalha de limpar armas. O homem pôs as mãos para trás por iniciativa própria, e Shai o algemou com uma algema de metal verdadeira, não com as falsas de plástico preto que os cabos tinham. "Não se preocupe", ele disse, e pôs o homem sentado no banco traseiro do Humvee. Entrei no carro e me sentei de frente para o homem. Foi minha a ideia louca, quase toda minha a ideia, mas foi Shai quem a executou.

Estacionamos em frente aos fundos das dunas de areia. Shai, o oficial, silenciou o Humvee. As vibrações pararam. Abriu a porta de trás do automóvel. "Anda", ele disse. "Não se preocupe", ele disse. Mas o homem não estava enxergando, e inspirava e exalava o ar, inspirava e exalava.

"Ande", Shai, o oficial, ordenou. "Você consegue", disse ele. Pôs a mão no ombro do homem.

O homem andou diante de nós como o homem espaguete dos sonhos. Foi árduo para seu coração temeroso.

"Pare", mandou Shai, o oficial. "Vire de frente para nós."

O homem girou como se preso a uma dobradiça e ficou de frente para nós.

"Não se preocupe", disse o oficial. "Mas", ele continuou, "você não pode piscar para as garotas. Tem certas coisas que você simplesmente não pode fazer neste mundo".

Abri a boca para respirar. Observei.

"Então, o que eu tenho de fazer, eu tenho que te dar uma chance", disse Shai, o oficial. "O que vai acontecer é que vou atirar, e talvez eu te acerte, talvez não, mas se eu não te acertar, e você se mexer quando eu atirar, aí eu vou acertar com certeza."

"Está bom para você?", indagou Shai, o oficial. "Faça que sim com a cabeça se você entendeu", ele pediu. "Você tem que fazer que sim", mandou. "Sinto muito por isso."

O homem fez que sim.

Eu via, mas o homem vendado não: Shai não mirou na direção do homem. Sua M-4 estava apontada a sessenta graus do chão.

Ele disparou. O homem caiu na areia. Atingiu-a primeiro com o rosto. Deu um longo berro, mas só quando não ouvíamos mais a bala. Um longo grito, um grito de um minuto, e depois um grito curto, e depois ele respirou.

Era uma péssima coisa para fingir. Foi um erro. Nunca fui boa em fingir sem a Lea. Foi naquela noite que eu disse que quem tentava escapar do serviço militar merecia pena de morte. Disse isso para Lea. Por telefone.

*

Na semana depois de sua volta do exército, Lea e eu tivemos uma conversa. Foi no quintal da casa dela.

Quando a tivemos, mísseis caíam, como era habitual onde morávamos, desde sempre. Escutávamos os estouros do lançamento e aguardávamos as explosões. Já tínhamos ouvido aquilo tantas vezes que ficamos ótimas em adivinhar onde cairiam. Víamos o cinza denso no céu e era como ver o mesmo céu que víamos quando pequenas, como se ainda fôssemos pequenas.

— Senti saudade de casa. Sentimos saudade de casa, não é? — perguntei a Lea.

— Senti muita saudade de casa. Foi só o que eu fiz. Sentir saudade e mais saudade — declarou.

— Muita — eu confirmei.

— Mas estes mísseis, eles me lembram do exército.

— Bom, são mísseis.

— Exatamente.

— Mas são os mesmos mísseis de antes da nossa partida — eu disse.

— Exatamente. Mas não para mim, entende?

O que ela queria dizer era que sentimos saudade de casa, e ansiamos pelo momento em que finalmente não precisaríamos mais ter saudade. Mas, agora que estávamos em casa, continuávamos com tanta saudade quanto antes. Ela não havia sumido.

Era isso que eu imaginava que ela queria dizer, mas por outro lado ela não tinha interesse nenhum em ir embora de casa outra vez, e eu sim, então talvez eu não entendesse nada.

*

Uma vez Lea e eu fingimos que éramos peixes, e aleijadas, e pedras. Quando a escola instalou um elevador para o único dano humano causado pelos mísseis diários — a menina aleijada — imprimimos normas para seu uso. Chamamos o elevador de espaçonave e divulgamos normas de conduta adequadas dentro dela, "A Página de Normas para a Espaçonave". Proibido comer na espaçonave. Proibido lamber na espaçonave. Proibido urinar na espaçonave. Proibido falar romeno na espaçonave. Proibido pular mais de quatro vezes. O bedel arrancou a folha assim que nos viu afixando-a e pediu nossos nomes. Estávamos tão felizes que nos esquecemos totalmente da espaçonave. Nossa coisa predileta eram nomes inventados.

— Quais *são* os nomes de vocês? — o bedel indagou, se agigantando diante de nós.

Dissemos que éramos Arnilan e Di.

*

Na noite depois que afixamos os cartazes sobre o assassino, quando fui ao quintal de Lea, tudo estava igual, porém ela usava tênis em vez de só meias, e havia dois vasilhames de líquido que nunca haviam estado ali antes. O primeiro era um grande e amarelo que continha gasolina. O segundo era uma garrafa de bebida de pêssego que reconheci do armário de bebidas alcoólicas dos pais dela. Da última vez que tomamos uns goles daquilo, tínhamos doze anos. A última vez que tinha me embebedado havia sido dois anos e meio antes.

— É isso que nós vamos fazer agora? Beber? — indaguei.

— Que "nós"? Só restei eu. Você vai embora amanhã de manhã.

Foi o mais próximo que Lea chegou de demonstrar raiva porque eu partiria, e foi inevitável pensar que o álcool tinha algo a ver com isso. Eu também queria sentir raiva.

Sentei na cadeira ao lado dela, peguei a garrafa de sua mão e dei um gole. O pólen dos cedros entrava por tudo que era canto, meus olhos, minha garganta, até quando minha boca estava fechada; a bebida o eliminava.

Batuquei de leve no vasilhame de gasolina e olhei para Lea.

— O que vamos fazer com Miller? — perguntei.

— Ele não esboçou nenhuma reação aos cartazes, entende? Nenhuma ligação para a minha mãe, não deu nenhum berro do outro lado do bosque.

Olhei adiante e reparei que as janelas de Miller estavam escuras. Embora fosse hora, não ouvia os gritos e os baques dos móveis dele e da esposa. Não ouvia nem os murmúrios das crianças falando sobre desenhos animados e os brinquedos que os parentes da Inglaterra tinham mandado.

— Mas o que é que nós vamos realmente fazer com Miller? — perguntei. — Onde foi que você arrumou a gasolina?

— Eu achei. É fácil de achar. E vou fazer com Miller *exatamente* o que ele fez com a oliveira.

— Nós — corrigi. E acrescentei: — Exatamente?

— Exatamente.

Compreendia a lógica de Lea. A maneira como ela pensava nas coisas. Coisas que eram reais e coisas que não eram. Sabia exatamente o que ela queria dizer com "exatamente".

Não muito longe de nós, mísseis ateavam fogo num bananal, e aos poucos a fruta verde queimava e o cheiro invadiu a noite.

*

Você há de pensar que estou contando uma mentira ou que eu acho que o que estou contando é verdade, mas não é, mas eu sei que é verdade. Quando tinha vinte e um, havia certos momentos em que eu queria era morrer. Não sei o motivo, mas é a verdade. Mas na maior parte do tempo o que eu queria era ir trabalhar no aeroporto porque a grana era boa. Isso é mais verdade ainda.

Só tinha estado no aeroporto uma vez. Fui para visitar meu tio, que trabalhava na segurança. Foi pouco antes do exército, nas poucas semanas que tive após terminar a escola e antes de começar o campo de treinamento. Lembro de observar uma mãe correndo para encontrar o filho. Ficou passando as mãos no cabelo seboso dele quando o alcançou. Ele parecia cegado pela luz fluorescente. Vestia roupas sujas, uma camiseta listrada e calças de pescador vermelhas. Lembro-me de um jovem casal na fila para cruzar os portões de embarque. Falavam inglês e não paravam de olhar para as passagens de avião. O cara puxava uma mala rosa e acariciava o ombro da garota com a outra mão. Uma jovem segurança, de uniforme azul e lenço de leopardo no pescoço, ia de fila em fila fazendo as mesmas perguntas. "Foi o senhor quem arrumou a mala? Alguém lhe deu algo para levar no avião? Só estou perguntando porque já aconteceu de pessoas receberem pacotes aparentemente inocentes que na verdade eram bombas." Ela parecia sincera sempre que mudava de interlocutor, mas ninguém admitiu.

Nem vou precisar fazer perguntas. Meu tio disse que o emprego que ele me conseguiu envolve apenas ficar sentada diante de uma mesa entre o check-in das linhas aéreas e os balcões do duty-free e garantir que não passe ninguém de aparência suspeita. Vou ficar horas, meses e dias vendo as pessoas indo embora. E todas parecerão suspeitas. É sempre suspeito quando alguém vai embora. Eu nunca irei embora. Depois que o expediente acabar, vou tomar o trem para Tel-Aviv e dormir sozinha. E voltarei no dia seguinte. Para poder fazer o oposto de ir embora de novo. As pessoas que me veem no trem e não reconhecem meu uniforme, recém-chegados, turistas, talvez pensem que vou ao aeroporto para fugir. Nem vou ter de fingir. Elas vão ter pensado em tudo sozinhas.

*

Atravessamos o bosque de oliveiras para chegar à casa de Miller. Estava escuro e a única luz era um fogo laranja, longínquo, nos bananais. Era eu quem carregava o vasilhame de gasolina. As oliveiras estavam vivas ao nosso redor. Estávamos embriagadas, mas nos sentíamos mais embriagadas do que estávamos. Não eufóricas, exatamente, mas durante uns minutos tivemos a sensação de que não estávamos mais esperando. As folhas prateadas estavam por todos os lados; os galhos torcidos abundavam em volta de nossos corpos. Os troncos estavam bem presos ao solo pelas raízes, mas a cada passo que dávamos as árvores pareciam mais próximas, vigorosas, ávidas. As explosões dos mísseis cessaram.

Lea começou a correr e tropeçou, esticou os braços para se equilibrar e parou junto a uma árvore. Não a morta. Uma árvore viva e baixa.

— Pense nesta árvore — ela disse.

Pensei. Parei diante de Lea e olhei para o rosto dela e pensei na oliveira.

Lea explicou um monte de coisas, seu discurso ligeiro, improvável. Ela falou que árvore vive, e vive, vive e vive. Por milhares de anos. Mosquitos atacam seus frutos e mordiscam seus galhos e ela pensa que seria melhor morrer, mas não morre. Ela vive, e bactérias fazem tumores crescerem dentro dela, crescer em seu interior, de forma perigosa e lenta, e ninguém sabe e ela de novo pensa que vai morrer, mas não morre; ela vive e vive. Ela permanece; ela permanece para sempre.

— Dói — declarou Lea, mas ela sorria. Eu via seus dentes separados na escuridão. — Dói estar no meio destas árvores. Você não as ouve murmurar de tanta vida?

Estiquei os braços no ar e tentei sentir as palavras dela.

*

Uma vez fingimos ser repórteres. Dez anos antes, quando Lea ainda não era descolada demais para passar tempo com Avishag e comigo, depois de sairmos do mar um dia, fingimos que éramos repórteres e perguntamos o que acontecia de manhã. Fizemos essa pergunta o dia inteiro. Não perguntamos a apenas uma pessoa. Perguntamos a um monte de gente. Eu estava chupando o sal da ponta da minha trança quando Lea fez a pergunta à primeira pessoa.

"Com licença, moça de maiô", chamou Lea. Corríamos atrás de uma moça na praia de Nahariya. Avishag permaneceu sobre a toalha. Nossas brincadeiras públicas de faz de conta sempre a constrangiam.

"Moça de maiô! Com licença!", berrou Lea.

A moça se virou.

Éramos pequenas e a moça sentiu pena de nós.

"Perdão. Perdão", disse Lea. Sempre pedia perdão antes, nunca depois. "Mas com licença. Somos repórteres, e precisamos saber, o que acontece de manhã?

Naquela época Lea podia soltar sua mão da minha, rápida e distante, e eu só reparava minutos depois.

"Como assim, 'O que acontece de manhã?' Amanhã é feriado?" A moça retrucou. A moça não sabia o que Lea queria dizer.

Lea também não. Mas ela fez a mesma pergunta a um homem que fumava cigarro. Ele declarou que de manhã acordávamos. Escovávamos os dentes. Íamos para o trabalho ou a escola.

Eu não sabia o que Lea queria dizer. Mas perguntei a uma mulher que comia melancia e ela disse que talvez eu pensasse que ela era outra pessoa, pois não sabia do que eu estava falando e não sabia o que eu achava que ela devia fazer na manhã seguinte. Eu lhe disse que não pensasse que era outra pessoa, e ela me xingou porque não era uma mulher, era uma jovem mulher.

O que acontece de manhã? Perguntamos e perguntamos e perguntamos. Mais de trinta pessoas. Para algumas explicamos que era para o jornal da nossa escola. Para outras dissemos que era uma matéria para um programa infantil. Não rimos nem uma vez. Lembro-me daquele dia: foi bom como espaguete depois de nadar.

Pegamos carona para voltar à vila já tarde da noite. Aguardamos em uma esquina por horas com sorrisos e sem palavras. Nada nos assustava então. Não havia explicação para termos feito aquela pergunta a tantos estranhos, não havia resposta correta que esperássemos. Deus não havia planejado aquele dia para nós. Foi tão fortuito que só Lea teria sido capaz de planejá-

-lo. No banco de trás do carro que nos pegou, Avishag adormeceu assim que entramos, mas Lea e eu estávamos tão animadas que não conseguíamos parar de balançar os pés. Ela passou um bom tempo com os dentes enfiados na minha mão para não urrar por acidente. É a esse ponto que ela estava viva para mim naquele dia. Ela deixou marcas.

*

A porta da casa de Miller estava destrancada. Entramos de fininho. Tentei não fazer barulho, mas Lea foi logo andando pelos cômodos da casa como se fosse a dela, os passos ligeiros. Passamos pelo hall de entrada e chegamos à sala de estar. Uns brinquedos das crianças estavam espalhados no tapete; caros, lustrosos.

Miller estava sentado na escuridão, ao lado da mesa da cozinha. Estava jogando uma banana de uma mão para outra, pegando-a, e de novo. Ele não desviou o olhar da mesa, embora estivéssemos tão próximas que provavelmente notava nossa presença. Intrusas. Havia pratos sobre a mesa, com ervilha, filé de vitela à milanesa e salada, e havia garfos ao lado dos pratos, porém a refeição não fora comida até o fim, abandonada pela metade.

— Miller — chamou Lea. — Viemos aqui jogar gasolina em você. Que nem você fez com a oliveira. — Sua voz era firme, os pés plantados no chão. Ela não me olhou. Olhou direto para a cabeça abaixada de Miller. Para sua careca.

Miller continuou jogando a banana. Ele a seguia com os olhos. Não olhou para cima.

Quando falou, me assustei com sua voz. O tom era irritadiço, como se viesse de longe, de um lugar onde eu nunca estivera.

— Ahh, meninas meshugana — ele disse. — Vocês são mais doidas do que eu imaginava. Finalmente, depois desses anos todos, vocês vieram atear fogo em mim? — perguntou.

— Você matou a oliveira — retrucou Lea. — Ela tinha milhares de anos, e você jogou gasolina nela depois do bar mitzvah.

— Fiz o quê? Por que eu jogaria gasolina? Naquele dia a gente mal teve o suficiente para manter o fogo aceso — declarou Miller.

— É a única coisa capaz de matar uma oliveira. É a única.

— Bom, macaquinha, não interessa. Pode atear fogo em mim. Ela foi embora. Levou as crianças. — Ele passou a jogar a banana mais rápido. — É perfeito, na verdade, exatamente o que aconteceria com quem fica neste país — ele disse. — Você não me bota medo.

— Ela foi embora por causa dos cartazes que penduramos? — indaguei, sem conseguir me conter. Lea me lançou um olhar perplexo. Ela se aproximou de mim. Isso não fazia parte dos planos dela, conversar com ele sobre a esposa, mas eu estava curiosa, curiosa como uma criança.

Miller caiu na risada. Seu riso mais parecia um bebê asfixiado.

— Os cartazes? Os cartazes? Foram os mísseis. A guerra. É sempre a guerra. Ela já não aguentava mais, queria voltar para a Inglaterra — ele explicou. — A gente não pode deixar nada acontecer com os pequenos — ele acrescentou em inglês, imitando a voz da esposa. — Você que teve essa ideia maluca de mudar para cá.

Ele parou de jogar a banana e simplesmente segurou-a na mão. Em seguida, fez algo bastante inacreditável, mas é verdade: ele cobriu o rosto com as mãos, ainda segurando a banana, e começou a soluçar. Foi complicado entender suas palavras, mas ele disse:

— Eu devia ter ido com ela. O que é que tem neste país sem uma mulher?

Ainda estava bêbada, mas não o suficiente para não me constranger. Abaixei os olhos e só então percebi que não estava mais segurando o vasilhame de gasolina. Que agora ele estava na mão de Lea.

Por um instante, ela pareceu deslocada. Ela me olhou como uma gatinha enojada.

— Por que é que a gente está falando disso? — indagou, e então abriu o vasilhame de gasolina e parou bem ao lado da cadeira de Miller. — Miller, agora eu vou jogar gasolina em você — anunciou, e foi o que ela fez.

Levantou o vasilhame, mas depois o abaixou por sob a mesa e, fazendo um som molhado, derramou gasolina nas calças e sapatos de Miller. Em suas raízes. O cheiro se espalhou; por alguma razão facilitou minha respiração. O rosto de Miller ainda estava coberto.

Lea pôs o vasilhame no chão, o fechou e começou a se afastar de Miller.

Ele ergueu o olhar.

— Aonde você vai? — ele questionou. — Achei que você tinha vindo aqui atear fogo em mim.

— Vim fazer *exatamente* o que você fez com a oliveira, e eu fiz — declarou Lea.

— Mas que diabos? — perguntou Miller.

— Se você fosse uma oliveira, começaria a agonizar mais ou menos neste instante — disse Lea. — Foi isso o que você fez, você jogou gasolina.

Miller voltou a soluçar, dessa vez sem cobrir o rosto. Ele se contorcia em rubor e veias e lágrimas.

— Não — ele retrucou. — Sua gorila! Você disse que ia botar fogo em mim, e é isso que você vai fazer!

— Não — disse Lea. — Não posso: não é esse o sentido de "exatamente". — Ela tornou a se aproximar dele, o queixo levantado, forte. Atear fogo nele iria contra sua lógica. Desde sempre, ela fazia exatamente e somente o que fazia sentido em seu mundo. Essa era a minha Lea. Gloriosa, rígida, uma criadora de mundos.

— Me queima! Vai em frente. Eu não ligo — pediu Miller.

— Não — disse Lea. — É isso que te acontece. Você fica aqui. Fica sentado. É isso o que te acontece... — E ela teria continuado, mas Miller se levantou da cadeira e a agarrou, torcendo seu braço de tal forma que as costas dela faziam força contra as costas dele. Em seguida, ele tentou enfiar a banana com casca na boca de Lea, e começou a praguejar, primeiro chamando-a de macaca, depois soltou xingamentos rápidos, xingamentos que eu nunca tinha escutado. Lea manteve a boca bem fechada, e a banana rompeu a casca, sua papa branca sujou o rosto dela.

Corri até Miller e o chutei com toda a força que tinha. Chutei de novo, de novo e de novo, e a mão de Lea estava na minha e corremos e corremos, passamos pela porta e atravessamos o bosque de oliveiras.

*

Quando Lea estava no campo de treinamento, sua unidade foi chamada para ajudar no plano de retirada de Gaza. Era necessário que os soldados do campo de treinamento juntassem os pertences abandonados pelos colonos que se negavam a ir embora sem ser arrastados, e escolheram as garotas do campo de treinamento da polícia militar. Eu ainda não tinha sido convocada. Lea me ligava e contava histórias sobre a menininha que começou a comer areia quando foi avisada de que não poderia voltar para casa, e sobre a forma como as escavadeiras tinham transformado o campus de uma faculdade em nada mais do que poeira vermelha em menos de doze horas. Tinha histórias, e precisava me ter como amiga novamente. Uma russa tinha ateado fogo ao próprio corpo na estrada que Lea vigiava.

"O que é estranho são os picolés", ela disse. "Acho que eles têm medo de que os soldados fiquem chateados demais com essa situação toda, então o exército não para de distribuir picolé. É como se fosse verão."

"*É* verão", eu disse pelo telefone.

"Eu sei", ela disse. "É isso que é estranho."

*

Lea e eu caminhamos pelo bosque na volta da casa de Miller. Dali a apenas cinco horas eu teria que pedir carona até Nahariya e pegar o trem para Tel-Aviv. Continuei andando, a mente inquieta. Um passo, dois passos. Comecei a saltitar, depois levantei os braços, depois congelei numa pose.

— Lea — chamei. — Vamos fingir que somos oliveiras. Vamos fingir que já vivemos milhares de anos e que estamos vivas agora.

Lea parou de andar à minha frente, mas não se virou para me olhar.

— Não — ela disse. — Não posso.

— Claro que a gente pode — eu retruquei. — A gente pode fingir. Podemos ser árvores se quisermos.

— Não — disse Lea. — Não posso mesmo. Não posso ser árvore. — Ela olhou para a terra amarela e seca.

E ela seguiu adiante, seu corpo diminuindo, até chegar ao quintal de casa. Não fui atrás dela. Permaneci ali. Quando fechei os olhos e os abri de novo, ainda imóvel, ela não estava mais em lugar algum, e era apenas eu, parada.

Tentei várias vezes fingir que era uma oliveira. Disse a mim mesma que tinha vivido muito, e até quando havia tumores explodindo sob meus ossos e predadores devorando meus olhos, eu achei que morreria, mas não morri. Continuei imóvel, olhos abertos, os braços esticados no ar; tentei muito ser uma oliveira, juro. Mas sem ela não conseguia fingir. Passei horas tentando. Até que chegou o momento de partir.

*

Na verdade o que matou a árvore foi um coelho. Nunca tínhamos visto um na vila, mas minha mãe contou que quando foi olhar a árvore umas semanas depois que fui embora, ela viu o corpo de um coelho em decomposição dentro do tronco morto. Ela tinha ido até lá porque a mãe de Lea lhe dissera que sentia cheiro de coisa podre, mas sentia muito medo e cansaço para averiguar sozinha. O coelho estava encolhido e a pelugem já era quase inexistente. A carne se misturara à casca da árvore e aos vermes. Se Lea e eu tivéssemos ido até a árvore e olhado, veríamos o coelho com nossos próprios olhos, mas não fomos. No final das contas, não tínhamos sequer chegado perto para olhá-la naquela noite, ou talvez nem tivéssemos procurado. Jamais seríamos capazes de imaginar um coelho morto, pois nunca tínhamos visto um vivo.

Lea também partiu para Tel-Aviv umas semanas depois de mim. Ela não me avisou. Descobri mais ou menos um ano depois. Minha mãe me contou por telefone. Àquela altura eu já não estava mais em Tel-Aviv. Descobri cerca de uma semana depois de sair do país pela primeira vez, antes da primeira das muitas viagens que faria pelo mundo.

Vou contar o que aconteceu nessa manhã, a manhã em que fui embora. Peguei minha mochila, a grande, a que usava no exército. Eu a enchera na tarde anterior, antes de ir à casa de Lea, com todas as roupas que ainda me serviam, roupas que não usava havia mais de dois anos. Além de roupas, a única coisa que levei foram as normas. "A Página de Normas para a Espaçonave", que guardei da época de escola, depois que o bedel nos mandou tirá-la da parede.

Fiquei parada no lugar onde se pedia carona, e estiquei o dedo, e esperei. Esperei fora da sombra, o asfalto se estendendo diante de mim, as costas viradas para as cercanias da vila, apenas bananais queimados ao meu lado.

Um Fiat verde parou e me levou para o sul e para longe da fronteira com Nahariya, a estação de trem mais ao norte do país. Aguardei com quatro soldados e uma mãe na estação. Depois embarquei no trem; embarquei com sono.

Quando peguei o trem para Tel-Aviv, ainda não sabia do coelho. Nem sequer pensei ou sonhei com a árvore. Simplesmente dormi. Acordei minutos depois de chegarmos. A estação estava apinhada, toda aquela gente, andando de um lado para outro. Uma mulher passou raspando junto da minha mochila e fui empurrada para a frente. Quando levantei a cabeça, meu olhar cruzou com o de um homem. Ele vendia os serviços de uma operadora de telefone celular. Dava para saber pela camiseta que usava, com as palavras "Ligando Pessoas". Ele me sorriu e deu um passo à frente, um folheto laranja néon na mão. Fiquei ali, paralisada. A mochila pesada tinha arranhado minha pele.

— Com licença — disse o homem. — Qual é o seu nome?

— Não, obrigada — retruquei. — Não, obrigada.

# E assim o povo eterno não tem medo

Tendo nascido na família Zubari, a família iraquiana mais numerosa de Israel, nem a histeria de Avishag podia ser totalmente creditada a ela. Fazia parte de muitas mulheres que viviam em sua época e de gerações de mulheres da família Zubari que viveram antes dela em Bagdá. De início, ela chamava a própria histeria de tristeza e a cultivava como se fosse um filho. Numa manhã de fevereiro, ela acordou e esqueceu como era a sensação de querer alguma coisa. Tinha vinte e um anos, havia saído do exército oito meses antes, e deveria ter descido para pegar seu chá matinal e o sanduíche de azeitona que a mãe tinha lhe preparado para que comesse de almoço no escritório, mas ela não conseguiu, pois não via sentido. Portanto, passou o dia na cama até que a fome virou uma poça ácida na boca do estômago e ela teve de descer a escada correndo e entupir a garganta de pão árabe e goladas de água que bebeu espremendo os lábios contra a pia da cozinha. Enquanto corria escada abaixo, existiu algo que quisesse, pelo menos por um minuto, mas, depois de comer, ela voltaria para a cama porque não havia mais nada que desejasse.

Quando os pesadelos começaram, a avó disse à mãe dela, "Ela sofre de histeria", e também "Não podemos deixar que aquilo que aconteceu com Dan, o irmão dela, se repita." Avishag e Mira, sua mãe, moravam em Jerusalém na época. A casa onde Avishag perdeu a vontade de se mexer era a da avó. A mãe dela havia se mudado para lá antes do alistamento de Avishag. Na televisão americana, ser histérica é gritar e chorar e enrubescer e quebrar louças e dar risadas cruéis. Mas para as mulheres da família Zubari, essas eram as atitudes que tinham normalmente. Quando sofriam de histeria, as mulheres da família Zubari ficavam quietas e imóveis, louças que *você* gostaria de quebrar. A histeria não era permanente: ela passava e voltava. Mas era algo a esconder — de futuros maridos Zubari, do resto de Israel que não era Zubari nem do sexo feminino.

Quando a ex-mulher passou a permitir que Avi voltasse a visitar a filha, quando ela lhe disse que Avishag não saía da cama fazia meses, Avi não soube o que fazer, mas percebeu que dessa vez teria de agir. Já tinha perdido um filho que mal conhecia. Então se lembrou de que, logo depois de sair do exército, a única coisa que amansava os lagartos em seu cérebro era circular de carro pelos muros de pedra de Jerusalém por horas e noites. Portanto comprou para a filha, que nunca tinha tirado a carteira de motorista, um carro usado. Um carro outrora usado por uma pessoa que agora estava desesperada. Seis milhões de judeus morreram no Holocausto, e o carro que Avi comprou para a filha Avishag estava dois mil shekels abaixo do preço de mercado.

"Seis milhões de judeus não é pouca coisa", Avi disse a Avishag no dia em que lhe deu o carro.

A filha não entendeu direito que coisa não era pouca. Ela o fitou e depois protegeu os olhos do verão de Jerusalém com a mão.

"Dois mil shekels, não é pouca coisa", declarou Avi.

Tinha comprado o carro de uma sobrevivente. Ele disse, "É linda". Ele disse, "É americano". O carro. A sobrevivente era polonesa. Sobrevivera aos nazistas, mas a piranha não podia batê-lo no preço.

Avi tinha se mudado da Líbia para Israel. Estava cansado de ouvir sobre o Holocausto porque nunca tinha sequer pisado na Europa, nem mesmo na Turquia em uma daquelas viagens "com tudo incluso". E os europeus, os que tinham sobrevivido e chegado a este país, eram os responsáveis por ter arruinado sua vida.

Ele disse a Avishag que dirigir era a única coisa que tornava seus dias respiráveis depois que saiu do exército. Queria que ela aprendesse.

Seis milhões de judeus foram mortos no Holocausto, e Avi tinha arrancado da mulher que lhe vendera o carro dois mil shekels abaixo do preço de mercado. Avishag jamais tinha concordado em se sentar no banco de motorista. Ele aparecia com frequência e a levava para passear depois de ter comprado o carro novo. Semanas passaram. Depois não podia aparecer muito porque estava ocupado com seu trabalho de empreiteiro, ou com a nova esposa, os filhos novos. Sempre havia alguém doente; um dos peões palestinos sempre faltava ao trabalho.

Então ele acordava no meio da noite. Pensar que tinha desistido lhe causava suores noturnos tépidos.

*

— Sorria — ele disse a Avishag no começo da vigésima "aula de direção". Fazia meses que havia lhe comprado o carro. Avishag estava parada com seu short de garoto no estacionamento junto ao prédio da mãe e ela semicerrou os olhos para ele. — Esta é a parte em que você dá um sorriso — Avi declarou. Ele pegou o cigarro Time do bolso do jeans.

Avishag apertou o queixo contra a clavícula e suspirou. Quando passou a língua pela parte de trás dos dentes, sentiu o gosto da manhã. Já passava de duas da tarde, mas a mãe só tinha conseguido tirá-la da cama dez minutos antes. Não tinha saído da cama tão cedo o mês inteiro. Aquele short verde masculino, era provável que já estivesse com ele há mais de uma semana. Até a mãe tinha desistido dela.

— Deixa seu pai cuidar de você um pouquinho — ela havia dito. — Deixa que *ele* cuide disso.

— Bando de mosca morta sanguessuga, essa família toda — Avi disse e deu tapinhas no capô do carro, como um homem daria no ombro de outro homem. — Sua mãe, e as irmãs dela, e a mãe da sua mãe, e a sua irmã, e você. — Ele apontou para Avishag.

Avishag não queria ser uma mosca morta sanguessuga como o pai falou que ela era. Não queria ser uma mulher morta sanguessuga. Não queria ser uma mulher morta. Mas o que queria ela não sabia.

Não era culpa dela, Avi se lembrou. Ela sofria de histeria. Era hereditário, coisa de iraquianos. No começo ele ainda tentava perguntar o que havia com ela. Ele queria que houvesse algo específico errado. Teve até a expectativa de que o algo fosse um namorado, talvez um oficial, alguém que tivesse lhe feito mal, para que pudesse fazer mal a ele também. Mas quando perguntou a ela o que era, se havia um rapaz ou até um homem na vida dela, ela disse que não. Ultimamente, não fazia mais perguntas. Só pedia que ela melhorasse.

— Por favor — Avi disse, entrelaçando as mãos, equilibrando o cigarro entre os lábios carnudos.

— Obrigada por vir, papai — Avishag disse por fim.

— Oh, querida — disse Avi, tirando o sorriso manchado de nicotina e os óculos escuros do rosto. Deu um tapinha nas costas de Avishag. — Eu só quero que você tenha o que bem quiser — ele declarou.

Avishag queria voltar a dormir. Havia sido forçada a sair um pouco de casa. A mãe a tirara da cama jogando água na sua cabeça. Seus olhos estavam abertos, e ainda ardiam um pouco, ainda se recordavam do choque.

Avi pôs os óculos baratos e jogou um beijo na direção de Avishag simulando uma explosão com a mão próxima aos lábios, um gesto mais adequado a um chef italiano elogiando uma massa do que a um pai líbio tentando animar a filha melancólica.

— Vamos lá, menina, vamos dirigir!

Essa era a vigésima "aula" deles. Já bastava, ele pensou. Tem horas que você tem que decidir que já basta.

Ele rodopiou as chaves nos dedos. O chaveiro era o símbolo do time de futebol de Jerusalém. Avishag não conseguia desviar os olhos da rotação em torno de seus dedos peludos; era amarela, preta e espumosa. Quando Avi tinha a idade de Avishag, já era casado com a mãe dela.

*

Quando Avishag tinha cinco anos, sua mãe teve histeria. Durante um ano. Depois por mais um ano, depois de dar à luz pela terceira vez. Avi podia contar em uma mão as vezes que a vira fora da cama naquele mês. Com uma das mãos, ele quebrou uma garrafa quase vazia de áraque no balcão de granito da cozinha. Ele sentiu o cheiro de anis; lhe veio à mente a sensação de mascar o alcaçuz preto que o avô comprava para ele em uma loja de balas de Trípoli. Avi foi para o quarto. A esposa estava deitada no escuro, os olhos fechados, os lábios contraídos. Avi estava muito, muito embriagado. Jogou todo o peso do corpo contra o corpo magro dela, mas ela não despertou. Ele começou a chorar. "Acorda. Acorda."

Ele começou a cortar. O vidro da garrafa era muito mais afiado do que seria capaz de sonhar.

Ah, e ele de fato sonhou. Ele sonhou. Anos a fio depois disso. Uma década. Mais.

No sonho ele segurava apenas um caquinho de vidro luzidio, e ao pressioná-lo contra a clavícula pontuda da esposa, uma linha vermelha, uma linha geométrica, voou até o teto. Quando a linha atingiu o teto, se tornou uma poça pairando no ar do ambiente e depois se derramou na cama com um jorro vermelho. No sonho, ele se afogava no sangue quente da esposa.

Na vida, ele apenas a ferira. A cicatriz no pescoço já não era mais visível na época em que se divorciaram. Na vida, foi a assistente social, a assistente social alemã, que fez com que ela se divorciasse dele.

*

— Tem um estacionamento vazio ao lado de Motza — Avi disse no dia da vigésima aula de direção, e girou o volante para a direita. Pôs uma fita, uma canção que conhecia desde Trípoli, em que todas as mulheres eram morenas e jovens, e filhas como aquela não existiam. — É um ótimo lugar para começar a aprender a dirigir — afirmou ele.

Avishag abriu a boca, mas foi só para colocar uma mecha de cabelo dentro dela.

— Fale alguma coisa — pediu Avi.

Ela sabia que não valia a pena.

*

Antes de Avishag se consultar com o médico do exército, aquele que assinara os papéis autorizando sua liberação antecipada do serviço militar, Yael havia lhe dito que, se a situação estivesse muito ruim na fronteira egípcia, a única coisa que precisava fazer era falar alguma coisa. Falar qualquer coisa, na verdade. Ela poderia dizer que acreditava ser uma borboleta, alegar que fazia xixi na cama, explicar que tinha ganhado o maço de cigarros do ursinho de pelúcia. Podia dizer que já tinha se metido em encrenca uma vez e que se obrigada a continuar ela simplesmente faria alguma coisa para acabar na prisão militar outra vez, como acabara depois de ficar nua em uma torre. Gostara tanto da prisão que foi mais difícil voltar à rotina. Alguma coisa, qualquer coisa que desse ao médico uma justificativa para alegar que ela era maluca. Levara duas semanas para conseguir ser encaminhada a um psiquiatra do exército, mas Yael afirmava que deixar de ser soldada não era tão difícil assim. Não queriam correr risco. Há soldados suficientes no país.

Mas quando o médico se debruçou sobre a mesa e perguntou, "Sobre o que você queria conversar?", ela teve um branco.

Olhou ao redor. O cinzeiro estava limpo; o mármore reluzia. Na parede dele havia um mapa do país, assim como na de todos os oficiais. Em cima do gaveteiro ao lado da mesa havia um aquário sujo. Todos os peixes nadavam em círculos, dourados e safiras e guelras. Avishag nunca tinha ido ao médico. A família Zubari, por ser iraquiana, não acreditava neles. Escolher uma frase maluca das milhões de opções que tinha era impossível. Sua voz não lhe permitia fazê-lo.

O médico pigarreou e disse:

— Bem?

No fim ela resolveu dizer algo que era quase verdade.

— Esse aquário me dá a impressão de que é o Holocausto dos peixes.

Não se lembrava de onde tinha tirado essa ideia; foi catada de uma água sem fundo, mas também não era totalmente fabricada. Foi dispensada dois dias depois. Não conversou muito com Yael depois disso porque não suportaria lhe contar que fora dispensada por causa de uma frase maluca na qual quase acreditava.

*

Nas colinas em torno de Jerusalém, uma picape cheia de adesivos néons parou na frente do carro de Avi.

"O povo eterno não tem medo", dizia um deles. "Não temos em quem nos apoiar além do nosso Pai no céu."

— Não faça isso, querida — Avi pediu.

Avishag estava com a ponta do rabo de cavalo preto na boca. Ela abriu bem os lábios, como uma anciã, e ele caiu, balançando sobre seu peito.

— Para você ver o quanto eu te amo — disse Avi.

*

Depois que os rabinos finalmente aprovaram o divórcio, Avishag e o pai podiam se encontrar apenas na presença da assistente social alemã. Seu cabelo estava pintado de louro e montado sobre a cabeça como um castelo de areia, e seu nariz era pequeno e rosado — um focinho. Sentou-se na cadeira giratória de couro, mas Avi e Avishag se acomodaram em cadeiras de madeira coloridas; ele se contorcia como um verme frito. Avi tivera de dirigir até o norte, pois era lá que Mira vivia. Na mesinha havia quebra-cabeças de patos sorridentes, Barbies e livros. Avishag pôs uma mecha de cabelo na boca e o fitou. O filho, Dan, se recusava a vê-lo. A assistente social alemã disse que ele já tinha idade suficiente para decidir. Ele tinha doze. Mira havia dito que levaria a caçula se as coisas "corressem bem" com Avishag.

"Você poderia ler para ela", a assistente social com cara de porco sugeriu. Ela limpou o nariz com a mão enrugada.

Essa era, de longe, a sugestão mais idiota que Avi já tinha ouvido. Se as coisas tivessem tomado um rumo diferente, a mulher estaria se empanzinando de linguiça de porco em um bar de Berlim naquele exato instante, e ele estaria cavalgando um cavalo com a filha pelos mercados de Trípoli, comprando delineador preto e xales roxos para ela. Em Trípoli, as meninas começavam a usar maquiagem já aos oito anos, e sempre cobriam o rosto com xales. A mulher não usava nem batom, e ele poderia jurar que suas raízes expostas eram uma calva incipiente. Aquela mulher, ela nem sabia o que era ser mulher.

"Não leio", declarou Avi. O que queria dizer era que não sabia ler, não bem o suficiente para ler um livro.

"Ah, entendo", disse a alemã. Ela deve ter pensado que ele não lia hebraico, mas na verdade ele não lia muito de modo geral. Sua família havia fugido de Trípoli para campos de refugiados quando ele tinha dez anos, e se esquecera do pouco que tinha aprendido. Vivera ali, nas tendas, que depois virariam uma cidade de trailers, à beira-mar, até ter idade para ingressar no exército. Sempre estivera atrás das outras crianças. Não era inteligente o bastante para discernir palavras.

Ah, mas podia fazer uma filha, e de fato a fizera, e a filha, ela já sabia o que era ser mulher. Tinha só oito anos, era mais escura do que ele jamais fora, e segurou o rosto dele com suas mãozinhas minúsculas como uma dama, como uma mãe, e disse, "Pai, eu não quero essas histórias. Quero as suas histórias. Me conta suas histórias".

Ele nunca tinha contado uma história. A alemã esboçou um sorriso malicioso.

Ele pôs a filha no colo.

"Ela tem que ficar na cadeira", anunciou a alemã.

"Ah, está bem", ele disse. Avishag voltou para a cadeira. Ela pegou a mão dele.

"Uma vez, neste país, havia uma mãe e um pai", ele começou.

"Acho que sua esposa apreciaria se você não entrasse em questões pessoais com a criança", a alemã declarou.

Questões pessoais! "A criança" fora feita por ele. O que poderia lhe contar que não fosse pessoal? *Esses europeus*, pensou Avi. *Toda essa formalidade maliciosa. Eles não têm coração. Hitler queimou o deles.*

"Uma vez, neste país", Avi recomeçou. Fez uma pausa, depois tornou a falar. E foi esse o início da única história que contou na vida.

*

— Faz alguma coisa — Avi pediu quando chegaram ao estacionamento. Ele e Avishag estavam encostados na parte da frente do carro. Levara cinco minutos para convencê-la a descer do banco de passageiro, e até isso foi um avanço em comparação com as vezes anteriores. Era alguma coisa, pelo menos. Por enquanto ele não entregaria os pontos.

Ele lhe ofereceu um cigarro Time, e ficaram ali fumando. No estacionamento abandonado, não havia nada além de asfalto, ervas daninhas amarelas e um contêiner sem rodas.

— Senta ao volante só por um minutinho — disse Avi. — Por mim. — Ele juntou as mãos e pensou até em se ajoelhar.

— Estou com muito calor — disse Avishag. — Vou voltar lá para dentro. — O ar frio do carro era algo pequeno que desejava, e isso para ela já era alguma coisa, pelo menos.

Avi pensou em entregar os pontos.

Em seguida pensou naquele adesivo, aquele grudado na traseira da picape. Aquele adesivo, barato, rosa, idiota, verdadeiro. "O povo eterno não tem medo."

Foi pela filha que Avi aprendera a ler. Passara horas debruçado sobre uma única matéria no caderno de esportes do jornal. E de repente, anos depois, se deu conta de que tinha lido um caderno inteiro de uma sentada só, com facilidade, numa visita ao banheiro.

Pensara na filha do meio toda vez desde então, sempre que a vida era, por um instante, tão fácil quanto viver. Jogando futebol com os filhos pequenos, comprando um belo pedaço de cordeiro para a nova mulher, comprando um carro usado.

A filha abriu a porta do lado do passageiro com lentidão, tomando o cuidado de não batê-la no meio-fio. A porta rangeu.

— Desculpe — ela disse.

Então abriu a porta com mais rapidez e de fato raspou o meio-fio.

— Mil desculpas — ela disse.

Enfim dentro do carro, fechou a porta com delicadeza, delicadeza excessiva; ela não fechou. Então bateu com mais força. *Pof.*

— Desculpe — ela disse.

Força demais, ela bateu com força demais.

— Desculpe, desculpe — ela disse.

Dentro do carro, Avishag ergueu a palma das mãos, como se estivesse se defendendo de um urso.

Avi sentou-se no banco do motorista e fitou-a com as mãos sob as axilas, os cotovelos apoiados na barriga.

— Desculpe — um milhão de vezes por dia. — Desculpe — praticamente sua única palavra.

— Desculpe.

Essa era sua forma de dizer: *Faça alguma coisa.*

— Desculpe por quê? — Avi indagou. — A única coisa pela qual você deveria se desculpar é por não ter nem tocado no volante.

Ela tinha certo ar, a filha do meio. Ele não falava com a caçula desde que fora embora. Só vira Dan crescer até os dez anos e a mãe da ex-mulher lhe pedira que não fosse ao enterro. A caçula agora respondia pelo apelido bobo "Tzipi" e estava feliz, Mira, a ex, lhe contou uma vez que foi deixar Avishag em casa depois de uma das "aulas de direção". O que ela quis dizer foi: *feliz por não falar contigo.* Mas, Avishag, ela tinha a capacidade de fazê-lo pôr palavras em sua boca. Histórias, até. Às vezes ele ficava mais de seis horas passeando de carro com ela. Não trocavam nem uma palavra, e quando a deixava em casa, ele tinha a sensação de ter aprendido alguma coisa, embora não soube muito bem o quê. Como se houvesse algo mais que pudesse ter feito, mas não tinha feito.

— Só uma mão — disse Avi.

Ela passou muito tempo calada. Estava sempre calada. Mas então.

— Sabe — ela disse. — Teve uma vez no exército que vi uma mulher ucraniana levando um tiro na cabeça.

— Uma mulher ucraniana?

— Talvez ainda fosse uma garota.

Avishag levou a ponta do cabelo à boca e deixou-a cair.

*Tudo bem*, pensou Avi. *Tudo bem*, e também, *pelo menos agora eu sei*. E ele respirou.

— Então, é essa a questão?

Avishag fez com que as sobrancelhas se chocassem. Quase se virou para encarar o pai. Fazia um tempo que seu rosto não ficava tão expressivo. Ela estava confusa.

— Do que você está falando? Que *questão*? — ela perguntou.

— Você entendeu — ele respondeu. — A questão que te faz não dirigir e...

— Que questão? Não tem nenhuma questão. Só tenho medo de dirigir, só isso.

— Você só tem medo?

— Só medo.

E assim, Avi soube de novo o que tinha imaginado que sabia antes, mas dessa vez ele sabia melhor, e de verdade. Havia apenas ela. Não havia questão. Havia apenas sua filha.

Avi esticou o braço e abriu o porta-luvas. Sentiu o cheiro de suor que exalava dos pés da filha. Perguntou-se quando teria sido seu último banho. Pegou um xale roxo que sempre levava consigo. Da mãe. A única coisa que lhe restara dela.

— Feche os olhos — pediu Avi, e Avishag obedeceu. Ele amarrou o xale em volta dos olhos dela com um nó firme. Ela não se mexeu. Ele lançou o punho contra o rosto dela. Ela não estremeceu. Ele se certificou de que ela não estava enxergando nada.

*

A História:

"Uma vez, neste país, havia um povo. Então chegou um rei, e ele quis o país para si, portanto mandou o povo do país para todos os cantos do mundo. Pôs uma irmã em um canto do mundo e a outra irmã em outro canto do mundo. Algumas pessoas ele mandou para a Rússia. Outras ele mandou para a África. Teve até umas que ele mandou para morar onde os ursos-polares vivem."

"Ursos-polares, papai?"

"É, meu bem."

"O que aconteceu depois?"

"Então o povo do tal país viveu em tudo que era canto do mundo. Muitos anos se passaram. Milhões de anos. Mas não conseguiam se esquecer de que na verdade não eram da Rússia ou da África, de que eram do tal país, e não perdiam as esperanças de um dia voltar."

"E voltaram?"

"A princípio não, querida. Elas queriam, mas não sabiam como. Não existia telefone na época, então as pessoas na África nem sabiam se as pessoas na Rússia se lembravam delas."

"Mas elas voltaram?"

"Bom, teve um ano que as pessoas na Rússia e as pessoas na África e até os ursos-polares, todas as pessoas e animais que nunca viveram no tal país começaram a matar todas as pessoas que já tinham vivido no país em questão."

"Afogaram elas?"

"Afogaram?"

"Que nem meu peixe?"

Avi pensou no corpo vermelho, roxo e inchado da mãe no dia em que foram embora de Trípoli. Em como a haviam matado. No cheiro que vinha dos canais de irrigação que circundavam todos os muros. Quando ele era criança, conhecia a aparência da morte. Só o que Avishag conhecia aos oito era seu peixe. Tinha morrido quando ela tinha quatro anos. A mãe nem sequer a forçara a vê-lo. Dissera que ele havia se afogado. Foi uma boa atitude. Mas não era verdade nem de longe.

"É, querida, afogaram as pessoas."

"Poxa!"

"Mas algumas conseguiram sair da água."

"Que bom! E depois?"

"E então as pessoas que conseguiram sair da água resolveram voltar para o país do qual tinham saído milhões de anos antes. Saíram da África e da Rússia e de todos os cantos do mundo e voltaram para o tal país."

"E depois?"

"Como assim, 'E depois'?"

"O que elas fizeram lá?"

"Viveram."

"Mas o que é que elas fizeram?"

"Elas viveram. Viveram como nós vivemos. Construíram casas e asfaltaram ruas e plantaram árvores. Elas trabalharam, entendeu?"

"E depois?"

A assistente social alemã apontou para seu relógio suíço. O tempo tinha acabado.

Avishag provavelmente repetiu a história para a mãe, ou talvez a assistente social tenha lhe contado. E Mira não gostou. Da parte dos assassinatos. Foi só isso. Ela obteve a guarda integral. Pegou as crianças e foi dar aula em uma vila no norte.

Da vez seguinte em que teve permissão para ver Avishag ela já estava com dezenove anos. Uma soldada. Seus ombros inchavam sob o uniforme. Eles se encontraram no McDonald's de um posto de gasolina perto da base dela. Era o único lugar aberto a noite inteira, e o único horário que ela tinha livre era cinco e meia da manhã. Era soldada de infantaria no Egito, servia na única unidade de combate constituída só de mulheres, e uma das outras garotas provavelmente queria que ela cobrisse seu turno, pois ela entrou berrando ao robusto celular militar.

"Como assim, você perdeu o ônibus na hora de voltar do médico?", ela cuspiu friamente e levantou a mão para gesticular com os dedos para Avi, *Só um segundo*. A outra mão pequena segurava firme o cano preto da M-16.

"Foda-se, sua bicha, está me ouvindo?", a filha disse para a outra vigia ao telefone. "Não sou sua mãe para você foder comigo e me enterrar na areia."

Ela desligou e se sentou diante de Avi. Seu rosto ainda era escuro, mas o cabelo estava preso em um coque firme, e as sobrancelhas tinham sido tiradas de um jeito estranho que apagava todas as similaridades que tinha com ele. Não havia vestígios da menina quieta, tímida que conhecia. A casquinha de sorvete de um shekel que tinha comprado para ela pingava na mesa de plástico vermelho. As únicas mulheres que conhecera na sua época de serviço militar foram as secretárias, que usavam saias verdes e faziam café para os oficiais de altas patentes.

"E o que, exatamente, *você* quer?", Avishag perguntou.

A vez seguinte em que a viu foi depois que a ex-mulher telefonou para relatar que a filha mais velha não saía da cama havia dois meses, caso lhe interessasse. O exército a dispensara umas semanas depois que ela saiu da prisão militar onde tinha sido encarcerada por causa de alguma brincadeira inocente, algo a ver com nudez durante a guarda. Mas não era a mesma desde que voltara. Andava esquisita.

"Eu estou indo", declarou Avi. "Vou comprar um carro para ela."

"Ela não sabe dirigir", a ex-mulher disse. Pela voz, parecia cansada, mas ainda era sua voz, aquela que não escutava havia anos.

Em Trípoli, maridos disciplinavam as esposas o tempo todo. O pai dele sem dúvida o fez. Por muitos anos ele lastimou não ter conhecido a primeira mulher em outra época, outro país, onde as coisas não teriam saído tanto do controle, onde não havia assistentes sociais alemãs. Mas conhecera a mulher na época que a conhecera, no lugar onde a conhecera, nos trailers da imigração. Ela viera de Bagdá, onde seu pai era joalheiro. Falava quatro idiomas. Quando se conheceram, estavam nus sobre o asfalto, fora dos trailers com dezenas de refugiados recentes, cobertos de DDT, o pesticida que chovia sobre eles, jogado pelos aviões que os sobrevoavam. Os europeus do gabinete de imigração achavam que podiam ser portadores de doenças. A futura esposa estava nua e humilhada e branca por fora devido às substâncias químicas, mas era escura nos olhos e dentro do coração, cheia de saudade do avião que a levara até ali. Tinha catorze anos, quatro anos mais velha que ele. Ele havia lhe prometido que tudo daria certo, embora ainda não soubesse o nome dela.

"Vai dar tudo certo", tinha dito à ex-mulher, Mira, ao telefone quando ela telefonou depois de todos aqueles anos. "Eu ensino. Vou comprar um Subaru pra ela."

"Um Subaru?", Mira perguntou.

"Sou o pai dela."

*

Dirigiram por muito tempo. Mais de duas horas. Avi reparou quando passaram pelo cemitério militar de Monte Herzl e pelo hospital em Monte Scouts onde Avishag nascera. A família de Mira tinha se mudado do lugar onde se conheceram para Jerusalém, mas ele nunca perdeu o contato com ela. Ela quis ter Avishag em Jerusalém, embora na época só pudessem arcar com os custos de vida de Bat Yam.

Os olhos de Avishag ficaram tampados ao longo do trajeto, mas ela sentia o ar na descida da colina com seu aroma de pinho e rochas, depois um cheiro úmido, um cheiro de fritura, cerveja, filtro solar, alcatrão, a praia, somente o mar, no devido tempo.

Jerusalém é cercada de terra por todos os lados. Ela já sabia que estavam em Tel-Aviv antes mesmo de ver.

O carro não era adequado para andar na areia, nem era adequado para andar naquela doca de pescadores sacolejante, mas Avi não se importava. As rodas do carro giraram pela madeira velha. Durante todo o percurso, não sabia ao certo para onde ia. Deixou que o carro o levasse.

O pai de Avishag pôs a mão na testa da filha e tirou o xale. O sol bateu em seus olhos em tom laranja. Ela os manteve abertos. O sol batia na água em tom laranja, então a água refletiu em seus olhos em tom laranja. E ainda assim. Ela manteve os olhos abertos. Não ventava, o Mediterrâneo estava liso. Ninguém por ali, nem mesmo uma gaivota, apenas ela e o pai dentro do carro. Ele dirigira o carro até a ponta da doca.

— Você quer trocar de lugar comigo? — o pai indagou. — Pense bem — disse o pai. — O sol está se pondo. É só você se sentar no banco do motorista — declarou o pai. — É só sentar. O carro não vai a lugar algum.

Ele queria sacudi-la, mas não sacudiu.

Passados cinco minutos, ela resolveu que queria trocar de lugar.

*É este o belo efeito que certas regiões deste país podem ter de vez em quando*, o pai pensou.

Trocaram de lugar. Nunca tinha conseguido que a filha se sentasse no banco de motorista.

Observou as mãos dela, as mãos minúsculas, segurando o volante. As mãos dela eram pequenas, até mesmo em comparação com seu corpo mignon, desproporcionais. Tinha reparado nisso no dia em que a vira de uniforme, a visão inesperada da mão pequena como a dela segurando o cano de uma M-16.

Lembrou-se do toque suave de suas palmas segurando-lhe o rosto quando ela tinha oito anos, no dia em que lhe contou a primeira e última história que ele contou na vida. As mãos dela eram úmidas, mas o suor da filha tinha cheiro adocicado. Lembrou-se de sua voz aguda, empolgada, ao perguntar, repetidas vezes "E depois? E depois?". Em seguida lembrou-se de quando foi que o tempo deles acabou.

A filha apertou as mãos em torno do volante. O sol se punha; ele via suas pinceladas laranja se alongando sobre a água. Esse momento também passaria logo. Ele e a filha trocariam de lugar; ele a levaria para longe do mar e subiria as colinas de Jerusalém para voltar à casa de sua mãe. Mesmo naquele instante, observando em silêncio e adorando as mãozinhas da filha, ele não conseguia evitar a preocupação, a questão. *E depois?*

Ele queria mais. Sabia que poderia levar meses para que conseguisse fazer com que ela se sentasse no banco do motorista novamente.

Pouco antes de o sol laranja golpear a água, ouviu seu próprio murmúrio. Seus lábios disseram que, se ela quisesse, poderia guiar o carro em direção à água. Caso não se afogassem, compraria um novo para ela.

Estava brincando, mas depois não estava.

*

Ela girou a chave na ignição. Não sabia o que fazer depois. O carro rosnou; as coxas dela tremeram debaixo do short masculino. Ela olhou para o pai. Tocou na marcha, era difícil movimentá-la, era como uma espada presa na pedra, mas conseguiu; ficou emperrada em certo ponto, depois em outro; depois sua mão não tinha mais força, nenhuma mesmo; se alguém segurasse uma arma junto à sua mão, não seria capaz nem de cerrar o punho.

Imaginou que estava paralisada, e portanto tentou mexer os dedos dos pés, e foi uma surpresa: se mexiam, suas unhas compridas se curvando dentro das sandálias. Também conseguia mexer o pescoço. Olhou para o pai. Ela não sabia o que fazer. Ele não sabia o que fazer. Ele achava que devia fazer alguma coisa, mas não sabia o quê. Ele pensou: *Nunca é tarde demais para começar.*

Trocou a marcha para ela. Ele já sentia antes que ela pisasse no acelerador. O pé dela. O corpo dela. Era uma parte dele, e da máquina e do país.

*

Debaixo d'água, depois que ela abriu a porta e saiu nadando, seus olhos não viam nada além do verde almiscarado. Ela se lembrou do pé, de como havia movimentado, como tinha movimentado o carro inteiro, todo aquele poder. Ela chutou com o pé e sentiu o fundo do mar, suave e frio entre os dedos. Seu cabelo arranhou a superfície da água, e então o rosto todo estava fora, exposto ao ar quente e ao sol. Ela abriu a boca, tentando tomar fôlego. Depois não soube o que fazer. Foi puxada para baixo. Chutou de novo e sentiu o corpo subir, mas não o suficiente. Pensou no pai, mas não o enxergava, e não sabia o que fazer, mas de repente soube. Socou a água com o punho. Depois a chutou com a perna. Em seguida socou-a com a outra mão. Chutou-a com a outra perna. Mão, perna, mão, perna, mão, mão, mão, e de novo, e pouco depois, apesar de ser uma garota de Jerusalém, apesar de nunca ter feito aquilo antes, ela estava indo em frente, boiando, nadando. Era uma coisa estranhíssima: mal conseguia respirar, pontos cinza piscavam diante de seus olhos, mas a cada ato violento seu corpo os escutava, escutava os golpes que desferia contra eles, os que haviam se afogado, no Holocausto e em Trípoli, em Bagdá e até no Polo Norte, e reagiram, mas não com dor, e sim com perguntas, duas perguntas. *Para onde, querida? E agora, menina?*

Depois que o pai conseguiu sair do carro, nadou sozinho até a costa e ficou observando-a nadar por minutos que lhe pareceram dias que eram todos os anos, anos que não a vira crescer. E ali estava a filha, nadando, e soube que uma hora chegaria à costa, e a ele. Ela alcançou a costa, as roupas pingando, e se sentou na areia bem perto dele, em silêncio. Ele passou o braço molhado em torno dela e seu coração pulsou contra a testa dela, a respiração irregular da filha desacelerando, se unindo à dele. Ela sentiu o cheiro de suor dele e soube de algo novo, algo que ninguém além dela sabia e que ela só tinha ficado sabendo naquele segundo, mas de que agora tinha certeza, seus pulmões poderiam explodir. Ela soube que não tinha aquela histeria transitória das Zubari. Que seria triste a vida inteira, a vida que tinha diante de si.

# 1,5 quarto em Tel-Aviv

Ron olhou para Lea. Ela parecia ser a mãe do mundo quando estava trabalhando. Cortou o pão integral com delicadas viradas do pulso, como se sentisse cada dentada da faca ao partir a massa do pão. Ela pousou a alface em cima dos pedaços de morango como se pusesse os filhos para dormir. Enxugou as mãos no avental preto e os seios grandes balançaram sob a camiseta larga. Ela levantou a cabeça. Seus olhos cinzentos cruzaram com os de Ron.

— O que foi? — Lea indagou. Ron se deu conta de que provavelmente tinha encarado a garota, sua nova funcionária. Não havia clientes na fila. Ele estava sentado em uma cadeira de plástico sob o teto listrado do quiosque.

— Estava só pensando. O que você está fazendo com o seu dinheiro? — Suas orelhas ardiam por ter sido obrigado a inventar de repente. O sol batia de tal forma nas folhas amareladas espalhadas pelo bulevar que ele via o calor em ondas.

— Pagando o aluguel — ela respondeu.

— Claro, mas fora isso — disse Ron. Ele notou certo cansaço nos olhos dela, que não existia nos olhos de todos os aspirantes que se mudavam para a cidade. Ainda assim, era nítido que vinha de fora. As golas coloridas das blusas eram todas cortadas com tesouras, e usava mochila em vez de bolsa. Ron se perguntava no que pretendia se tornar ao se mudar para Tel-Aviv. Atriz? Arquiteta? Nada que pensava lhe parecia certo. Ele estava procurando um funcionário mais velho, alguém que tivesse acabado o colégio, passado pelo exército, e deu sorte ao encontrá-la.

— Só pago o aluguel. Estou morando em um apartamento de um quarto e meio em uma rua cara.

Ron se perguntou por que ela tinha chamado a rua de cara em vez de simplesmente falar o nome da rua. Ele se perguntou por que alguém moraria em Tel-Aviv e trabalharia doze horas por dia só para bancar o aluguel. Ele se perguntou o que significava, sempre havia se perguntado, o apartamento ser de um quarto e meio. Perguntou a ela.

— Um quarto e meio? Nunca entendi o que é isso.

— Qual é a dúvida? Tem um quarto e mais meio quarto — Lea explicou.

Ela sorriu. Mas não sorria para Ron. Dois meninos de ginásio com um poodle pediram sanduíche de salame, banana em calda, manjericão e pipoca, e seu olhar se voltara para eles.

*

No meio da cidade, onde antes ficava o quiosque de sushi Japanica, onde a avenida Rothschild cruzava com a rua Allenby, Ron havia aberto o quiosque de sanduíches Sem Julgamentos. Os amigos e os pais receberam a ideia com ceticismo. O Japanica tinha sido popular com os bêbados que enchiam as boates de ambos os lados do quiosque, mas a cidade exigia um montante odioso como aluguel pelo espaço por causa de sua localização. Embora o cozinheiro japonês e o caixa israelense tivessem que recusar cerca de oitenta clientes por noite, o negócio ainda perdia dinheiro e os donos da franquia do Japanica resolveram cortar os prejuízos e fechar o estabelecimento depois de cinco anos.

Ron sempre gostara de desafios. Tivera a ideia da loja de sanduíches às sete da manhã, no ônibus que pegou para voltar a Ra'anana após uma noite bebendo em Tel-Aviv num fim de semana de folga do exército. Havia passado a noite inteira sem comer, mas sempre fora enjoado com comida e não achou nada que realmente quisesse. Indiana, vegan, fusion, iemenita, pizza — nada seria tão bom quanto o café da manhã que faria com o que tinha na geladeira dos pais. Portanto decidiu esperar, e em sua embriaguez esfomeada teve a ideia da loja de sanduíches. Achou a ideia ótima quando estava bêbado; gostou ainda mais depois de ponderá-la quando estava sóbrio, já de volta à mesa que ocupava na base. Servia de tradutor do árabe em uma das bases da inteligência, transcrevendo e traduzindo programas de rádio da Jordânia o dia inteiro. O trabalho era enfadonho mas fácil, e lhe deu três anos para refletir.

*

Um dos fregueses da hora de almoço, um velho que cuspia ao berrar as instruções, estava pegando no pé de Lea.

— Pois bem, docinho de coco, eu quero meu pimentão amarelo assado por dois minutos e meu pimentão vermelho assado por dez minutos, e quero que você tire as beiradas da fatia de peru — o homem ordenou pela segunda vez.

— Claro — Lea disse e pôs a mão em cima do balcão para tocar em seu braço manchado pelo sol. — O de sempre — declarou com uma piscadela.

— Ora — o homem resmungou. — Eu seria capaz de jurar que da última vez você assou os dois tipos de pimentão pela mesma quantidade de tempo.

Ela não fizera isso. Seguira minuciosamente as instruções dele.

— Sinto *muitíssimo* que isso tenha acontecido com o senhor — Lea disse com uma expressão pesarosa, cautelosa, como se o homem tivesse acabado de relatar que a neta havia sido assassinada quando estava sob os cuidados de Lea. — Vou fazer tudo que estiver ao meu alcance para ajudar.

Dava a Ron uma sensação boa, terna, o fato de que Lea levava o trabalho tão a sério. Ele pusera o coração naquele quiosque. Queria que fosse um sucesso, de qualquer maneira. Tinha investido uma boa quantia em uma máquina de descascar pimentão (de cobre; fabricada na Suécia). Investira uma quantia ainda maior em um maçarico de butano para o crème brûlée (alumínio; França). Demorara horas para descobrir como aquele troço pesado funcionava, mas quando Lea o usava, em questão de segundos, a chama jorrava em amarelo e laranja. Os olhos dela acompanhavam a dança.

— Você é uma ótima vendedora — Ron afirmou depois que o homem dos pimentões foi embora do quiosque. Há dias pretendia lhe falar algo de bom e então, quem sabe, convidá-la para jantar. Queria esperar uma boa ocasião. — Você é russa, não é? — ele indagou.

— Metade alemã — ela respondeu. — E metade marroquina, mas não aparento.

Ela parecia triste naquele dia, mais triste do que o habitual. Algumas vezes ficava imóvel, olhava fixo, inspirava um pouco de ar como uma criança tomando sopa.

— Você está fazendo um ótimo trabalho. É sério que este é seu primeiro emprego depois do exército? — Ron perguntou. Lea havia ignorado o elogio e virado as costas para tirar os restos de pimentão da tábua de cortar.

— É — ela respondeu. — Eu te disse na entrevista que tinha acabado de terminar meu serviço.

— Você teve algum emprego paralelo durante o serviço? — indagou. Seus ombros se encurvaram; queria fazer um elogio, mas acabou incomodando-a com um interrogatório. Não era esse o rumo que queria que a conversa tomasse.

— Nem todo mundo teve a sorte de ter mamãe e papai que arrumassem um trabalho de escritório. Eu mal tinha folga — Lea retrucou. Jogou um punhado de cebolas caramelizadas no liquidificador, mas não foi logo apertando o botão de ligar.

Ron deveria reagir. Ele teve o ímpeto de lhe dizer que os pais não fizeram nada a respeito de seu cargo no exército, que ele tinha apenas se empenhado nas aulas de árabe da escola porque sabia que combate não fazia seu estilo, mas resistiu ao impulso. Seus instintos não o levaram muito longe. Era um homem pragmático com os negócios, e desejava sê-lo no amor. De repente se lembrou do slogan do Ministério dos Transportes em uma campanha de segurança: "Na estrada não tenha certeza: tenha inteligência."

— Onde foi que você serviu? — perguntou Ron.

— Na polícia militar. Era oficial.

— Do tipo que denuncia soldados que usam drogas e tal?

— Não. Unidade de transições. Postos de controle. Cisjordânia.

— Uau — exclamou Ron. Ele procurou algo para dizer em seguida, como um braço tateando em um buraco pequeno demais para o resto do corpo. — Não deve ter sido fácil — comentou por fim.

— Não foi tão ruim assim — disse Lea.

— Você conhecia alguém do posto de controle onde apunhalaram um soldado na garganta? — Ron perguntou. Lembrou-se da matéria que tinha lido um tempo antes. O jornal noticiara que o pescoço tinha sido quase cortado ao meio, e ele se perguntou o que queriam dizer com "quase".

Foi então que Lea ligou o liquidificador. As lâminas rodopiavam, arranhando o plástico, um guincho profano.

*

A verdade era que os pais de Ron não eram tão bem de vida. Após sua temporada no exército, ele havia trabalhado feito um cão em um posto de gasolina durante dois anos para poder recolher os auxílios empregatícios preferenciais dados pelo governo aos cidadãos recém-saídos do serviço militar. Parecia incrível, mas a grana era boa. Os amigos do trabalho gastaram tudo em viagens à Tailândia e ao Peru ou em cursos pré-vestibular. Mas Ron jogava com o dinheiro. Ele jogou no mercado imobiliário, e conseguiu mais dinheiro para jogar. Jogou na bolsa, depois no mercado imobiliário de novo. Sempre foi bom com dinheiro, gostava de correr riscos, mesmo quando era apenas babá de cachorros aos doze anos. Nunca tinha imaginado que seria tão fácil. Aos vinte e sete já tinha tanto dinheiro no banco que sentia vergonha de olhar a quantia exata. O extrato criava raízes no bolso de seu jeans. Tinha pesadelos com os pais descobrindo quanto dinheiro tinha. Ainda morava com eles em um apartamento de três quartos em Ra'anana. Estava procurando apartamento para alugar em Tel-Aviv. No fim, se instalou em um apartamento de um quarto, pois o preço na cidade por qualquer coisa maior era tão revoltante que seu bom senso não permitia que ele o pagasse, apesar de todo o dinheiro que tinha. Mas, antes de achar um lugar, quando ainda estava olhando os anúncios no jornal sentado à mesa da cozinha enquanto comia abacate, limão em conserva e pão árabe com batata frita, foi que leu que o Japanica estava fechando, que sairia do quiosque alugado. A mãe lhe dera um beijo na orelha antes de sair para trabalhar na fábrica têxtil. Foi então que soube. Era hora. A vida estava começando, e estava pronto para pular de cabeça.

*

Durante uma noite no trabalho, Ron questionou se estaria desenvolvendo uma obsessão por Lea. Ficava incomodado por pensar tanto nela, embora soubesse tão pouco a seu respeito, embora soubesse que precisava se concentrar nos negócios. Até onde sabia, era possível que o rejeitasse porque era uma puritana, uma antiga colonizadora religiosa, quem sabe? Afinal, havia outras inúmeras garotas, garotas com saltos de plástico, se aglomerando em círculos pela cidade inteira. E não que estivesse sequer procurando. No decorrer do serviço militar, dormira com uma loura de Kfar Saba que transcrevia informações da inteligência em espanhol. Era uma moça doce, genérica. Depois do exército ela embarcou num avião para a Tailândia assim como todo mundo. Depois recebeu o e-mail, aquele sobre outra pessoa, uma pessoa específica.

Ron disse a si mesmo que não perdesse o foco. Dois estudantes de cinema da Universidade de Tel-Aviv continuavam a tagarelar sobre o novo filme da Natalie Portman, embora tivessem recebido seus sanduíches de carne e azeitona verde havia muito tempo e já passasse da meia-noite.

— Só acho que o filme teria sido muito mais interessante se ela tivesse trepado com o irmão quando achava que o marido estava morto, se o marido não suspeitasse disso só porque enlouqueceu na guerra. *Isso sim* seria complexidade — um deles opinou. Seus pés eram grandes demais para as banquetas junto ao balcão do quiosque.

— Concordo... teria sido bem verossímil. Tipo, ela acha que o marido morreu e o irmão dele é o gostosão de *Brokeback Mountain* — o outro estudante de cinema declarou. Usava os óculos escuros enfiados na cabeça, puxando o cabelo como uma tiara de menina. — O que você acha? — ele perguntou para Lea.

Lea escutava os dois caras com o queixo nas mãos, os cotovelos apoiados no balcão. Ela gostava de agradar plateias.

— Não vi o filme — ela declarou.

— Ah — disse o cara dos óculos escuros. — Eu poderia te levar, mas prefiro te levar para um filme que valha a pena.

— Eu diria, apesar de não ter visto o filme, que na dúvida é melhor que o máximo de personagens trepem com a Natalie Portman — disse Lea. Não era nada puritana.

— Que garota inteligente. Quem dera existissem mais garotas que nem você nesta cidade — o cara dos óculos escuros disse. Esticou o braço por cima do balcão e tocou numa mecha do cabelo de Lea. — Na dúvida — ele repetiu e riu.

Era só porque o quiosque o obrigava a passar muito tempo com ela, Ron pensou. Não devia perder o foco. Não devia ficar obcecado. Ele se levantou da cadeira de plástico e foi até o balcão. Parou ao lado de Lea. Ela tinha cheiro de pele, de carne. Contou até três. Depois esticou o braço até o outro lado do balcão e deu um soco na testa do cara de óculos escuros.

Os óculos escuros caíram no asfalto cinza, mas não se espatifaram. Ron queria abrir o punho cerrado, mas não conseguia. Olhou para os dois caras que estavam calados, furiosos. Olhou para Lea.

— Vão embora — Lea disse para os dois estudantes de cinema. — Por mim?

O mais alto se curvou para pegar os óculos escuros na rua. Levou um tempo: estava embriagado.

— Por você — ele declarou antes de dar um tapinha no ombro do amigo e puxá-lo. O cara dos óculos escuros deu uns passos para trás, encarando Ron. Depois deu as costas, de um jeito teatral, e continuou se afastando.

— Lea… — disse Ron. Ela o fitava sem rodeios, seus olhos refletindo a luz laranja dos postes da rua. Não sabia por que tinha feito o que acabara de fazer. Não sabia o que dizer. Nunca a tivera, e agora a perdera.

— Ei — disse Lea. — Está tudo bem.

Ron tampou os olhos com as mãos. Ela gostava de agradar plateias. E era isso que ele era: uma plateia; ou, pior ainda, um patrão.

Mas então.

— Você não quer sair comigo quando a Vera chegar para o expediente dela? — convidou Lea. Ela pôs a palma da mão na nuca dele. — Ei — ela chamou. Ele tinha acabado de bater numa pessoa, e ali estava ela, tocando nele pela primeira vez, permitindo que ficasse tão perto.

Foi esquisito. Mesmo depois que ela afastou a mão lentamente para pegar uma faca de manteiga, ele ainda sentia seus dedos na nuca.

*

Muitos acham que a genialidade nos negócios resulta da capacidade de fazer observações frias, sensatas, mas o tino para os negócios de Ron vinha direto de seu coração aberto, afetuoso. Tel-Aviv estava cheia de pessoas cansadas, solitárias, pessoas que haviam se mudado para a cidade quando sabiam o que queriam, mas que logo adoeceram pela competição, por terem sempre de conseguir as coisas por conta própria, por acordarem em seus apartamentos minúsculos, manhã após manhã, nuas, suadas e amedrontadas. Para Ron, todas essas pessoas eram iguais, e não era difícil compreendê-las. O que queriam era alguém que lhes desse exatamente o que dariam a si mesmas se não estivessem tão cansadas, fosse o que fosse. Alguém que nunca as julgaria.

O princípio era simples. Cada cliente podia pedir o que quisesse no sanduíche, que seria preparado da maneira que fosse, até os mínimos detalhes. Nenhuma explicação ou pedido era longo demais ou complicado demais. Um sanduíche de falafel sem falafel? Centeio e peru com três colheres cheias de açúcar por cima? Uma fatia de pizza num pão árabe com maionese? Suco de laranja aquecido no micro-ondas por doze segundos? Problema nenhum! Caso o cliente quisesse um ingrediente que não tivessem no estoque, poderia pagar adiantado por dez sanduíches e assim comprar um cartão de fidelidade rosa e verde-limão e a garantia de que o ingrediente estaria à disposição no dia seguinte e todos os dias dos quatro meses seguintes. A loja era mais que uma artimanha publicitária — era uma solução.

*

Lea caminhava à frente de Ron pelas ruas da cidade. Sempre que ele se aproximava ela acelerava o passo, até que ele por fim entendeu que andar desse jeito era o que ela queria, que era desse jeito que ela gostava. Aceitou, era do ramo da aceitação, e guardou alguns passos de distância. As ruas estavam repletas de gente, brinquedos rejeitados, roupas, folhetos. Nada na cidade parecia totalmente compatível. Mesmo àquela hora, às duas da madrugada, viram uma menina pequena andando sozinha, mas não parecia pobre — usava um casaco da Gap — e não parecia perdida. Ela cantarolava. Em um banco, um rapaz magrelo e um homem de meia-idade com um acordeão se acotovelavam diante do caderno de esportes. Lojas estavam fora do lugar, avançando vez por outra em direção à calçada. Um estabelecimento que vendia equipamentos de caminhada ao lado de uma loja judaica — nada daquilo fazia sentido. Com Lea andando à sua frente, tudo era estranho, mas não menos familiar.

Na boate LimaLima, depois de uns drinques, quando Lea desapareceu para pegar mais uma bebida, ele ainda pensava nas ruas da cidade, e seus pensamentos ficavam cada vez mais estranhos. Havia algo errado, ou talvez simplesmente não estivesse acostumado a beber tanto. Lembrou-se de que uma vez um amigo do pai havia lhe dito que as pessoas que construíram a cidade foram tão idiotas que fizeram as ruas paralelas ao mar, portanto a vista de todo mundo era para a varanda de algum vizinho em vez de ser para o Mediterrâneo. A boate estava lotada, a música tão ensurdecedora que explodia em sua cavidade torácica. Na escuridão ele só via línguas. Sentia o cheio de bafo árido e suor e spray capilar; braços e pernas roçavam contra sua barriga, sua bunda; ponderou a possibilidade de que talvez a cidade fosse uma ideia meia-boca de alguém, assim como a loja de sanduíches era ideia dele, de que nada fosse o que deveria ser, de que talvez a cidade nunca devesse ter existido nesta terra, um acidente cósmico bizarro...

Lea passou os braços em volta de seu pescoço, tomando o cuidado de não derramar sua vodca com Red Bull.

— É a quinta bebida que você toma! — ele gritou no ouvido dela. Ele também estava bêbado, lembrou a si mesmo, apesar de ter tomado apenas três bebidas.

Quando ela enfiou a língua em sua boca, ele ainda tentava empurrar para longe a ideia irritante de que havia algo errado; ele empurrava e empurrava. Em seguida puxou o corpo de Lea para perto do seu e disse a si mesmo que pensava demais, que talvez fosse uma desvantagem ser tão pragmático o tempo todo.

Na pista de dança, os dedos de Lea deslizaram por baixo da camiseta dele. Suas unhas o arranharam.

— Não sou a menina boazinha que você imagina que eu sou! — ela gritou no ouvido dele. — Fiz coisas terríveis. — Seu grito foi no volume perfeito: alto o suficiente para que ele escutasse cada palavra.

— O que quer que você tenha feito, não dou a mínima — ele berrou de volta. Puxou-a num abraço, o tipo de abraço que se dá numa criança. Ela era a melhor coisa, um conceito brilhante, a única boa ideia que alguém tivera na vida, a única coisa que se encaixava com perfeição, o cérebro dele decidiu.

*

Ele soube, na verdade, antes que seu cérebro soubesse. Que ela tinha razão. Nos três primeiros meses o quiosque Sem Julgamentos tinha perdido dinheiro assim como um asno abatido perde sangue. Saía-se um pouco melhor do que o Japanica — o grande erro tinha sido pagar aquela quantia toda em aluguel por um ponto que só atraía clientes à noite. Nenhum israelense quer sushi caro no café da manhã, e pouquíssimos querem no almoço, quando o sol faz o peixe feder. Sushi caro é uma comida pedida em Israel quando se vai cambaleando para casa ou para outra boate após o anoitecer, quando não se dá a mínima, quando se quer dar à garota com que se ficou o que ela deseja e encerrar logo o assunto: essa noite idiota, essa vida idiota toda.

A loja de sanduíches de Ron ficava aberta vinte e quatro horas, e ele ficava lá catorze horas por dia nos primeiros meses. Contratou duas de suas primas adolescentes para anotar pedidos e uma trabalhadora ilegal do Sudão para prepará-los (e limpar), mas em agosto já sabia que precisava achar funcionários novos porque as primas tinham de ir para a escola. Era patética a quantidade de pessoas da cidade desesperadas por um emprego, qualquer emprego. O telefone dele não parava de tocar. Modelos, doutorandos, atrizes de teatro. Para cada dúzia de entrevistas por telefone que fazia, agendava uma garota para um turno experimental na loja. Ele sabia que a artimanha não bastava, que para que o negócio fosse um sucesso necessitaria dos recursos humanos certos. Uma garota que não julgasse. Uma garota com quem as pessoas iriam querer comprar sanduíche. Lea.

Na entrevista, pediu a cada candidato ou candidata que descrevesse o sanduíche de seus sonhos. Pediu que não inventassem só para serem originais, e sim que fossem sinceros, que falassem a verdade sobre si mesmos.

Lea declarou que jamais ousaria lhe dizer a verdade sobre seu sanduíche, sobre si mesma. Que temia que ele não aguentasse. Foi a resposta mais pretensiosa que obteve para aquela pergunta, além de ter sido aquela em que mais acreditou.

Não a contratou por ter vontade de trepar com ela. Ele a contratou porque ela faria bem aos negócios, simplesmente. Apaixonar-se por ela no instante em que a viu foi mera coincidência. Bom, não foi coincidência — o que mais um cliente poderia querer além de ser servido exatamente do que desejava por uma garota que fosse impossível não amar?

*

Ela cortou seu caminho depois que ele girou as chaves da porta da frente de seu apartamento. Ela passou pela porta enquanto ele enfiava as chaves no bolso e se curvava para tirar os sapatos. O pescoço dela estava esticado, como se nem tivesse percebido que ele estava ali. Ela percorreu a sala de estar com os olhos, pegou o controle remoto, jogou-o de volta no sofá. Inclinou o pescoço para olhar a cozinha, acendeu a luz, apagou-a no mesmo instante. Atravessou o pequeno corredor, abriu o armário de artigos de limpeza, fechou, depois abriu a porta do quarto dele. Ele ouviu o corpo dela caindo na cama. "E então?", ouviu-a dizer quando ainda estava na sala de estar. E se sentiu um idiota, um completo idiota, por ainda não estar lá com ela.

Ele se deu conta de que nunca havia tido tempo de se imaginar dormindo com ela. Não esperava que ela dormisse com ele naquela noite, mas a sensação era de que tudo tinha sido planejado, como se o mundo tivesse fiado teias em seu cérebro ao longo de anos e um dia o jogasse naqueles exatos momentos, como na primeira vez que vemos nosso filme preferido, e a mente já guarda as lembranças de todas as vezes que o veremos de novo.

*

Estivera embriagado, portanto só se lembrava de ter adormecido ao som do próprio gemido, mas despertou ao som do de outra pessoa. Ainda estava escuro lá fora.

Encontrou-a em seu banheiro, o rosto vermelho. Havia chorado, mas agora só encostava a toalha dele no rosto e fitava, imóvel, sentada nos azulejos do chão.

Ele acendeu a luz e o amarelo o cegou.

— O que houve? — ele indagou. — Você está arrependida... disso?

— Me desculpe — ela disse. — Eu sou muito complicada.

— Você nunca precisa se desculpar comigo — ele disse e se sentou ao lado dela no assoalho gelado. — Por motivo nenhum.

— Você não quer ficar comigo — ela falou e sorriu. — Já te disse, não sou uma boa pessoa. Fiz coisas asquerosas.

Mesmo de ressaca, sonolento, continuava a ser um cara inteligente. Era capaz de imaginar do que se tratava.

— Você está falando das pessoas nos postos de controle? — perguntou.

Ela fez que sim.

— É a mesma coisa para todo mundo que passou por lá. Não foi você. Foi aquela merda de exército: ele fode com as pessoas — ele afirmou.

— Você não sabe o que eu fiz — ela retrucou.

— Não interessa o que foi — ele disse —, isso não muda nada. Se você me dissesse que teve de chutar as bolas de um vovozinho eu não daria a mínima. — Ron sentiu raiva, nojo, da cidade, do país, de quaisquer circunstâncias que tivessem levado Lea a chorar daquele jeito. Não estava certo. Nunca estivera certa aquela guerra toda que já durava setenta anos. Nunca tinha se dado conta disso até aquele instante.

— O que nós somos? — Lea perguntou e riu. — Você está querendo dizer que agora nós somos um par, como as pessoas falam nesta cidade?

— É — confirmou Ron. — Somos um par. Volta para a cama.

Ele consertaria, resolveu então. O que quer que tivesse deixado os olhos dela tão sábios na primeira vez que a vira, ele consertaria. Era com isso que tinha de lidar, e ele faria com que desse certo. Isto é que é pragmatismo.

*

Ele havia chegado longe demais rápido demais — mas não pôde evitar. No mês que descobriu que finalmente a loja de sanduíches não estava apenas se pagando, mas que começava a gerar lucro menos de um ano após abri-la, ele falou para Lea, "Daqui a poucos anos o dinheiro vai ser suficiente para começar uma família". Estava pasmo com o sucesso que fazia. Havia algum outro estabelecimento relacionado à comida em Tel-Aviv que tivesse conseguido se consolidar em tão pouco tempo? O irmão tinha lhe dito que precisaria investir dinheiro por uns dois anos até as contas se equilibrarem.

— Vai com calma, tigrinho — ela disse. Ela limpou o balcão. Ela sorriu. Para ele.

Depois do movimento do almoço, uma menina em idade escolar com aparelho dentário na cara resolveu encrencar com Lea.

— A placa diz que vocês põem o que a gente pedir no sanduíche, e eu quero uma baguete com brownie de maconha — a garota em idade escolar cuspiu.

— Bem que eu gostaria, mas a gente não tem nem licença pra vender bebida alcoólica — Lea tentou fazê-la entender.

— Eu quero o que eu quero — a garota retrucou. Estava evitando a forma delicada com que Lea tentava atrair seu olhar, a forma de Lea de tentar agradá-la como fosse possível.

— Eu sei, minha querida, eu sei… mas estou de mãos atadas.

Antes de ficarem juntos, "serem um par" como ela chamara, Ron se perguntava de onde vinha a paciência sobrenatural de Lea com os clientes, mas agora que estavam juntos havia uns meses ele sabia. Porém, Lea ainda não o deixara ir ao seu apartamento, nunca tinha concordado em dividir um táxi ou lhe dizer onde morava.

"Você sabe como são as coisas nesta cidade", ela declarara, valendo-se de um clichê quando ele a questionou sobre o assunto. "Seu apartamento é tudo que você é."

No entanto. Ele conhecia mais que apenas a Lea que trabalhava na loja; conhecia também uma outra Lea. Conhecia duas Leas. Três, na verdade. Havia a Lea que usava vestidos tão curtos que pareciam camisetas quando ia a boates, que o arrastava pelas ruas da cidade de boate em boate: a boate Cat & Dog, a Oman 17, todas famosas. Essa era a Lea capaz de dançar por horas a fio, que todos do bar conheciam e apreciavam, e para quem cantavam enquanto ela terminava o quinto, depois o sexto drinque. A Lea que ia para a cama dele quase toda noite, rindo, gargalhando, boba como uma criança e ao mesmo tempo totalmente mulher.

Havia também a outra Lea, aquela cujo choro o acordava pouco antes do amanhecer, aquela que segurava nos braços quando ela tentava fugir da cama, aquela que mal dizia uma palavra.

A terceira Lea, ainda sua predileta, era a Lea da loja de sanduíches, a funcionária modelo. Ela se comportava exatamente como no primeiro dia. Mas era ele quem estava diferente. Como não estaria?

— Que tal você dar o fora daqui? — Ron gritou para a menina em idade escolar. — O que você está fazendo não tem graça. Não é uma fofura. Você parece um rottweiler com esse aparelho aí.

— Você vai se arrepender — a menina ameaçou. Pôs a mochila de mangá nas costas e foi embora.

— Você não precisava ter agido assim — disse Lea. — Estava tudo sob controle. — Ela se virou para descascar berinjelas assadas.

Ron estava tentando se acalmar. As pessoas de Tel-Aviv enchiam seu saco. Essas merdas nunca aconteceriam em outro lugar, mas naquela cidade qualquer coisa era admissível. Um homem não podia nem ficar impune por sua artimanha publicitária. Quando a Domino's disse que entregaria suas pizzas em qualquer lugar da cidade em trinta minutos ou o pedido sairia de graça, centenas de pessoas esperaram o horário de verão e depois berraram com o entregador que ele estava uma hora atrasado e exigiram que a pizza fosse grátis. Ron chegou a desconfiar de que as pessoas da cidade estavam roubando coisas quando Lea e Vera davam as costas. Coisas que tendiam a sumir — talheres, xícaras — naquele dia em que ele não conseguia achar nem o maçarico de butano.

Observou Lea quebrando nozes, rolando-as sobre a tábua de madeira. Seu rabo de cavalo balançava. Algo mudara. Observou-a se curvar debaixo da pia para jogar fora as cascas.

Ela se movimentava com lentidão, de forma metódica, dobrando os joelhos, mantendo a coluna reta.

— Você machucou as costas ou alguma coisa assim?

— Eu não acabei de dizer que estava tudo sob controle? — retrucou Lea. Ela ficou de pé, pegou uma faca de manteiga. Lançou um olhar desconcertante para Ron.

— Me desculpe, me desculpe. É só que eu não quero que você se machuque — explicou Ron.

— *Você* é que vai se machucar se não calar a boca — disse Lea. Ela apontou para ele com a faca de manteiga. Depois se aproximou, largou a faca no balcão, esticou o braço. Pegou a mão de Ron. Sua mão era macia, e quando ela sorriu, Ron se esqueceu da irritação, se esqueceu das dúvidas, se esqueceu até de que dúvidas podiam surgir neste mundo.

*

— Gosto muito do meu trabalho. — Ela declarou de repente em uma das horas antes do amanhecer em que ele a segurava nos braços. — Adoro dar às pessoas o que elas querem. Nos postos de controle a gente ouve um monte de histórias fantásticas… todo mundo estava com a mãe à beira da morte em algum lugar, o casamento do filho que tinha sobrevivido a um ataque de lobos demoníacos… e a única coisa que eu podia falar era que minhas mãos estavam atadas porque a licença que tinham não era da cor certa, ou porque tinham chegado cinco minutos atrasados.

Ron não sabia o que dizer. Beijou-lhe o ombro.

— Obrigada por ter me dado o emprego — ela declarou.

— Você já teve vontade de fazer vista grossa, de deixar alguém passar pelo posto de controle quando não devia? — ele perguntou depois de uns minutos de silêncio.

— Pensei nisso, um pouco, às vezes. Aí aquele cara apunhalou um dos nossos no pescoço pela janela do carro. A gente não devia chegar tão perto dos carros, mas esse soldado chegou… acho que o cara do carro fingiu que também tinha uma história. E quando eu era oficial não podia simplesmente deixar que as pessoas passassem, porque aí eu era a oficial.

O corpo de Lea era bem menor que o de Ron; parecia ainda menor quando ele o segurava. Quando ela bebia demais, às vezes a carregava escada acima. E no entanto sabia que ela tinha feito coisas de que ele não seria capaz; bom, talvez fosse capaz, mas em todo caso não tinha feito. Havia transcrito árabe num escritório. Ter consciência disso tornava mais fácil e mais difícil segurar aquela mulher nua nos braços. Mais fácil porque sabia que ela era mais forte; não precisava dele; apenas o queria. Mais difícil porque sempre se perguntava se seus braços a seguravam com força suficiente.

— Não deve ter sido fácil — ele disse por fim. Ainda lhe faltavam palavras, mas precisava dizer alguma coisa, e abraçando-a com tanta força, esperava que Lea compreendesse.

— Não foi — ela disse. — Apesar de nunca ter gostado do Yaniv, o garoto foi apunhalado. As sobrancelhas dele eram grossas e pontudas, que nem setas felpudas.

— Era por isso que você não gostava dele? — Ron perguntou.

— Elas pareciam lombrigas surpresas.

— Não tem problema não gostar de alguém. Você não sabia.

— Pode ser.

*

No final do dia em que a garota pediu brownie de maconha, outro palhaço apareceu. Era um bêbado, russo, gordo.

— Quero carne de bebê no pão de chalá — ele pediu.

— Bebê de cordeiro? Bebê de boi? — Lea indagou.

— Bebê *bebê*, piranha — ele retrucou. — É isso que eu quero.

Lea gelou e olhou para ele.

— Dá para ver nos seus olhos que você seria capaz — o homem declarou. As bordas de seus olhos emitiam um brilho amarelo doentio. — A placa diz "o que você quiser", não diz? — questionou. — Dá para ver nos seus olhos que você seria capaz.

Lea fitou as próprias sandálias. Depois ergueu o olhar. Olhou para a esquerda, para a direita. Ron nunca a vira tão assustada. Era como se o homem apontasse uma arma para sua cabeça, como se o mundo inteiro estivesse lá fora, esperando para persegui-la.

Ela saiu correndo do quiosque.

Ron ouviu as sandálias estapeando o asfalto num ritmo regular.

— Espera! — ele pediu.

Pegou uma nota de quinhentos shekels do caixa e colocou-a na mão do velho que sempre pediu sanduíche de pimentão vermelho e amarelo.

— Se você ficar de olho na loja até a Vera chegar para o turno da noite, te dou mais — ele murmurou.

Não aguardou a resposta do velho. Correu.

Ela era veloz, mas ele também era ágil. Vislumbrou-a entrando num táxi e por sorte também conseguiu pegar um. Lea não olhou para trás. Ele queria dizer para o motorista, "Siga aquele táxi!", mas se sentiu um tolo. Nem sabia se dizer uma coisa dessas era lícito na vida real. Então falou para o taxista que lhe daria instruções rua a rua. Falou que se lembrava da rua para onde queria ir; ele só não conseguia se lembrar do endereço.

*

Era *mesmo* uma rua cara. Viu quando ela saltou logo depois da praça Rabin e caminhou pela rua Zeitlin. Deu ao taxista uma nota de cinquenta sem aguardar o troco, desceu e andou devagar atrás dela. Seguiu-a prédio adentro e esperou na escada até ouvi-la fechar uma porta no terceiro andar. Ele se perguntou como ela reagiria, por que não tinha simplesmente chamado seu nome. Percebeu que estava curioso para saber onde ela vivia; e, por mais feliz que estivesse conhecendo três ou até quatro Leas, ficaria mais feliz ainda com apenas uma, com apenas ela.

Esperou cinco minutos. Ficou mexendo na poeira das plantas de plástico do corredor.

Bateu à porta.

Ela abriu descalça, vestida somente com uma blusa branca.

— Você não devia ter me seguido — ela disse.

— Precisava ver como é esse negócio de um quarto e meio — ele tentou brincar.

Ela não sorriu. Parecia cansada, nunca lhe parecera tão cansada.

— Estou entrando — ele avisou.

Ela deu um passo para o lado sem dizer nada, abrindo caminho para ele.

Ele apenas vislumbrou a sala de estar e a cozinha antes que ela o puxasse pelo braço. Parecia o apartamento dos pais de alguém. As almofadas no sofá eram de tricô e combinavam com os quadros de travessas de frutas e pontes das paredes. Sentiu cheiro de incenso; madeira perfumada, queimando.

No quarto dela tudo acontecia mais rápido do que nas noites de embriaguez no apartamento dele. Ela não parava de pegar suas mãos e botá-las ali, depois rapidamente acolá, depois em outro lugar. Ela o empurrou, com força, para cima da cama quando ele tentou tocar seu cabelo. Ele caiu de costas e se perguntou quanto custava um colchão ortopédico como o dela e por que ainda não tinha comprado um.

Ele perguntou o preço a ela, e ela riu, e se acalmou. Ele pôs a mão em sua nuca. Sua Lea.

Ele se rendeu. Ela também, no final das contas. Adormeceram.

*

Ele despertou com o som familiar de alguém soluçando e por um segundo se esqueceu de onde estava. Lea jazia ao seu lado, imóvel, e quando ele se inclinou para olhá-la viu que ela dormia profundamente em vez de chorar, a respiração regular, mais serena do que nunca.

Ele ouviu de novo. Um soluço. Um gemido. Saiu do quarto e parou de cueca samba-canção no corredor pequeno. Sentiu-se um idiota, deslocado, frio. O ar-condicionado ribombava, mas não o sentira debaixo das cobertas grossas.

Ouviu o som de novo. Vinha de trás da porta ao lado do quarto.

*O meio quarto*, ele pensou.

Tentou abri-lo, mas estava trancado. Conhecia Lea, conhecia bem o suficiente para saber onde esconderia a chave. Sempre que Vera se atrasava para o expediente e Lea tinha de ir embora de qualquer jeito, ela abaixava as persianas do quiosque e escondia a chave debaixo da lixeira da rua. Não havia lixeira no corredor, mas tinha uma urna sobre o tapete, cheia de talos de bambu falsos.

*

O meio quarto era exatamente como um quarto normal, porém com metade do tamanho, e não tinha cama, mas havia um maçarico de butano no chão — alumínio, francês; o que comprara para o quiosque. O alumínio estava coberto de gotinhas vermelhas.

E o homem, é claro. Era impossível não reparar no homem. Havia um árabe de meia-idade no quarto, no chão, de mãos e pernas algemadas. Estava nu, e a pele de suas costas estava queimada. Seu rosto era um amontoado de cores e protuberâncias, amarelas, vermelhas, azuis. Ele ergueu os olhos e abriu a boca. Não tinha os dois dentes inferiores da frente, portanto o único dente estava sozinho, como o de um bebê.

Nada fazia sentido; nada parecia compatível. Ron abriu a boca, mas não saiu nenhuma palavra. Sentiu a mão dela em seu ombro.

— Não imagino que você vá entender — disse Lea. — Eu o vi desmaiado de bêbado em um banco ao lado da obra debaixo do meu prédio dois dias atrás e tive certeza de que o conhecia. Fadi. Então o peguei. Ele matou um garoto da minha unidade. Cortou o pescoço dele. Esticou o braço para fora do carro e agarrou pela gola e com a faca…

— Ninguém falou nada quando te viram carregando ele? — perguntou Ron, a voz vagarosa.

— Isto aqui é Tel-Aviv — ela disse.

— Me ajuda — o homem pediu a Ron em árabe. Sua voz era rouca, ar sem cordas vocais.

— Levei duas horas para trazê-lo aqui para cima. Ele estava tão bêbado que nem resistiu, mas fiquei preocupada com a possibilidade de deslocar totalmente a minha coluna — explicou Lea. Sua voz parecia sonolenta. — Ele não para de falar comigo. Fala e fala e fala. Acho que a esta altura você já percebeu que não entendo nem uma palavra de árabe. Eu achava que ele ia parar de falar depois de quebrar os dentes dele, mas ele não para.

— O que foi que eu fiz? — o homem perguntou a Ron. Ele olhava para Ron como se imaginasse que Ron era uma autoridade, como se fosse um agente do Mossad de alta patente que finalmente chegasse para botar ordem na situação.

A cabeça de Ron latejava, uma ressaca, embora não tivesse tomado nem um gole na noite anterior. Lea não parava de falar.

— Eu também não consigo parar; não posso deixar que ele vá embora.

Ron olhou para o homem e com um gesto pediu que ele ficasse calado. Olhou para o relógio. Em menos de duas horas ele começaria seu expediente na loja de sanduíches. Pegou o maçarico de butano.

Ele desferiu um golpe na nuca do homem. O homem se dobrou; seu rosto baqueou contra o chão. Foi um golpe certeiro, firme. Ron não teve como não pensar se o golpe teria quebrado o maçarico, se nunca mais funcionaria.

Pôs a mão na nuca de Lea, e ela se aproximou e molhou o peito dele, depois começou a beijá-lo, beijos breves, como uma criança sorvendo sopa.

Ele pensou.

Talvez pudessem passar mais umas horas na cama antes de irem para o quiosque. Pôr uma música para tocar, tomar uns drinques. Não fazia mal ser cinco da manhã; o emprego, a cidade, não eram patrões deles. Claro, em breve teria de ajudar Lea a largar o homem, e assustá-lo a ponto de guardar segredo. Mas teria muito tempo para isso.

A manhã era deles.

A cidade era deles.

E talvez tudo seja a imaginação de alguém.

Por favor, sem julgamentos.

# III

## O pós-guerra

E quando os soldados garotos voltaram da guerra eles torturaram as soldadas garotas que os aguardavam. Foram quatro dias. No fim teve gente morta.

Isso foi o pós-guerra, mas todo mundo sabia antes de acontecer. Todos os soldados reservistas foram convidados a participar, e pouquíssimas pessoas, talvez só algumas jovens, ficaram surpresas.

Nenhuma das mulheres era obrigada a ficar por lá. Lea estava casada, grávida de três meses — embora ainda não tivesse contado a ninguém. Avishag estava tomando antidepressivos e vendo um psiquiatra. Yael estava em Goa, Índia, na época, traduzindo as letras de uma comuna musical itinerante. Todas mantiveram certo contato ao longo dos anos. Não tinham contato regular com mais ninguém da vila, nem mesmo com os pais.

Avishag tinha carteira de motorista. Levava as garotas para a base de treinamento em seu Subaru cadavérico. Foram mandadas para a mesma base porque Shai, o oficial, tinha o hábito de trepar com Yael e ele estava esperando que ela voltasse do mundo para fodê-lo mais.

Elas voltaram, mas não eram mais necessárias. Agora eram mulheres. As mais jovens entoavam canções que manavam leite e mel. *Tenho amor dentro de mim e ele vai crescer e te conquistar* e *Eu nem sempre invento palavras*. Estavam diante dos monitores de vigilância nos centros de comando, totalmente paramentadas junto aos portões; verificando quem era cada pessoa que entrava na base. Calibrando armas com o L-beat, um laser vermelho que permitia que alguém corrigisse a arma sem dispará-la.

— Ei, onde é que a gente descansa? — Yael perguntou às meninas reunidas na areia, perto do centro de controle. Brincavam de um novo jogo de cartas chamado Mentiras da Selva. As regras mudavam todo mês, a cada baralho novo.

— Você acabou de chegar — uma jovem do posto de controle disse, jogando duas cartas, pegando três. — A gente nem precisa de vocês, suas putas.

— Você jogou três cartas e agora vai ter que descartar quatro na próxima rodada — declarou Lea. — E, como sou oficial, sugiro que você meça suas palavras.

A garota as levou para o alojamento delas no contêiner de armazenamento de armas e munições Negev.

As mulheres agradeceram e ela riu como se não houvesse amanhã.

— Vocês não deviam ter vindo. Está tudo sob controle.

A Negev, nomeada assim em homenagem ao deserto, era uma metralhadora leve e modesta desenvolvida em Israel. O ambiente fedia a gasolina; as armas tinham sido limpas havia pouco tempo, e estavam empilhadas contra a parede. O assoalho era de madeira, e ervas daninhas que batiam nos joelhos das meninas surgiam das frestas. Havia quatro colchões verdes no canto esquerdo.

— Bem — exclamou Avishag.

— LOL — disse Lea.

Yael cantou uma música sobre um pato que queria fazer perguntas, uma música de que se lembrava de quando eram pequenas.

De repente todas as luzes da base se apagaram.

— Por quê? — indagou Avishag.

Em seguida tirou o vestido vermelho, seus seios firmes à luz do dia. Lea tirou da mochila verde o uniforme e o equipamento que pegara no contêiner de suprimentos.

As garotas se trocaram e fofocaram.

A placa de papelão do contêiner de suprimentos dizia: SE VOCÊ QUERER, A GENTE NÃO TEM. Era uma piada, e Lea riu.

Estavam na base abandonada construída em 2012 com o intuito de treinar bombeiros, que, vindos de várias cidades, todos os anos passavam um mês ali, para se preparar para incêndios como o ocorrido na floresta de Carmel em 2011.

A base era amarela, imensa, americana.

*

Shai falava ao celular, mas quando viu Yael desligou o telefone. Caminhou pela areia na direção dela, e Lea e Avishag gelaram. Yael deu passos vagarosos.

Shai pôs as mãos no quadril dela.

— Esperei você, mas amanhã estou indo embora com os meus soldados — disse Shai. Ele e Yael tinham se encontrado em uma parada do orgulho gay em Jerusalém poucos meses depois que ela saíra do exército; ele tinha sido contratado para mais cinco anos, o que parecia uma eternidade. Estavam na fila do gelo colorido, e o suor de ambos se misturou quando um carro alegórico com transexuais vestidos de flamingos imprensou todo mundo. Já tinham tido algum contato antes: ele era o oficial quando ela já estava terminando o serviço.

Agora Lea e Avishag observavam Yael e cruzavam os braços. Até Avishag estava interessada. Esperavam para ver o que Yael faria; Yael tinha a impressão de que os outros estavam sempre esperando para ver o que ela faria. Como se ela soubesse.

— Me mostre onde e como você vai levá-los — pediu Yael. Em seguida o beijou. Nunca gostara de beijar. Enfiar a língua na boca de outra pessoa. Parecia uma tática de sobrevivência medíocre. Sentiu o gosto do pão que ele engolira recentemente.

— O que vocês andam fazendo? — Shai perguntou por sua vez.

Lea havia se casado com o cara que criara a cadeia de lanchonetes Sem Julgamentos. Morava em Tel-Aviv e passava os dias fumando em cafés, escrevendo livros pornôs sobre nazistas matando judeus de tanto fodê-los no chuveiro e meninas de sete anos perdendo a virgindade por meio de incesto e dupla penetração. Usou pseudônimo e foi bem aceita no mundo inteiro. Avishag havia deixado a mãe em Jerusalém e estava morando com o tio em uma pequena cidade planejada no deserto de Negev, trabalhando como monitora dos jovens na tropa de escoteiros dos etíopes e incorporando aulas de equitação ao currículo deles. Nas horas vagas, desenhava histórias em quadrinhos inspiradas em Emily, a Estranha, chamadas *Emily, a Tristonha*. Emily, a Tristonha, sempre perdia as chaves ou perdia o ônibus, mas ninguém a ajudava e então ela se sentava em um balde em uma plantação de papoulas e chorava. Avishag tinha escaneado as imagens e mandado por e-mail só para Yael, mas Yael não abriu os outros anexos depois de ver o primeiro, em que Emily se esquece de como somar e não consegue saber se tem dinheiro suficiente para comprar uma escova de cabelo. Yael estava ocupada correndo o mundo na época, uma ideia que prometera a si mesma no dia em que se demitiu do emprego no aeroporto com sete mil shekels guardados, traduzindo obras que encontrara na China, Romênia, Zimbábue, Índia, e colocando-as on-line de graça. E fazia música. Em todas as línguas. Música que botava na internet e que as pessoas amavam, embora não soubessem que eram dela.

— Caramba, Yael — Shai disse, depois de toda a conversa fiada. Ele mesmo não tinha nada a contar. — Tem alguma coisa que você não faça? — indagou.

— Não — respondeu Lea enquanto dava tapinhas nas costas de Yael. Yael sentiu as unhas em sua pele como lamúrias. — Nossa querida Yael é uma putinha renascentista.

— Tá bom — disse Yael.

— Lea, por favor. Estamos no meio de uma guerra — disse Avishag.

— Eu pedi o plano para amanhã — declarou Yael. E olhou para Shai. Seu olhar era como a linha de um pescador. Não o soltaria.

*

Shai esvaziou o centro de controle para que os dois pudessem conversar. As paredes da sala eram cobertas de mapas, havia cereal no chão e fitas de cabelo das cores do arco-íris e rádios espalhados sobre as mesas.

Yael pediu que Shai não fosse embora.

Isso foi depois que ele lhe mostrou esboços da escola que derrubariam, a localização de cada franco-atirador, cada janela.

— Você vai acabar morto. A gente não pode entrar na Síria por terra — disse Yael.

— Tenho que ir — disse Shai. — Sou o oficial.

— Eu faço o que for preciso — declarou Yael. Ela arranhou o nariz dele e se pôs, feito um gato, de joelhos. O assoalho estava cheio de poeira e cereal; células mortas que sentia através das pernas da calça.

— Yael. Você é paranoica.

— Eu ando pela base, pelo mundo, para sempre, engatinhando, com seu pau na boca.

— Casa comigo? — pediu Shai. Ele olhou para baixo, para ela. Estava brincando, mas ambos sabiam que piadas eram mais precisas quando a morte parecia próxima.

— Preciso viajar. Mas quem sabe um dia.

— Um dia não basta. É tanto faz como tanto fez. — Yael sabia que não devia dizer não, então entregou os pontos e desistiu. Na verdade sabia que não havia nenhuma solução genuína em suas palavras. Não para Shai. No caminho de volta para o contêiner, gafanhotos olhavam o próprio reflexo nas poças de gasolina que se formaram com a limpeza das armas, e mergulhavam nelas.

*

Ela entrou no contêiner sorrindo. Imaginou que fosse uma obrigação. As luzes estavam apagadas de novo.

— Você chegou! — Avishag disse. Estava trançando seu cabelo ralo após o banho, usando um pijama de verão estampado com tortas.

— Vamos brincar de história — sugeriu Lea. Tirou uma vela do bolso sem fundo e a acendeu.

As garotas pegaram canetas e papel e cada uma delas escreveu uma frase. Era um jogo que não jogavam desde a sétima série. A versão aprimorada de Cadáver Requintado. Lea podia ver as frases de Yael, mas não as de Avishag. Ela continuou a frase que viu. A de Yael continuava a de Avishag; ela nunca via a de Lea.

As histórias que escreviam, em geral, eram sobre cães mortos fazendo amor em um lugar semelhante à Antártida, letras de músicas do *American Idol* alteradas e madrastas tão gordas que esvaziavam as piscinas do kibutz se pulassem de cabeça. As três folhas eram passadas adiante em círculo, cada uma dobrando a frase que via e deixando a própria frase para que a garota à sua direita a visse, como um leque das palavras que havia em todas elas, afundadas em tinta.

Não ajustaram nenhum relógio. Sussurraram entre as camas na noite anterior que acordariam sozinhas. "Despertar natural" — era a expressão do exército que ninguém mais usava, destinada àquelas raras auroras em que não precisavam acordar para fazer nada de manhã.

*

Os garotos estavam longe, em um ônibus sacolejante ou em outra terra, quando as garotas acordaram; tinham sobrado apenas as meninas mais novas. Já passava do meio-dia quando as mulheres tiveram vontade de sair e passear pela base.

As meninas da turma das mais gostosas se cobriam de gelo e se bronzeavam nuas do lado da bandeira. Não restava ninguém para treinar na base, não havia estande de tiros ou portão aberto para vigiar pelos monitores. Uma das meninas, uma linda garota com uma pluma fina de cabelo louro cobrindo a nuca, pulava entre as que estavam estiradas no chão. "Corre, ratinho, que o gato tem fome", cantava enquanto pulava, e as meninas tinham que rolar e aumentar o espaço entre si, já que ela sempre conseguia pisar nos espaços, por mais distantes que ficassem. "Com mais sete, vinte e um", a cantiga da menina continuava enquanto as três mulheres se afastavam.

— Então, a gente vai saquear os trailers dos homens ou não vai? — perguntou Lea. — Vocês não podem negar que sempre quiseram fazer isso.

Lea parou e se aproximou de Yael. Deu um beijo em sua testa. Ela estava com um ar mais suave. Seus lábios tremeram contra a pele de Yael. Talvez fosse o bebê dentro dela, mas Yael achava que era apenas a serenidade de envelhecer.

Caminharam pela base e encontraram as meninas menos populares com seus maiôs vermelhos e com estampa de leopardo. Seguravam as mãos umas das outras em uma roda com tanta firmeza que os nós dos dedos estavam brancos. Avishag ficou contente porque conhecia a brincadeira. Era uma brincadeira de aniversário. A menina especial do dia ficava dentro do círculo e era o gato. Do lado de fora ficava uma menina que servia de rato. A meta era que a roda nunca deixasse o gato sair. As meninas entoavam uma canção antiga das garotas do exército: "Que bagunça, que bagunça. Putas ganham grana pela sacanagem, com a gente é de graça."

— É o dia da nostalgia — uma ruiva alta, o rato de fora do círculo, disse para Avishag. Ela lera seus pensamentos. — Então você pode participar, apesar de ser velha. Mais tarde a gente pode brincar de professoras e alunas, e aí você pode bater na gente com os bastões L-beat de calibragem.

— Cada bastão custa três mil e quatrocentos shekels. Você só pode estar de brincadeira. Quem é seu instrutor de tiro? — Yael indagou. Desde que vira as meninas pela primeira vez, andava procurando a si mesma quando jovem. A menina mais baixinha, a magricela. Mas não estava em lugar nenhum. O corpo de todas as meninas lhe pareciam de amazonas.

— Eles não têm mais utilidade nenhuma — explicou a menina com olheiras escuras tão grandes em torno dos olhos que chegavam às bochechas. Era ela a instrutora de tiro, era visível. — Os garotos estão entrando na Síria a pé. Estamos todos perdidos. Sei lá o que vai acontecer!

— Ignore, ignore — disse Lea, enxotando uma aranha imaginária do ombro. — Nunca gostei de criança. Vamos para o castelo dos meninos pra gente se divertir que nem adulta.

As três ouviram a menina que fazia o gato rompendo a roda quando se aproximavam da área onde estavam os trailers dos rapazes. Ela rompeu o círculo com o gemido de um robô abafado. Nenhuma das mulheres se virou para vê-la pegar o rato.

*

A área dos trailers dos garotos era estruturalmente igual àquela em que Avishag dormia em sua época de serviço perto do Egito. Pela aparência dos cômodos, os meninos tinham recebido ordens para sair no meio do jantar. A borra escura de um filtro de café tinha sido entornada em um colchão. Cuecas amarelas com manchas marrons tinham sido abandonadas na soleira da porta. Havia uniformes, giletes, rosquinhas, até dinheiro, espalhados pelo chão.

Yael escutou uma voz. Era a voz de uma mulher, mas soava como o gemido metálico da menina que fazia o gato escapando. Os meninos deviam ter deixado a tevê ligada, pensou. No final das duas fileiras compridas de trailers, a “sala de recreação” estava aberta. Sempre detestara o fato de que, por haver mais garotos em todas as bases de treinamento, só eles tinham o direito de se divertir à noite. As meninas podiam assistir tevê caso entrassem acompanhadas durante o dia, mas ela sempre vigiava ou treinava de dia. A não ser que estivesse trepando com alguém importante, era "Nada de tevê para você depois do jantar, mocinha!"

Lea havia se enfiado em um dos trailers. Avishag e Yael estavam do lado de fora e a viam cheirar colchões e meias encardidas.

— É esse o tipo de coisa que te deixa excitada hoje em dia? — Yael perguntou. — Achei que você fosse uma senhora casada.

— Ai, meu Deus — exclamou Avishag. Ela raramente falava em nome de Lea, mas obscenidades faziam seus olhos revirarem.

— Um pouco. Me excita um pouco — Lea berrou, ainda cheirando. — Mas na verdade estou tentando detectar suor russo... Espera aí! — Lea olhou debaixo da cama portátil com colchão coberto por lençóis vermelhos que havia acabado de fungar. — Achei!

Ela descobriu três garrafas que faziam parte de uma embalagem de quatro *schnapps* de pêssego, unidas com plástico branco. Avishag tinha esperança de que o russo não tivesse levado a quarta garrafa para a Síria. Garotos russos costumavam lidar com as automáticas.

— Ele deve ser gay. Que garoto bebe essas merdas? É a nossa preferida, Yael! É bom demais pra ser verdade.

*

As garotas se esticaram nos aveludados sofás quebrados da sala de recreação. Yael tomou um gole grande e sentiu o nervosismo de seu corpo desacelerar. Lea já tinha tomado um quarto de sua garrafa. Yael não entendia o que a tevê exibia. Era um videogame, criado de forma que o jogador era os olhos. Uma mulher de voz maquinal recitava ofensas: "Os resultados do teste do nível anterior do jogo concluem que você é um péssimo ser humano. Não estávamos nem testando esse ponto", a voz declarava. O cenário parecia um laboratório de física bagunçado. Cimento e lava laranja. Robôs atiravam e falavam com voz de criança: "Aonde você foi? Eu não te odeio."

Yael passou a garrafa para Avishag.

— Não posso — disse Avishag. — O remédio.

— Ah, é, o remedinho maravilhoso — retrucou Lea, e beliscou a bochecha de Avishag. — Me conta, Avi fofucha, o doutor Jivago abelhão aumenta sua dose antes ou depois de foder contigo?

No momento em que fez o comentário, Lea se arrependeu. Avishag examinou a unha como se fosse um monitor do centro de controle. Lea, estranhamente, era mais legal bêbada do que sóbria, e se questionou se a crueldade que sangrava de suas palavras era a forma que o bebê tinha de dizer que não era muito fã da bebida de pêssego.

— Minha médica é mulher — respondeu Avishag. Apesar de ter sido Yael quem saíra do país, as que menos se viam eram Avishag e Lea desde que haviam brigado feio porque Avishag contara a Lea que estava tomando antidepressivos. Ficaram amigas de novo após o exército, quando Avishag precisava de Lea, com Lea se entusiasmando ao lhe dizer exatamente o que precisava fazer para curar a tristeza. Lea acabou se decepcionando porque Avishag achara uma solução que nada tinha a ver com ela.

Yael pensou que tinha de dizer alguma coisa, mas se deu conta de que sempre pensava que tinha de dizer alguma coisa. Então não disse nada. Passou os olhos pelo ambiente, sob caixas vazias de pizza e revistas pornográficas, e viu a caixa do jogo de computador. O videogame se chamava Engenharia Humana INC 2. Leu o verso:

> *Este jogo é uma série de problemas matemáticos que devem ser resolvidos ou haverá morte e dores lancinantes. O jogador, Many, segue as ordens de um Intelectual Cibernético chamado SOG-SOD (Serviço Organizador de Genoma e Sistema Operacional em Domínio) para completar testes no Centro de Aprimoramento da Engenharia Humana INC, com a promessa de receber pizza congelada caso o teste seja concluído e o voluntário continue vivo e ainda tenha papilas gustativas e rosto.*

*

A voz feminina automatizada se repetia o tempo inteiro, invisível. Yael fechou os olhos e prestou atenção. "O Centro de Aprimoramento lamenta informar que o próximo desafio é impossível. Não tente resolvê-lo." E: "Francamente, esta parte do jogo foi um erro. No seu lugar, já teríamos nos matado. Exatamente o que, pelos dados que temos aqui em seu arquivo como voluntário 3.288, sua mãe biológica quis fazer quando te entregou para adoção ao deixá-lo na lixeira, na noite posterior a uma festa da linguiça."

Yael apertou um botão do joystick, em seguida apertou todos. Lea bebia mais rápido. Avishag observava com o olhar fixo. Yael gostou de ter o que fazer naquele momento incômodo. Enfim o jogador da tela apareceu sobre a lava. A voz feminina ficou mais alta: "Bom trabalho! Você manteve as esperanças e se dedicou aos seus objetivos em um ambiente opressivo e negativo. Você devia se tornar ativista e libertar uns escravos."

A fase seguinte do jogo era conduzida em uma câmara de incineração para androides mal programados. Deslizavam por uma esteira de fábrica e entravam no fogo, balbuciando como bebês: "Sou mal programado. Só sirvo para ocupar espaço. Obrigado por acabar comigo e ajudar o Centro de Aprimoramento a prosperar!" À exceção de um androide, que repetia baixinho: "Fui bem programado. Sou *diferente*", até queimar. Yael imaginava como era a cara do americano que tinha feito o roteiro do jogo. Depois ficou imaginando quem seriam os jogadores. Todos aqueles que tinham visto a câmara.

— Ouçam, meninas — ela disse para o sol que adentrava a sala de recreação. "Ouçam meninas", de novo aquela expressão, assim como em todas as vezes que a usara enquanto crescia.

— Ih, não — comentou Lea. — É sempre um mau sinal quando ela fala assim.

Avishag ficou contente por Lea finalmente voltar a falar. Ela sorriu, mostrando os dentes.

— Vão matar todos nós. Os garotos. É este o jogo que eles jogam — disse Yael. Ela apontou para a tela.

— Ai, não, Avishag! — berrou Lea. — A Yael está achando que ela é o profeta Jonas de novo! — Falava de Yael como se ela não estivesse ali.

Avishag riu. Segurou o rosto de Yael nas mãos.

— Yael. Você não é o Jonas. A gente já conversou sobre isso na quarta série. E na sétima também.

Yael teve a sensação de que poderia inalar a voz de Avishag. Sentira saudade do som daquela voz, a voz genuína, com sua verve de cinismo não remediado.

— Eu sei que não sou o Jonas, dã — retrucou Yael. Naquele segundo, tudo começava a ficar um pouco melhor.

— Você também não é a Joana d'Arc — explicou Lea.

— E acima de tudo você não é uma Donzela de Lorraine. Eu vi aqueles e-mails que você mandou de Paris. Como é que foi mesmo? Quatro caras em um fim de semana? — Avishag indagou, e as três caíram numa gargalhada tão uníssona que se alguém estivesse por perto para escutar teria pensado em um trator engasgado.

Lea foi a primeira a parar de rir.

— Mas, sério, se a gente se esquecer da Yael recriando um plano de produção melhor para o *Armageddon* do Bruce Willis, o que eu queria dizer é que, Avishag, me perdoe. Não é da minha conta seu remédio.

Avishag pegou a garrafa das mãos de Lea. Derramou o líquido na boca, parou, engoliu. Depois riu. Uma risada que descia e subia como um ioiô. Foi assim que ela fez. Foi assim que começou a chorar.

— Você tem razão, Lea. Queriam que eu fosse para o exército, então fui para o exército. Aí um monte de pensamentos passava pela minha cabeça e os pensamentos interrompiam todo mundo, então eles queriam que eu tomasse remédio. Aí a mãe de um dos escoteiros descobriu que eu tomo remédio, e agora querem me demitir. Vou ter que voltar para a casa da minha mãe, que ainda mora com a mãe dela. Com esse pessoal é um beco sem saída.

Ninguém no mundo ouvia Avishag falar por tanto tempo desde a comandante do gás lacrimogêneo. Ela falava como se abrisse uma lata com os dentes.

— Quem é "esse pessoal"? — perguntou Yael.

— Todo mundo que não eu — Avishag respondeu.

Lea afagou o joelho de Avishag. Passou pela mente de Yael que ela era a única que não tinha mudado, as outras duas tinham, porém ela ainda sentia que era ela mesma.

— Não é só com você — afirmou Lea. — Com aquele pessoal também é um beco sem saída. As lanchonetes do Ron são um sucesso. Mas ainda assim a gente não consegue achar um lugar grande o bastante pra criar filhos em Tel-Aviv. A demanda é enorme… não existe nada disponível.

Ambas olharam para Yael. A princípio achou que a olhavam em busca de orientação, mas depois viu o traço de constrangimento na lateral da boca de Lea. Olhavam para Yael como se ela fosse uma estranha.

— Não me olhem desse jeito. Também não é nada fácil pelo mundo afora. Para qualquer canto que você vá, são trens que não dão as caras, reclamações por causa do barulho. Carros de polícia na calçada de avenidas movimentadas que te obrigam a andar no meio do tráfego. É como se torcessem para você ser atropelada.

As garotas a fitaram como se ela fosse uma aspirante a membro da turma. O desespero soava falso em Yael.

— Mas. Não viajei o mundo inteiro, óbvio — constatou Yael.

E então todas respiraram.

*

A partir de então os dias de guerra foram agradáveis para elas. Viam tevê por satélite o dia inteiro. Todas tinham somente tevê a cabo normal na casa dos pais e onde mais viviam, portanto os canais novos eram uma bênção. Assistiram a uma maratona de *Gilmore Girls* e ao programa do Discovery Channel sobre texugos. Viram um documentário chamado *My Car Is My Lover* e uma maratona de *Night Court/Who's the Boss* no canal de programas antigos. De tarde, Lea e Avishag pegavam o carro para comprar comida e álcool numa cidade árabe perto dali. Lea pagava; optavam pela culinária fusion: cebolas fritas, queijo munster e manjericão em qualquer coisa que pudesse ser feita de pão.

Yael ficava para trás quando as outras duas saíam para comprar comida. Ela adorava. Era como ser babá do casal mais rico da cidade depois que as crianças iam para a cama. Esticava as pernas e via programas confusos no canal seis, destinado a crianças. *Bully the Snowman*, *Wonder Shoes* e *Chiquititas*. As canções a cercavam por todos os lados, como se as notas estivessem escritas com água nas paredes. A canção tema do canal entre um programa e outro era sua preferida. "O canal é minha casa. Neste verão o avião vai pousar no canal infantil! Ciência! Arte! Histórias de terror!" Ela respirava como se não tivesse opinião alguma a respeito delas naquelas horas. Era a soberana de um território que não lhe pertencia. A canção ressoava como trompetes quando fechava os olhos. "O canal nacional é o lugar real! Com ele sou capaz, e ele está sempre comigo!" Se Yael chorava, era porque só àquela altura começava a entender por que achava que era, no final das contas, muito bom morrer por sua pátria.

As mulheres foram felizes naqueles dias.

*

Os garotos regressaram à base duas semanas depois. Shai tinha morrido. Alguns outros também. A invasão por terra não dera em nada e o exército preferiu derrubar Damasco e Aleppo com ataques aéreos. As meninas mais novas tinham partido na véspera, mandadas de volta para suas bases de origem. Entraram no ônibus rindo e mostrando o dedo médio para as três mulheres. "As férias de verão terminaram, vovozinhas! Vamos voltar para a mamãe e o papai." A vigia loura ria delas, atirando o corpo contra a janela, tão etérea quanto antes com os seios espremidos no vidro. Yael pensou em Hagar. O oficial da reserva telefonou para ela para falar do falecido que ambos conheciam e declarou que, diante das circunstâncias, as mulheres podiam ir para casa porque os rapazes voltariam somente para embrulhar os equipamentos, e não teriam tempo para treinar com as garotas ou prolongar a permanência na base. Então os rapazes teriam uma semana de folga em casa.

Yael achou que a atitude correta era aguardar até que o último ônibus buscasse os garotos, embora as mulheres tivessem carro. Mas quando os garotos chegaram eles olharam para as três como se tivessem sido apagadas da base.

Dez guardas de um pelotão de artilharia tomariam conta da base até a chegada dos bombeiros, um mês depois.

Foi só quando todos já estavam de malas prontas e esperavam o último ônibus no portão que os garotos travaram contato. Fizeram troça de Yael. Restavam apenas doze garotos, aguardando o último ônibus do exército debaixo do sol. Os garotos disseram que se Yael ia fazer uma coisinha mínima que fosse para merecer seu ordenado de reservista, a coisinha mínima seria trepar com o cara mais gordo do grupo. Isso sim era sionismo.

— Não vou foder com Baruch por pena — retrucou Yael. — Ele é um nojo — completou. Estava sentada na proteção de concreto junto ao portão da base. Não olhou para Baruch ou para Oren, o oficial, que tinha inventado aquilo, ao falar. As palavras foram murmuradas porque segurava o grampo de Lea com sua boca vermelha. Lea deitara a cabeça no colo de Yael. Yael torcia as laterais da franja de Lea em trancinhas, como se nada tivesse mais relevância do que aqueles fios avermelhados. O cabelo de Lea cheirava a xampu de lavanda. Quando Yael esfregou o nariz, percebeu que o asseio das madeixas tinha grudado nas pontas de seus dedos.

— Pra que falar uma coisa dessas? — perguntou Oren, o oficial. Estava de braços cruzados, desviando o olhar do portão e da estrada para Yael. — O melhor amigo dele acabou de morrer, e você estava aqui na base se masturbando.

— Então o melhor amigo dele morreu. Meu namorado morreu. A bem da verdade, alguns namorados meus morreram. É essa a tendência. O irmão da Avishag morreu há muito tempo. Grandes coisas. Ele que tenha colhões e siga com a vida dele — disse Yael. Ela piscava para Lea, revirando os olhos com o ar de adolescente com que as meninas a haviam contagiado. Avishag tapou os ouvidos com as mãos e fechou os olhos.

— Tenha colhões e siga com a vida dele? — repetiu Yoav. — O Shai não era seu namorado. Ele disse que não. Se fosse, você teria feito com que ficasse aqui.

Yoav. O segundo sargento. Ele se intrometeu na conversa.

*

A princípio Yael pensou que os garotos estavam de brincadeira, que eram apenas crianças. Vieram com três macas e jogaram as três garotas em cima delas. Não as amarraram por segurança nem lhes deram capacetes. Como instrutora de tiro, qualquer desvio do protocolo de segurança perturbava Yael, e sua preocupação aumentou quando os meninos apertaram com força os canos das armas contra suas costas. Não conseguia ver as outras duas por causa das nuvens de poeira que se levantavam devido à corrida morro acima até a área da bandeira, mas estava claro para ela que se o ângulo do golpe tivesse sido outro, sua espinha dorsal poderia ter se quebrado.

Os meninos deixaram que as garotas caíssem de seus ombros para junto da bandeira como se fossem folhas. Em seguida formaram um círculo, como se o mundo fosse um jogo de futebol, e sussurraram:

— Você vai escrever, bem grande, com pedras, "Nós somos putas", se não a gente vai... a gente vai torturar vocês — Yoav ameaçou as meninas que estavam no chão uns minutos depois. — A gente não vai deixar vocês irem para casa.

Yael se levantou do chão e se sentou de bunda. Ergueu o olhar para Yoav. Seus olhos estavam vermelhos. Tinha fumado maconha. Ela viu que o catarro do nariz dele estava preto, e soube que sentia muito medo de lavar o rosto e ser obrigado a se olhar no espelho desde que voltara. Não conseguia crer que ele havia usado a palavra "torturar". Soara como um lugar-comum. Como se não tivesse muitas letras para usar como opção.

— A gente não vai escrever coisa nenhuma — declarou Yael, em voz baixa. — *Nah, nah, nah. Come on.* — A velha canção de Rihanna voou de sua boca. Lembrou-se de quando Rihanna sofreu uma overdose no ano anterior. De que tinha chorado por isso enquanto via seu voo atrasado cintilando em vermelho naquele minúsculo aeroporto romeno. — *I like it, like it* — ela continuou a cantar.

— Escutem, meninas — disse Avishag. Ela tirou as mãos dos olhos. Fazia um tempo que estava chorando; a umidade já seca se misturava à nova.

— Você pare com esse papo de bebê — disse Yael. Não gritava com Avishag desde o colegial. Talvez esse fosse o problema, ponderou Yael, e então esperou que Lea falasse.

— Sou escritora profissional e nem eu escreveria com pedras. Pedra é permanente demais. E eu, pessoalmente, gosto da música "S & M", até no Facebook. *I like it, like it* — Lea recitou. Não cantou a letra.

Os meninos ficaram sem saber como agir. Encolheram os ombros uns para os outros, apontaram as armas e obrigaram as garotas a entrarem no contêiner, o depósito de armas Negev que já estava trancado. Forçaram as garotas a engatinhar.

*

— E agora? — Avishag indagou. A noite caía e todas as luzes da base se apagaram, depois ligaram, e de novo.

— Agora a gente não tem medo. Não existe medo no mundo — disse Yael. A cada palavra que dizia se tornava mais ela mesma. — Nós temos duas garrafas de sauvignon blanc e toneladas de massa de pizza e macarrão e uma garrafa inteira de Coca Diet, daquela vez que você comprou a dietética por engano. Eu trouxe pra cá.

— Você trouxe da área dos garotos para cá? — perguntou Lea.

— Eu trouxe pra cá. Achei que seria uma boa ideia.

— Então agora a gente espera — constatou Lea. — Você achou que seria uma boa ideia... — ela disse, e balançou a cabeça, abrindo um sorriso afetado. Era quase como se fosse surpreendida por algo pela primeira vez: quem era Yael, quem era ela mesma. Pela voz, Yael percebeu que Lea tinha entendido, mas não tinha certeza se queria entender.

As garotas se sentaram nos colchões e olharam para a porta. Não se mexiam. Queriam se lembrar de tudo o que havia acontecido nos segundos anteriores.

*

E assim começou.

Na manhã seguinte Yoav entrou sozinho e pediu uma voluntária, e Yael se ofereceu se levantando e andando e indo atrás dele.

Avishag chorou.

— Ai, meu Deus — exclamou Lea.

Yael tagarelou durante toda a caminhada até a bandeira, dizendo que faria qualquer coisa contanto que ele prometesse não encostar nas outras duas, depois perdendo a esperança quando já estava nua e dizendo que faria qualquer coisa e de bom grado, se ao menos ele poupasse Avishag. Ela mencionou o irmão morto, mas no fim não valeu de nada.

Todos os doze garotos e três garotas participaram ativamente. Ficou claro que voluntariar-se era inútil.

Nada do que faziam era muito útil. Mas tentaram. Yael tentou falar. Ela não se calava. Ela contou que pediu carona pela África afora; que provavelmente tinha doenças e que aquilo não era uma boa ideia. Lea só falou na volta, comentando que aquela situação toda era bem interessante, que talvez escrevesse sobre ela ou contasse tudo para o marido — andavam querendo apimentar a rotina no quarto. Fez um sermão para os garotos enquanto fechava o sutiã, suas mãos debaixo da blusa do uniforme. Nem Avishag ficou em choque. Ela manteve os olhos fechados e sussurrou pedidos de desculpas pela guerra, acenos solidários com o queixo quanto às dificuldades que os rapazes de hoje enfrentam na área amorosa.

Os doze garotos se viram em apuros.

*

As garotas ficaram bem naquela primeira noite. Até Avishag pensava no futuro. Ela falava enquanto as outras duas se entreolhavam, como se esticassem um fio entre elas e Avishag com os olhos.

— Basta a gente usar um monte de drogas. A gente viaja para algum lugar e usa um monte de drogas e depois segue em frente — disse Avishag. Ela pôs a mão no ombro de Yael e Yael não a afastou como de hábito. — Yael, você usou muitas drogas na Índia? Quais são as melhores drogas para seguir em frente? — indagou Avishag.

— O jeito como você fala às vezes, eu juro... — disse Lea. — Estava com saudades disso.

— Bom, eu queria usar um monte de drogas, mas no fim acabou não acontecendo. Fumei um baseado uma vez e tive a sensação de que a janela estava me puxando como se fosse um ímã. Então fumei um baseado num bosque, e aí eu tive a sensação de que precisava achar uma janela para que ela me puxasse como um ímã. Um tempo depois eu por acaso usei ecstasy em uma rave em Goa, e fiquei tão paranoica que cheguei à conclusão de que droga não é minha praia — relatou Yael.

— Paranoica! Mas ecstasy é a droga do amor e da confiança! — Lea riu.

— Talvez seja uma boa você procurar orientação psiquiátrica. Pode ser que haja alguma coisa quimicamente errada com você — Avishag gargalhou.

— Foi uma sensação bem realista. Um garoto persa de cílios compridos corria por uma estrada ao meu encontro. Ele gritava o nome dele, começava com J, e apesar de não falar farsi eu sabia que significava "o mundo". Ele tinha cheiro de musgo, e como ele estava com uma truta de água doce na mão eu pensei que ele vinha dos rios da Babilônia, mas sabia que não era possível que viesse de lá porque não tem truta de água doce por lá, e, além disso, ele era da Pérsia — contou Yael.

Talvez o calor e a sede estivessem afetando as garotas, ou pelo menos Yael. Nos dois primeiros dias de prisão, Yael não permitiria que bebessem a Coca.

— Você devia estar viajando — disse Avishag. — Deve ter sido outra droga. Ecstasy não te deixa viajando. Li sobre drogas num folheto — explicou Avishag.

— Mas a questão é que eu não fui a única que vi o garoto. Duas das pessoas com quem eu estava também viram. E elas apontaram para o garoto e se esconderam atrás de mim porque ficaram com medo de o peixe ser venenoso e matar todas nós se tocássemos nele. Eu também fiquei com medo, mas sabia que não precisava ficar. O menino falou que queria o pai dele, mas não estava bravo... parecia era que estava preocupado porque a gente estava se divertindo daquele jeito.

— Que história mais esquisita — comentou Lea.

— Acontecem coisas mais esquisitas ainda — declarou Yael.

E então um garoto que não era Yoav abriu a porta. Tinha dezoito anos.

*

No fim do segundo dia, os garotos já tinham criado uma rotina. Conheciam as garotas melhor do que elas conheciam a si mesmas. Quando Yael voltou naquela tarde, ficou muda, e assim as outras duas tiveram a oportunidade de conversar como nunca.

Avishag contou uma história sobre um menino da quinta série de sua tropa de escoteiros etíopes que só pintava dedos dilacerados. Os dedos dilacerados tinham emprego, se casavam e iam para o exército, mas eram todos dedos ensanguentados. O conselho da escola estava transtornado, e houve uma reunião em que todos os pais decidiram que ele teria de sair porque poderia fazer mal a si ou aos outros. Avishag o defendeu, mas não fez diferença. Talvez tenha sido por isso que uma mãe a seguiu e descobriu sobre a psiquiatra.

Lea pediu a Avishag que contasse outra história, para ver se outra história poderia levá-la a constatar que a primeira história não era digna de lembrança, caso depois se lamentasse por não ter energia para anotá-la no papel.

Avishag falou que, como as galinhas precisam de muito cálcio para fazer ovos, o tio a havia ensinado a amassar as cascas de ovos vazias com pedra até transformá-las em pó e misturá-las com a comida delas. Mas uma vez ela pensou em ver se as galinhas não comeriam as cascas como se fossem migalhas. Já que eram capazes de bicar talos inteiros de alface, não via razão para precisarem de cascas em pó. Mas o que Avishag não sabia era que quando a galinha come algo parecido com ovo, ela passa a comer ovos. Era esse o motivo para o pó.

— Então a galinha que come ovo come os ovos das outras galinhas? — indagou Lea.

— No começo — explicou Avishag. — No começo ela só come os ovos das outras galinhas.

*

No meio do terceiro dia, já tinham acabado com a Coca. Ainda tinham algumas massas de pizza. Lea havia bebido boa parte da Coca — seu corpo a forçara — e seu constrangimento era tanto que Avishag não parava de falar que tinha sido ela quem bebera a maior parte, e que sentia muitíssimo.

Quando as luzes se apagaram, Avishag parou de pedir desculpa e chorou. Tinha muito medo da escuridão que ia além da escuridão que via dentro dos olhos quando os fechava.

Yael observava a própria sombra; quando inclinava a cabeça, a sombra de seu cabelo na parede se misturava à sombra de uma das armas, portanto parecia que a arma tentava transformar-se nela.

Foi nesse momento que Lea ofereceu uma solução.

— Sabe. A gente tem munição. E metralhadoras automáticas.

— A gente não pode atirar neles. Nem pense nisso — disse Yael.

— A gente pode ameaçar, sua putinha. Você não controla a gente — declarou Lea.

— A gente não pode. Nosso futuro está no corpo e na cabeça deles — justificou Yael.

— Sabe, de vez em quando eu fico louca pra você parar de falar desse jeito — disse Lea.

— Eu também — disse Yael.

— E eu também — afirmou Avishag.

As garotas falavam com sede. As armas ainda estavam molhadas de gasolina. Zombando delas, tão próximas, dormindo com elas como se de propósito. Os garotos estavam no comando. Elas não entendiam o motivo, mas sentiam nos ossos. A porta diante das garotas não lhes pertencia para que a abrissem.

*

O suor de uma das garotas começou a mudar de cheiro. Tinha cheiro de sobressalto.

Avishag ofereceu uma solução.

— A gente devia escrever e pronto. São só pedras. Alguém vai tirar do lugar. São só palavras. A gente se vinga dos garotos assim que sair. Eles vão se arrepender depois.

— Só palavras? — Lea questionou. — Talvez.

— Só pedras? — Yael questionou. — Nada é tão escrito quanto uma coisa escrita com pedras.

— Yael — disse Lea.

Avishag se preparava para falar mais. Yael se perguntava se não a incentivara a falar demais, no final das contas.

— Não! — berrou Yael, e encheu as outras duas de pavor: dela, dos garotos que poderiam escutar. — A gente não é nenhum Harry Potter. A gente não tem outra chance. A coisa é o que é. Não somos Jesus. A gente não tem como voltar. Ou este aqui é um Estado judeu ou não é.

— Yael — disse Lea.

— Cale a boca, por favor — Avishag pediu.

— Se a gente não encarar a situação agora, a gente vai machucar outra pessoa mais tarde. Os garotos nunca vão se perdoar. Lea, você sempre vai ver tevê em vez de fazer o que você quer fazer de verdade. Avishag, você sempre vai dizer "desculpe" quando alguém esbarrar em você. Eu sempre vou me odiar, odiar que falo desse jeito — declarou Yael.

— Você me parece muito entusiasmada com essa questão — Lea disse, e sorriu. Não chorou.

Naquela noite os garotos procuraram somente Lea.

— Lea, princesa — Yael disse quando ouviu os garotos chegando pela terceira vez. — Eu não sei de nada. Não viajei pra tudo que é canto, *lembra*?

— É sim ou não. Não existe tentativa — disse Lea.

— Que a força esteja com você — disse Avishag.

Yael sentiu o peso de todas as palavras e sons que havia partilhado com as amigas como uma cachoeira explodindo em sua boca, naquele instante. Ela precisava conceber uma saída, e rápido.

*

Na quarta manhã as garotas não trocaram palavras. Yael queria dizer algo muito forte, sussurrar um provérbio antigo, mas a sede não deixava que sua garganta formasse as consoantes, e, ademais, ela própria tinha consciência de que estava se tornando tola.

Avishag fazia bonecos com as ervas que cresciam pelas frestas do assoalho de madeira. Corações, bebês e gatos. Formas simples que eram cartuns de objetos reais. Torcendo e espremendo e rasgando. Yael não reparou quando ela começou a fazer isso, mas de manhã já havia seis bonecos e outro sendo montado nas mãos descamadas de Avishag.

Quando Yael percebeu, pegou a vara de bambu que escorava o vaso de anêmonas que não estava ali da primeira vez que as garotas entraram no contêiner. Fez buracos com os dentes e criou uma flauta.

Para ela tocar.

— Se você está tocando para mim, Yael, pode parar. Já te falei um milhão de vezes. Sou que nem a filha de Shylock, Jessica. Não posso ouvir música — declarou Lea.

— A gente não vai encenar Shakespeare a esta altura, não é? — Avishag disse.

— Quer dizer, é meio gay, eu admito — disse Lea.

— Claro. Porque nós todas sabemos que Hitler era gay — disse Yael.

As garotas a olharam. Sentiram medo, e principalmente, naquele momento, porque davam ouvidos a ela.

— E com Hitler me refiro a Shakespeare — disse Yael.

Então ela pediu permissão para dormir.

*

Yael mergulhou no próprio corpo para achar o sono. Imaginou ondas do mar embaixo de si, pedindo calma. Em seguida pensou nos momentos de alegria em que se sentava no chão e aguardava com ansiedade para ouvir as músicas de abertura de seus programas de tevê preferidos e se lembrou de todas as lágrimas que derramava com a canção durante os créditos no fim de cada episódio. Ela se lembrou de seu corpo de criança, despertando inundado por um deleite que a fazia contrair os dedos dos pés e lhe abria o nariz em meio a todos aqueles sonhos em que era levada por outro ser humano para ser guardada em um lugar seguro. Para um quarto cuja cama era trancada, onde só o que acontecia era receber comida e compaixão.

Em seus devaneios, os que tinha durante as aulas de história, era sempre uma professora de matemática que a levava e guardava. A aparência da mulher era sempre um pouco diferente: alta, loura, morena. Na realidade todos os professores de matemática que teve eram homens que não reparavam nela. Depois de ver *Meninas malvadas* na época do colegial, a imagem da professora de matemática se consolidou. Era sempre Tina Fey, ou a professora de matemática que fingia ser no filme. *Que menina idiota eu era*, Yael refletiu. *Que menina idiota ainda sou.*

Mas em seguida pensou mais. E abriu os olhos.

— *Meninas malvadas* — Yael disse, ainda deitada.

— É melhor a gente não falar nada a não ser que tenha sentido. Minha voz está cansada — declarou Avishag.

— Isso tem sentido. Lembram que as meninas do filme sempre falam o contrário do que querem dizer? — Yael indagou. Ela se sentou.

— Os americanos todos sempre falam o contrário do que querem dizer. Olha só os filmes. Todos heróis. É porque eles não têm nenhum herói de verdade — Lea comentou. Ron tinha uma forte tendência antiamericana que adquirira ao tratar de negócios com eles, e Lea a adotara.

— Certo — disse Yael. — Temos de nos tornar um pouco americanas. Temos de ser o contrário do que nós somos. Isso vai tirar os garotos do eixo. Avishag, você pare de se desculpar. Nunca diga "me desculpe" ou "obrigada". Só repita "Não mereço isso. Sou uma boa pessoa", e Lea, você faz o contrário. Peça desculpas. Agradeça. Sorria — instruiu Yael.

— Você não acha que pode ter síndrome de Estocolmo? — Lea indagou. — É só uma pergunta — ela declarou. — Estou achando isso muito interessante.

— Não — respondeu Yael, calma. — Estou tentando provocar o oposto. Os garotos têm que desenvolver a síndrome de Lima. Eles têm que aprender a nos amar, um pouco.

— Mas se agirmos ao contrário do que nós somos, eles não vão *nos* amar — disse Avishag.

— Vão sim. Vão amar o que nós podemos ser. E podemos ser o que quisermos ser — explicou Yael.

— Você está falando que nem o canal infantil de novo — disse Lea.

— E é assim que você me ama — retrucou Yael, e olhou para Lea.

— E é assim que ela te ama — disse Avishag.

*

Foi só de tarde que os garotos voltaram. Um pouco antes, Yael começara a chorar.

— Sabe, por que vocês não me disseram de que forma eu devo agir agora? — ela indagou. Soluçava e puxava o próprio cabelo.

Avishag e Lea não se pronunciaram.

— Eu não posso fazer barulho nenhum. Ser o contrário de quem faz barulho — disse Yael.

— Está bem — disse Lea.

— Então por que você está se debulhando em lágrimas? — perguntou Avishag.

— Em breve talvez eu vire uma canção — disse Yael. E gemeu toda a sua sabedoria nos outros quatro ouvidos.

O contêiner tinha cinco passos de largura e sete de comprimento, e o teto ficava acima das três garotas nos colchões.

*

Os garotos apareceram e os garotos partiram e os garotos apareceram e as mulheres foram o que não eram. Foi muito difícil agir assim.

*

Pessoas morreram no pós-guerra: 6.422 civis e combatentes na Síria no mês seguinte.

*

A verdade é que a ideia de Yael funcionou. Os garotos nunca mais voltaram.

No meio da quarta noite, Avishag abriu os olhos. Levantou-se do colchão. Abriu a porta do contêiner. Caminhou no escuro até a bandeira. E caminhou no escuro até o centro de controle. Um passo, mais um passo, e outros. Achou uma lanterna. Funcionava. E caminhou até a área dos garotos. E arredores. A certa altura pensou ter visto outra luz, e sentiu medo, pois quem a ouviria, e quem a ajudaria? Mas no fim das contas era apenas o reflexo de sua luz em um adesivo néon na parede. Sentiu uma pontada no estômago e se lembrou da decisão do bebê minúsculo.

Os guardas da unidade de artilharia nunca apareceram, por alguma razão.

Lea não acreditava que tinha funcionado. No começo pensava que mesmo se funcionasse não teria importância. Não mudaria o que estava por vir. As únicas que sabiam eram elas três.

Naquela noite no contêiner, Avishag voltou. Tinha visto com os próprios olhos que os garotos haviam sumido, mas no minuto seguinte também não soube o que isso significava.

Yael precisou convencê-las.

A primeira coisa que decidiu foi que não voltariam para casa naquela noite. Que iriam guardar aquela noite juntas. E então estava pronta para responder a perguntas.

Discutiram nos colchões por horas a fio. Se o que tinha acontecido com elas era ou não era sequer interessante, se qualquer coisa que tinham feito tinha ou não relevância. Se elas tinham relevância, ou não. Quando ainda estava escuro lá fora, no instante em que praticamente não conseguiam mais se expressar em voz alta, as luzes voltaram a acender, e portanto falaram mais.

— Ninguém além de nós vai ficar sabendo disso, em todo caso — Avishag disse.

— Vai sim. Lea vai escrever sobre isso. E no fim as pessoas vão acreditar. Porque isso já aconteceu de verdade, e com a gente — declarou Yael.

*

Mas no fim não foi Lea quem contou a história. Ninguém sabe quem contou, e se, e como. O que é verdade é que as mulheres pareciam tão presentes no contêiner iluminado naquela noite que as paredes cogitaram morrer.

— Estou muito cansada — disse Yael.

— Avishag, você quer que a gente deixe as luzes acesas esta noite? — Lea perguntou.

— Não — respondeu Avishag. — Não, Lea. Não quero mais ter medo.

De repente todas as luzes se apagaram.

Lea teve o bebê sete meses depois.

# Operação Luz Vespertina

Quando eu tinha dezoito anos, mamãe me acordou. Fez isso dando tapinhas na minha bochecha com dois dedos. "Yael, acorda", ela disse.

Quando mamãe tinha dezoito, aviões chamavam-na pelo rádio. Ela passou três anos esperando que os aviões a chamassem pelo rádio. Quando chamavam, minha mãe dava aos aviões da força aérea sua permissão para aterrissar. Precisavam aterrissar para o reabastecimento. Sua base era de abastecimento. Tinha sido endurecida recentemente pelo contato com os primeiros cigarros e a luta para esconder a juventude. Sem sua permissão, os aviões não podiam aterrissar. Precisavam dela quando estavam no céu e ela estava na torre de controle, desenhando rostos em seu braço moreno com caneta e pensando em piadas feias que pudesse contar aos garotos da base quando o expediente acabasse.

Uma vez, um avião israelense que aterrissou em Atenas para fazer uma pausa foi sequestrado, e embora não tenha sido mamãe quem resgatou os reféns (mamãe era menina), é verdade que se não fosse mamãe os reféns salvos não teriam conseguido sanduíches quando o avião resgatado pousou para reabastecer a caminho de casa. Ela costumava dizer que seu serviço no exército não fora importante, mas eu achava que sim. Aviões só circulam pelo céu sem combustível por um tempo. Ela poderia, em tese, uma vez, ter dito não. Poderia sempre ter dito não, mas nunca dizia, ela nunca disse não na vida. Um monte de gente poderia ter morrido por causa dela. Ela tinha dezoito anos ao chegar àquela praia.

*

Acordei depois que mamãe me deu tapinhas na bochecha com dois dedos.

Quando eu tinha dezoito dormia na cama dela porque eu temia o futuro. Não pensava muito sobre ir para o exército, somente que precisaria das roupas íntimas certas e de um relógio novo, mas então vi a notícia sobre um soldado no posto de controle cujo corpo tinha sido explodido por um homem-bomba como uma surpresa, e então passei a ter medo.

Não muito tempo depois de ver o retrato de um soldado explodido, comecei a estalar os dedos debaixo do maxilar o tempo todo, para espantar os medos. Era algo que já tinha feito antes, mas não ao longo de anos. Papai estava bravo por estar cansado de dormir na minha cama de adolescente. Ele dizia que suas pernas eram compridas demais, e além disso, não era justo. Mamãe disse que era justo porque eu era a filha mais velha, e ela tinha me feito do zero, e ali estava eu, com dezoito anos e prestes a ingressar no exército. Então papai se rendeu porque ele a amava o tempo inteiro. Era um problema.

"Ei, Yael", ela disse quando ambas estávamos na cama dela. "Me diga que você quer entrar para a força aérea."

"Eu não quero entrar para a força aérea", sussurrei. "Mãe, eu não quero ser soldada de jeito nenhum. Acho que estou com medo de novo."

"Diga que você quer ser controladora de tráfego aéreo."

"Mas eu já sei que vou para a infantaria. Foi o que a ficha de destacamento decidiu. Não dá pra ser controladora de tráfego aéreo na infantaria. Não tem ar pra controlar."

Minha mãe não ouvia. Nunca soube se ela acreditava no que dizia. "Diga que você quer ser controladora de tráfego aéreo em Sharm El-Sheikh. Diga Sinai."

"Mas. Mãe. Não posso ser controladora de tráfego aéreo. Eu ficaria louca de ansiedade se passasse o dia todo sentada, esperando."

"Você devia pedir para ser controladora de tráfego aéreo em Sharm El-Sheikh. É o melhor serviço do exército para garotas."

"Mas não tem mais nenhum soldado israelense em Sharm El-Sheikh. Não existe mais base lá. A gente devolveu aquela região toda para o Egito."

Minha mãe passou o dedo por cima do meu nariz, e repetiu o gesto. "É. Devolvemos antes de você nascer", ela disse.

Ela dizia coisas que sabia que eram impossíveis como se pensasse que não eram.

*

No dia que foi convocada, minha mãe cruzou a porta do gabinete do oficial de triagem e pediu para ser nomeada controladora de tráfego aéreo. O oficial de triagem riu. Porque sua pele era morena e seu sobrenome iemenita e seu nariz quebrado. Ele crescera quebrado, como um desastre ou um desenho com lápis de cor feito por um bebê. Ela o quebrara quando criança, ao cair da traseira da carroça do leiteiro uma tarde.

Naquele dia não tinha ciência de que pedia algo impossível. Ela havia perguntado à irmã mais velha o que devia dizer que queria fazer para o oficial de triagem, e a irmã mais velha riu. A irmã mais velha sabia que o oficial de triagem não se importaria com o que ela tinha a dizer. Mas a irmã mais velha queria rir mais um pouco. Não era do tipo dado a risadas. Era secretária no exército. Aconselhou mamãe a falar que gostaria de ser controladora de tráfego aéreo.

Na época, as bases da força aérea eram conhecidas por contar com cinemas e pistas de boliche. Lugares que minha mãe nunca tinha visto na vida. Soldadas da força aérea eram filhas de políticos e militares. As controladoras de tráfego aéreo eram as filhas de pilotos de combate que mais tarde viraram políticos. O pai da minha mãe comprava bilhete de loteria todas as semanas e prometia fazer da minha avó uma rainha, mas nesse ínterim trabalhou por quarenta anos como despachante da única empresa de ônibus de Israel. Era apenas o homem previsível que almejava das formas mais previsíveis. Faleceu no ano em que nasci, depois de ler no jornal que havia perdido na bolsa todo o dinheiro que poupara na vida. Ou ele usou as próprias mãos ou teve um infarto; em todo caso, foi algo previsível o que o matou.

A reação do oficial de triagem ao pedido de mamãe não foi nada previsível. Ele riu uma vez. Riu pela segunda vez. Ela perguntou do que ele estava rindo e ele riu de novo.

"Você quer ser controladora de tráfego aéreo?", ele indagou.

"Quero", respondeu mamãe. Ela não era exatamente a inteligência em pessoa. "É isso o que eu quero."

Ouvi diversas versões sobre o desenrolar da conversa a partir desse ponto, e não quero contar nenhuma delas. Às vezes, quando você conta uma história que já ouviu inúmeras vezes, se lembra de todas as vezes que a escutou, e então pensa que talvez ela não seja muito verdadeira, e então pensa que talvez você não seja muito verdadeira. Talvez você seja filha de outra mulher. O que importa é que minha mãe virou controladora de tráfego aéreo. Ninguém acreditava, mas ela conseguiu. A base da força aérea para a qual foi alocada não tinha cinema nem pistas de boliche nem piscina. Ficava em uma praia. Ela achava que aquela praia era a praia mais linda do mundo. Ela disse, não só de Israel. Do mundo. Uma vez vimos uma foto de revista de uma praia abandonada em Zanzibar. Ela disse que a praia do Sinai onde tinha servido era parecida, mas que também era mais. Perguntei o que queria dizer com mais, ela disse apenas que era mais de tudo.

Quando pegou o ônibus da base de triagem para o aeroporto de Tel-Aviv, o motorista a reconheceu. Conhecia o pai dela. Esse o preço de ter um pai que trabalhava para a empresa de ônibus. Não podia ir a lugar algum sem a ajuda daqueles que conheciam o homem que a criara. Não podia nunca fingir que era turista. O país e suas rodovias eram seus donos.

O motorista perguntou como estava o pai dela e onde ela serviria. Fez essas perguntas, mas imediatamente começou a xingar uma passageira que lhe disse para andar logo com aquela merda. A passageira também era uma soldada, mas parecia estar servindo havia muito mais tempo do que mamãe. O uniforme era feito sob medida.

Mamãe não queria ser rude. Sentou-se atrás do motorista enquanto ele ameaçava a soldada de que, se ela lhe falasse palavrão mais uma vez, a obrigaria a descer do ônibus. Mamãe se sentiu bem, tão bem, mostrando sua nova identidade do exército e entrando à vontade no ônibus por causa dela, e não por causa da outra identidade, a que usara a vida inteira. A identidade laranja que dizia que ela era filha de um funcionário da empresa. Mamãe só pagou o bilhete de ônibus uma vez na vida, no dia em que me levou ao exército e não quis pegar o carro porque tinha medo de voltar dirigindo sozinha. Quando o pai dela se aposentou, já estava casada com um homem que possuía um carro de empresa, portanto não precisava mais pegar ônibus, por causa do carro. Não um carro de uma empresa de ônibus. Um carro de uma empresa que fabricava peças para máquinas capazes de construir aviões.

Imaginou que o motorista tivesse se esquecido dela, mas assim que ele deu a partida no ônibus, já estava bravo rá-rá com ela. Até aquele momento, as únicas piadas que mamãe tinha ouvido de homens e garotos eram piadas rá-rá-estou-bravo. O comerciante do mercado ficara bravo rá-rá quando ela comprou o melhor peixe que tinha para o jantar de shabat. "Que danadinha, hein! Pegou o melhor peixe que eu tinha. O que é que os meus outros fregueses vão dizer? Rá-rá, estou bravo." O leiteiro de cuja carroça ela caiu e quebrou o nariz. "Que danadinha, hein! O que é que você estava fazendo subindo na minha carroça? Agora sempre que alguém te perguntar como é que você quebrou o nariz você vai dizer que caiu da minha carroça, e aí vão pensar que dirijo mal! Rá-rá, estou bravo." Ela tinha quatro irmãs, nenhum irmão, e frequentava uma escola religiosa só para meninas. Não porque era religiosa, mas porque a irmã havia se negado a voltar para a escola pública depois que um menino lhe contou uma piada rá-rá-estou-bravo e cuspira no cabelo dela. Depois disso, todas as irmãs foram mandadas para uma escola religiosa, já que a irmã mais velha é sempre a mais forte. O pai da mamãe não contava nenhuma piada, nem mesmo piada rá-rá-estou-bravo, porque realmente passara a vida inteira bravo.

"E aí? Agora que você é soldada é importante demais para responder a uma pergunta de um tio seu?", o motorista indagou. Ele estava bravo rá-rá. Não era tio dela, mas como conhecia seu pai se declarou tio dela. "Como vai o papai? Onde você vai servir?"

A gola do uniforme verde friccionava a pele do queixo de mamãe. O que ela queria acima de tudo era que a fricção parasse, mas, independentemente da forma que ajeitasse a gola, ela não parava.

"Papai está feliz. Vou servir como controladora de tráfego aéreo em Sharm El-Sheikh", ela respondeu. Ao dizê-lo em voz alta, pareceu-lhe totalmente correto. Era isso mesmo que era. Era para lá que iria. Precisava tomar o ônibus para chegar lá. A empresa de ônibus estava ali para servi-la. Bem como o motorista.

O motorista ficou bravo, bravo de verdade, com a resposta dela. Com a autoconfiança que exalava. Foi isso, pelo menos, que ela imaginou, pois teve a impressão de que ele não estava mais fazendo piada, portanto tudo o que sobrava era a zanga.

"Avisa ao papai que se ele continuar bebendo e faltando ao trabalho, a gente vai parar de acobertá-lo, está me ouvindo?", o motorista disse à mamãe.

Ela o ouviu. Pensou que àquela altura a pele do queixo já devia estar rosa. Mas não a tocou.

"Uma casa cheia de mulheres, e vocês não dão conta de um homem lerdo", disse o motorista.

Mamãe encostou a cabeça na janela. Uma senhora com excesso de queixos olhou para a frente com o pescoço esticado como se fosse ela a motorista do ônibus. Mamãe olhou para a senhora como se, caso olhasse com bastante atenção, talvez conseguisse evitar que um dia se transformasse nela.

Mamãe nunca tinha voado, e estava tão ansiosa para ver as ruas de Tel-Aviv do alto e observar as praias cheias e os hotéis se apequenando sob ela que imaginou que passaria o voo inteiro olhando pela janela, mas acabou dormindo. Sonhou com o pai. Ele a perseguia como fizera na vida real, depois que ela fizera um corte tão profundo no ombro da irmã mais velha com uma navalha que não havia alternativa a não ser levá-la ao médico, já que ensanguentava todos os panos que usaram para estancar o sangue. Mamãe e as irmãs viviam cortando umas às outras quando pequenas. Isso se devia ao fato de não terem apontador, e usarem navalhas enferrujadas para apontar os lápis para a escola. Ficavam de pé em volta da lixeira e apontavam, e então brigavam pelas mesmas coisas que todas as irmãs brigam. Pelo fato de que seus rostos e cheiros tinham se tornado excruciantes umas para as outras por estarem sempre muito perto, porque eram muito parecidos com os delas mesmas. A única diferença era que tinham navalhas nas mãos quando brigavam.

No sonho, o pai a perseguira como fizera na vida real, e estava embriagado, assim como na vida real. A diferença era que no sonho ele era lerdo. Ele tentava alcançá-la, e apesar de não querer que ele a alcançasse, ela também não queria ser uma das cinco mulheres incapazes de dar conta de um homem devagar, e portanto ela mesma correu devagar.

Ela despertou quando as rodas bateram contra o asfalto e jogaram sua cabeça para o lado. Quando olhou pela janela, viu areias que se estendiam como intocadas, ainda que convidativas, e um oceano tão calmo que imaginou ter parado de ondular só para ela.

*

Mamãe chamava meus problemas mais crônicos de *sulas*. No decorrer daqueles três anos na praia, mamãe uma vez precisou exercitar tão bem a compaixão que aquilo acabou se tornando um hábito, e assim conseguiu passar o resto da vida sem nunca desejar nem meia coisa para si mesma. Eu podia falar com ela de problemas que nem sequer tinham palavras, problemas de que jamais poderia falar com as minha amigas, nem mesmo Emuna ou Avishag, e ela lhes atribuía nomes só para poder fazer algo a respeito. Foi ela quem percebeu meu primeiro *sula*. Nem tive que explicá-lo. Foi ela quem explicou meu problema para mim. Ela explicou que um *sula* era um hábito ruim, como bater na madeira e roer as unhas. Que era o tipo de hábito que só você sabia o que esperava obter ao preservar, mas que você não tinha palavras para explicar aos outros. A explicação dela parecia perfeita. Ela disse que era a pior coisa do mundo.

O que você precisa perceber é que cada *sula* era um problema sério. Um problema que você não se lembrava mais de como era não tê-lo, nem podia imaginar sua vida sem ele. Quase como estar grávida quando não se deseja o bebê ou estar infectado por uma doença fatal, mas pior, porque ninguém sabia dele e porque você sofria com ele todos os segundos.

Meu primeiro *sula* teve a ver com o pescoço. Ou melhor, aquela região sob o queixo. Um dia, quando tinha cinco anos, fiz uma careta que a esticou. A partir de então, tinha a impressão de que o fazia por acidente o tempo inteiro, e quando olhava no espelho me preocupava com a possibilidade de que se fizesse aquela careta eu acabaria com papada. Tinha dez anos e me preocupava com a gordura no rosto, porque ouvira minha mãe dizer que depois de ganhar peso, não importava se você perdesse: o rosto ficava gordo até o dia que você morresse. Piorava. Por alguma razão comecei a acreditar que estalar os dedos três vezes quando estavam sob meu queixo, para que sentisse o estalo na pele, anularia a influência da careta. Não tinha nenhum motivo para acreditar nisso, mas acreditava tanto que não conseguia parar. Meus dedos doíam tanto que não dava para segurar um lápis. Eu engolia meus sanduíches de maionese, mostarda e tomate com tanta pressa na escola porque mal podia esperar para ficar com as mãos livres e poder estalar os dedos de novo. Foi só quando mamãe tentou tirar uma foto de mim na véspera da primeira nevasca que ela reparou e gritou: "*Sula!*" Então deixou que eu faltasse a aula do dia seguinte e visse minhas novelas argentinas enquanto ela me servia de pão árabe, iogurte e laranjinhas.

Gostaria de dizer que só de saber que existia alguém que entendia já corrigia o problema, mas não era verdade. Depois do problema do pescoço teve a vez em que mamãe disse que ficar ao lado do micro-ondas faz com que um olho fuja do outro. Ela disse isso para a minha irmã, mas eu escutei. Isso acarretou quase meio ano de *sula* dos olhos. Eu os revirava nas órbitas até chiarem, depois repetia. Não podia ver tevê. Minha cabeça doía tanto que às vezes precisava me sentar no instante em que me levantava. Na escuridão do meu quarto me preocupava com a possibilidade de ter revirado tanto os olhos que a escuridão fosse a minha cegueira.

Os dentes foram os últimos, e também os piores. Dentes são piores que olhos. Passei as férias de verão inteiras livre de *sulas* até morder uma espiga de milho e por acidente ranger os dentes da frente. Consegui pôr o dente inferior sobre o superior, e a dor foi maior do que qualquer outra que já tivesse sentido na vida, era tanta que pouco depois comecei a tentar recriar aquela exata dor só porque esperar para que acontecesse de novo era pior do que senti-la. E eu a provocava de novo. E de novo. Calafrios enfraqueciam meus movimentos e passos. Tive de usar suéter no meio daquele agosto israelense. Quando chegou setembro, eu esperava a aula terminar porque não suportava o rangido, depois esperava o almoço em casa terminar porque não suportava o rangido, depois o dia acabar, depois o sono. Eu esperava, esperava, esperava um alívio que nunca chegava.

"Tenho que fazer isso parar. Não posso continuar desse jeito", disse para mamãe.

Estava paralisada por um problema que nem era real. Não podia nem contar a Avishag, muito menos a Lea.

Mamãe disse: "Yael, eu entendo, eu entendo, eu entendo." Ela repetia, e repetia. Ela olhava nos meus olhos quando falava isso. Papai passou meses dormindo de pernas dobradas na minha cama. Ela me entendeu ao longo da noite. Se não houvesse alguém que entendesse o problema para o qual eu não tinha palavras, talvez eu tivesse enlouquecido. Minutos perseguiam horas que perseguiam meu sono.

Não me lembro de quando, como ou por que passou. Me lembro de que chegou uma hora em que só conseguia respirar quando fantasiava com a hora em que não pensaria mais nos dentes e que chegou uma hora em que era incapaz de sequer lembrar ou imaginar como seria uma hora como essa.

Mas passou. Disso eu sei, porque quando o *sula* do pescoço voltou aos meus dezoito anos, logo depois da morte de Dan, só me restava esperar que o dente começasse.

*

A base na praia era pequena. Tratava-se da mesma praia para onde o presidente do Egito fugiria, anos depois, ao final de seus trinta anos de governo, quando as ruas o obrigaram a ver que não podiam mais adorá-lo. Atualmente custa mais de quinhentos dólares um quarto de hotel à beira daquela praia no Sinai, e ela é tão abarrotada que os turistas que visitam o Egito gastam muito tempo procurando um lugar para esticar as toalhas, mas na época mais ou menos vinte soldados dominavam sozinhos aquela faixa de terra, pois era uma área decretada exclusivamente militar.

Havia somente duas garotas na base no dia em que mamãe chegou. Ela contou que ambas eram louras, de cabelos curtos. Mais tarde, as louras teriam muitos filhos, mas somente homens, e mamãe disse que lhe seria impossível imaginar que não seria assim, desde o dia em que as conheceu. Jamais conseguiria imaginá-las com filhas. Os cabelos pretos, delicados, de mamãe batiam em sua bunda ossuda, e seu nariz ainda era quebrado. As meninas também eram controladoras de tráfego aéreo. Eram filhas de pilotos. Eram ainda mais obtusas que mamãe. A base não era um posto popular para controladores de tráfego aéreo porque era remota e os soldados só iam para casa uma vez por mês pois o exército não podia gastar muito em voos domésticos para soldados. Mamãe não se importou. Queria ficar na praia para sempre desde o momento em que pisou ali.

O serviço na torre de controle era simples. Naquela época os aviões só aterrissavam ali de vez em quando, como parte do treinamento de pilotos novatos. Mamãe só precisava olhar para a pista e ter certeza de que não havia nenhum outro avião, e tinha de se certificar de que não tinha dado permissão para que dois aviões pousassem ao mesmo tempo. Caso o telefone vermelho tocasse, ela tinha de atendê-lo, mas ele nunca tocava. Além disso, só o que precisava fazer era aguardar. Ela chegou com uma hora de antecedência para seu primeiro turno e uma hora antes de cada expediente de oito horas que cumpriu depois disso. Começou a fumar e gastava todo o seu dinheiro em cigarros e sempre fez questão de dar mais cigarros às outras duas controladoras de tráfego aéreo do que fumara durante o dia.

Afora as duas louras, havia cerca de vinte soldados na base. Em sua maioria, eram os responsáveis pelo abastecimento ou mecânicos de solo da força aérea. Havia um cozinheiro, o mais velho dos soldados, um homem de vinte e sete anos de um kibutz no deserto que tinha o hábito de fazer piadas rá-rá estou bravo com mamãe o tempo inteiro e dizia que sua pele era escura feito bolo de chocolate velho ou merda, e que ela devia ser proibida de entrar no refeitório dele porque era um risco à saúde de uma forma ou de outra, e que lhe dava beijos no pescoço e ovos cozidos que tinham sobrado.

*

A primeira vez que mamãe me falou dessa praia foi depois que expliquei a ela o problema que tinha no pescoço, que tudo tinha começado quando passei a me preocupar com a possibilidade de ter pescoço gordo. Ela se esforçou para achar algo para falar porque tinha sido ela quem me dissera que depois que a pessoa engorda o rosto ficava gordo para sempre.

"Olha, você não tem pescoço gordo e, mesmo se tivesse, e você nunca vai ter, fique sabendo que isso não vai te matar. Olha, se você for bacana, os rapazes nem percebem que você é feia. Ter jogo de cintura e ser engraçada é muito mais importante do que ser bonita. Nem meninos nem meninas gostam de garotas azedas. Quando eu estava no exército, tinha duas meninas lindas e azedas na base, e por mais que eu fosse feia todos os rapazes me adoravam porque eu sorria sempre."

"Você não era feia! Você está dizendo isso porque eu sou feia?" Isso foi antes de saber que minha mãe tinha quebrado o nariz.

"Não! Você é a menina mais linda do mundo. Mas é importante dar muita risada. A gente precisa fazer você rir mais. Por que a Avishag e a Lea nunca mais vieram aqui? A gente precisa pensar no que podemos fazer."

Mais tarde comecei a namorar Moshe e acreditei que alguma pessoa não me achava feia. Mais tarde, um dia no exército, depois de Hagar arrumar meu cabelo, até me convenci de que o mundo inteiro poderia me achar linda.

A certa altura do serviço, mamãe fez cirurgia plástica no nariz. Parece horrível dizer isso, mas é a verdade. Estava quebrado e depois não estava mais. Não sei como ela arranjou dinheiro, como conseguiu, mas foi o que fez. Na primeira fotografia que vi dela, ela está de maiô amarelo. Dois garotos sem camisa a levantam pelo braço, um de cada lado, e ela gargalha com tanta vontade que sua garganta aparece. Seu nariz é perfeito e longo. A praia onde mamãe nadava com um maiô amarelo, a praia onde os rapazes adoravam mamãe, não é mais a fronteira. Na nova fronteira, a fronteira mais próxima, existe hoje, dez anos após o meu serviço, campos de tortura para eritreus administrados por beduínos egípcios. Eles prometem aos eritreus que os ajudarão a chegar a Israel através do Egito. Por dinheiro. Em seguida os perseguem, os prendem, e mandam uma orelha ou dedo para as famílias e pedem mais dinheiro. Mas quando a ponta da praia ainda era a fronteira, rapazes perseguiam mamãe até a sola dos pés dela endurecerem.

Minha prima telefonou, sussurrando e rindo, uma vez para perguntar se era verdade o que ela tinha escutado, se era verdade que o nariz de mamãe não era de verdade. Sempre tive inveja do nariz da mamãe devido ao ar aristocrático, e ao observá-la lavando a louça com uma blusa rasgada e um lenço na cabeça, uma mulher que gastara centenas de shekels no gel certo contra acne para as filhas, mas não trocava a própria escova de dentes havia anos, não acreditei que um dia tivesse sido uma mulher capaz de fazer plástica.

"Bom, o que minha mãe disse é que o nariz da sua mãe era quebrado ou coisa do gênero, mas *mesmo assim*, não é engraçado?", minha prima sussurrou pelo telefone. Quando eram pequenas, minha mãe fez um corte tão profundo na mãe dela que ela encharcou todos os panos da casa de sangue.

"Não", respondi. "Não é engraçado." Nunca perguntei a minha mãe sobre seu nariz.

*

O mês anterior ao sequestro de um avião e de mamãe por acaso ter sido forçada a defender a compaixão foi o mês mais feliz de sua vida. Todos os garotos da base a adoravam quando tinha o nariz quebrado porque era muito fácil adorá-la — não havia perigo de se apaixonarem por ela devido ao seu nariz, e ela tinha tanto jogo de cintura, e ela os botava na cama depois das partidas de gamão e os deixava afogá-la no mar e permitia que não se envergonhassem de segurar uma garota de dezoito anos de maiô nos braços. Mamãe ficava cada dia mais feliz. Não voltava para casa desde que chegara à base, para aquele prédio em Jerusalém com bebês e bilhetes de loteria perdidos e perseguições provocadas por bebedeiras e galinhas abatidas e irmãs sangrando. A maresia aumentava o volume de seus cabelos. A espera na torre de controle alongava seus pensamentos e tornava mais interessantes os rostos que desenhava. Os rapazes que fizeram dela sua rainha e bálsamo mitigavam seu medo de pensar nas lembranças que ela havia passado a vida inteira tentando se convencer de que não tinha, portanto não precisava se distrair sempre, portanto se tornou menos obtusa.

Quando seu nariz já estava arrumado, os garotos imaginaram que foi um milagre. Como quando, nas novelas argentinas, o casal enfim descobre que não são irmão e irmã.

Quando caminhava pelas dunas de areia, os garotos batiam palmas. As duas louras, que mais tarde teriam somente filhos homens, se tornaram mais acanhadas. Depois a ajudaram a cortar o cabelo acima dos ombros e a seguiam aonde quer que fosse. Se não fosse pelo que aconteceu em seguida, mamãe estaria prestes a virar uma ditadora ou, no mínimo, uma esposa de político malévola, ou talvez até um Deus malévolo.

Foi no dia em que Ari Milter mordeu a bochecha de Joseph Gon durante uma briga que dizia respeito aos turnos de guarda, mas na realidade dizia respeito à barriga de mamãe, que alemães e palestinos sequestraram um avião israelense que fez uma parada em Atenas. Duzentos e sessenta civis estavam no avião. Foi o sequestro que provocou a Operação Entebe, ou Operação Yonatan, como alguns a chamam, por causa de Yonatan, que foi morto.

Os sequestradores pousaram na Líbia para reabastecer. Uma passageira que era enfermeira fingiu sofrer um aborto espontâneo e foi libertada durante a parada. Tinha passaportes britânico e israelense. A mãe tinha acabado de falecer e o pai estava doente. Havia se casado semanas antes. Não estava grávida, mas conseguiu convencer a sequestradora de que poderia estar perdendo o bebê.

Da Líbia, os sequestradores mandaram que o piloto fosse para Uganda. Pousaram o avião no aeroporto de Entebe. Idi Amin, que começara como cozinheiro do exército assim como o cozinheiro do exército que dava à mamãe ovos cozidos e beijos no pescoço, já não era mais cozinheiro, e sim o soberano da Uganda inteira. Ele cooperou com os sequestradores, portanto foi fácil reunir todos os passageiros em um dos terminais. Os alemães começaram a dar gritos de ordem, separando os passageiros judeus e israelenses e gentios em grupos diferentes.

O capitão do avião, que era gentio, insistiu em ficar porque declarou que era o capitão. Os onze membros de sua tripulação também ficaram. Nenhum deles morreu, mas a Air France suspendeu o capitão por ter permanecido. No fim ele recebeu uma placa de Yitzhak Rabin, que na época era primeiro-ministro de Israel, por ser protetor de judeus, e então Yitzhak Rabin foi primeiro-ministro de novo e levou um tiro de um judeu israelense que o odiava.

O que interessa ou não é que o capitão ficou, embora não se saiba como ele ajudou na missão de resgate, se é que ajudou. Os sequestradores queriam que todas essas nações europeias e Israel libertassem os guerreiros da liberdade e anarquistas que estavam em suas prisões. Todo mundo, inclusive mamãe, achava que era isso o que aconteceria. Os soldados daquela praia se perguntavam se o avião com os guerreiros da liberdade seria reabastecido na base deles, e se fosse esse o caso, se o cozinheiro tentaria ou não impedir que o avião partisse com os guerreiros da liberdade porque um guerreiro da liberdade uma vez explodira o ônibus onde estava a mãe do cozinheiro e a deixara cega. Ela não parava de insistir que o cozinheiro a matasse de uma vez por todas. Os sequestradores declararam que começariam a matar as pessoas no dia 1º de julho, mas acabaram concordando em aguardar até o 4 de julho devido à data simbólica para os americanos. Uma mulher de setenta e cinco anos chamada Dora se engasgou com a comida, portanto os sequestradores permitiram que ela fosse a um hospital de Uganda, pois ainda não era 1º de julho e não poderiam matá-la naquele momento.

*

Ninguém acreditava que haveria missão de resgate além das pessoas que foram enviadas para resgatá-los. Quando o telefone vermelho de mamãe tocou, eram cinco da manhã e ela estava sozinha na torre de controle. Desenhava o rosto de uma menina no próprio tornozelo. Não sabia a razão, mas a menina sempre parecia surpresa ou zangada, e por mais que tentasse corrigir os olhos da menina, mamãe não conseguia. Terminou com uma mancha de tinta azul em sua pele escura.

Quando o telefone tocou, ela gritou. Foi porque estava em paz naquele momento e porque nunca na vida tinha ouvido um telefone tocar. Não tinham telefone no apartamento de Jerusalém. Havia um telefone público na entrada do mercado. Quando atendeu ao telefone vermelho, ouviu uma voz masculina do outro lado. Não tinha nada a ver com as vozes de pilotos se comunicando pelo rádio. Parecia que o homem estava bem ali na sala com mamãe, respirando as palavras em seu ouvido.

O homem lhe pediu seu nome, número da identidade pessoal e patente. Ela disse o sobrenome duas vezes, pois se tratava de um sobrenome iemenita, e o homem ficou surpreso. Em seguida, o homem disse que se ela revelasse suas ordens a alguém da base ou do mundo ela seria processada na corte militar e poria em risco a vida de mais de cem judeus.

Todo mundo achava que os reféns morreriam ou seriam trocados por outros reféns. Ninguém acreditava na possibilidade de resgate. Parecia que todos menos mamãe tinham um amigo de uma tia ou uma professora de um irmão que era um dos reféns. Bastou um soldado preocupado contar para a mãe preocupada e o país inteiro ficou sabendo que os reféns estavam no ar, até mesmo os árabes do país. Mesmo quando o avião estava no céu, temiam que alguém o derrubasse a tiros. Também não sabiam que Dora já estava morta e dentro de um porta-malas. Imaginavam que se simplesmente mantivessem a operação em segredo ainda conseguiriam salvá-la daquele hospital.

Mas precisavam de sanduíches. Os reféns não comiam havia dias. Esperavam aterrissá-los em um hospital militar que o exército construíra no Quênia e alimentá-los lá, mas nenhum dos reféns estava ferido, portanto não faria sentido arriscar uma aterrissagem por lá.

O homem ao telefone pediu à mamãe que dissesse ao cozinheiro para fazer quantos sanduíches fosse possível.

"Que tipo de sanduíche?", mamãe indagou, e o homem ficou rá-rá estou bravo com ela. Rá-rá estou bravo, mas na verdade aliviado porque achava que estava mandando homens para a morte além da centena de judeus que morreriam de qualquer forma, e ali estava uma garota doce de voz amaciada pelo encontro com os primeiros cigarros e o choque de uma jovem lhe pedindo conselhos culinários.

"Você que escolhe", o homem ao telefone declarou. "Sou tenente, e você, uma soldada rasa, está me pedindo conselho sobre sanduíches. A tarefa é sua."

Faltavam vinte minutos para o término do expediente de mamãe. Ela desenhou mais dois rostos. Pensou em seu sanduíche preferido. Pastrami com maionese e pimentão vermelho. Não havia nenhum desses ingredientes na base porque todos eles eram bons somente porque estragavam rápido.

No fim, dar instruções para o preparo dos sanduíches para os reféns resgatados foi a coisa mais complicada que mamãe fez em toda a sua vida. Era uma coisa que jamais tinha se imaginado capaz de fazer e que jamais teria feito, e por ter sido tão difícil, depois de tê-lo feito uma vez, ela soube que seria capaz de fazer de novo e fez disso um hábito.

Mamãe teve que defender a compaixão.

"É uma troca de prisioneiros, não é? Vão aterrissar com os prisioneiros palestinos na nossa base para reabastecer antes de levar todos eles para Uganda, e eles querem que *eu* faça os sanduíches", o cozinheiro falou para mamãe. Nem sequer tentou beijar-lhe o pescoço.

"Não posso dizer o que é. O homem no telefone vermelho disse que não posso."

"Telefone vermelho? Só pode ser uma troca de prisioneiros. E querem que *eu* faça sanduíche pra eles?"

"Não posso dizer o que é. Mas você tem que fazer sanduíches. Muitos sanduíches. Quantos sanduíches der pra fazer."

"Vou fazer os sanduíches sim. Vou cuspir neles. Vou mijar neles. Vou usar veneno pra ratos."

Mamãe não sabia o que fazer. Lembrou-se de que era filha de um homem lento. Lembrou-se do deleite que sentiu quando a lâmina da navalha rasgou fundo o braço da irmã quando era criança. Acariciou a reentrância de seu nariz e lembrou-se de que agora ele era reto, e de que era linda.

"Por favor não faça nada de ruim com os sanduíches."

"Por que não?"

"Você não pode: não vou deixar", declarou mamãe. Às vezes gostava de dizer coisas que eram impossíveis como se não fossem. "Não pode", ela disse.

Caso fosse filha de piloto, caso não tivesse vivido vinte anos com o nariz quebrado, talvez tivesse dito ao cozinheiro tantas vezes que ele não podia a ponto de dar certo. Mas como mamãe não era nada disso, ela não precisou falar mais nada. Ela teve que defender a compaixão, não porque quisesse, mas porque foi obrigada pelas circunstâncias.

"E se um dos prisioneiros for inocente?"

"Minha mãe está cega", o cozinheiro disse. "Meu pai tem que levá-la ao banheiro e sentá-la no vaso. E a grande probabilidade é de que nenhum deles seja inocente. O exército nem prende todo mundo que é culpado."

"E se um dos prisioneiros simplesmente cometeu um erro? Alguma coisa que não queria fazer e antes que se desse conta já estivesse fazendo?"

"Aí é justo, qualquer coisa que eu fizer. Aí eles sabem que eu simplesmente cometi um erro."

"E se alguma coisa aconteceu com eles?"

"Por exemplo?"

"Alguma coisa. Estavam fazendo outra coisa e aí alguma coisa aconteceu com eles. Você nunca fez outra coisa e depois alguma coisa aconteceu com você?"

"Por exemplo?"

"Alguma coisa que aconteceu com você. Você estava num lugar e depois estava em outro, tipo pegar um ônibus mas não saber que razão tinha para pegar quando já estava dentro dele?"

"Não pego ônibus", disse o cozinheiro.

"Por favor não faça nada de ruim com os sanduíches."

"Não pego ônibus."

Quando ele falou que não pegava ônibus pela segunda vez, ela percebeu que ele a entendera. Ela apenas se entendia palavra a palavra, mas, quando se calou, outra pessoa que era um cozinheiro que costumava beijar seu pescoço mesmo quando seu nariz era quebrado também a entendeu.

Após cumprir seus três anos, mamãe pegou os três mil shekels que o pai dera a todas as filhas depois que terminavam seus serviços. Viajou para a França e trabalhou como babá e conheceu um homem que amava demais e que fez com que ela tivesse vontade de viver uma vida bastante previsível no dia em que lhe disse que eles não poderiam ficar juntos. Quando ela voltou para Israel, tinha dinheiro somente para se matricular em um curso de verão de desenho, nada mais. As irmãs mais velhas já eram professoras ou assistentes sociais ou mães. Mais tarde ela morreria de vergonha de ter feito o curso de verão. Esse foi seu pouso final daqueles três anos de glória na praia. Nunca vi nenhum de seus desenhos, nunca a vi desenhar. Depois que eu nasci.

*

Ninguém acreditava que haveria missão de resgate além das pessoas que foram enviadas para resgatá-los. Apenas uma das pessoas que resgatou os reféns foi morta. O nome do morto era Yonatan Netanyahu. Seu irmão caçula se tornou primeiro-ministro, depois de novo. Os aviões não pararam na base da praia para reabastecer a caminho de Uganda. Pararam em Nairóbi, Quênia. Àquela altura, o governo ainda discutia a possibilidade de chegar por mar para o resgate. Foi somente na Etiópia que os responsáveis pelo resgate conseguiram permissão para pôr os planos em prática. Aterrissaram no escuro, uma aterrissagem suave. Carros os aguardavam ali; um deles era idêntico ao Mercedes de Idi Amin. Um dos sentinelas ugandenses, que nunca tinha tirado carteira, mas sempre se interessara por carros e sempre esperara que seu primeiro carro fosse um Mercedes, sabia que Amin havia trocado de carro uma semana antes. Ligou para o amigo e eles pararam o carro. Então um soldado israelense o matou com um tiro de uma arma com silenciador. Depois o soldado israelense matou o amigo. O carro se afastou. Um soldado chamado Roy olhou pela janela e viu que o amigo ainda se mexia. Roy era sargento e tinha vinte anos, e todos os que morreram durante o resgate agora viviam em seus ombros. Ele matou o amigo com uma Kalashnikov através da janela, fazendo barulho. Foi assim que os sequestradores souberam que estavam em maus lençóis três minutos antes de os israelenses invadirem o terminal. Esconderam-se no banheiro e uma sequestradora chorou, mas no fim todos foram mortos.

Foram os soldados israelenses que atiraram acidentalmente em Ida, de cinquenta e quatro anos. Ela tinha imigrado da Rússia para Israel, em busca de segurança. Também atiraram em um garoto de dezenove anos que teria sido soldado assim como os soldados israelenses que atiraram nele por acidente quando da invasão, mas ele havia nascido na França e fazia faculdade. Um soldado israelense levou um tiro no pescoço dos franco-atiradores ugandenses e viveu mexendo apenas as pálpebras até o dia de sua morte, trinta e dois anos depois. Quarenta e sete soldados ugandenses morreram. Centenas de quenianos morreram dois dias depois, pois Idi Amin ficou furioso por terem permitido que os israelenses reabastecessem. Não tinham permitido que os israelenses reabastecessem: eram apenas pessoas e quenianos, mas logo depois eram mortos. Em 1979, após o término da guerra dos ugandenses e tanzanianos e a derrocada de Idi Amin, encontraram o corpo de Dora, a mulher que engasgara com a comida. E fora mandada para o hospital. Acharam-na enterrada em uma plantação de cana-de-açúcar a trinta quilômetros do hospital de Kampala. Soldados ugandenses haviam-na arrastado de sua cama de hospital algumas horas depois de terminada a missão de resgate. Seu médico ugandense e duas das enfermeiras tentaram impedi-los, então os soldados atiraram neles e os deixaram agonizando no corredor. Atiraram em Dora depois de botá-la no porta-malas. Atiraram nela momentos antes de o telefone vermelho de mamãe tocar.

*

Eu costumava pensar que minha mãe vivia por mim.

A missão de resgate de Entebe foi a operação de resgate de reféns mais bem-sucedida da história. Exércitos moldaram suas missões de resgate segundo seu exemplo, mas elas sempre falhavam por motivos que fugiam à culpa deles. A primeira imitação fracassada foi a Operação Luz Vespertina, no Irã, dez anos antes do meu nascimento. Os americanos não tinham nem chance. Aviões ficaram com pouco combustível, depois bateram uns nos outros, depois pegaram fogo, depois esqueceram suas peças sobressalentes em terras longínquas demais. No fim, as pessoas morreram. Depois houve uma troca de prisioneiros. Eu gostaria de poder dizer que antes de entrar no exército pensei na filha da americana que estava na torre de controle e teve de mandar um cozinheiro americano preparar sanduíches para a troca de prisioneiros e não se importou se ele os envenenaria ou não, mas a verdade é que eu estava com tanto medo que só via as pontas dos meus dedos e pensava somente em mim mesma.

*

"Mãe. Estou com medo. Estou com medo de entrar."

"Que razão você tem para ter medo? Você tem dezoito anos, Yael. A sua irmã se saiu bem. Todas as suas amigas já foram convocadas."

"Das possibilidades. De todas as coisas que podem acontecer."

"Por exemplo?"

"O que te levou a convencer o cozinheiro a não envenenar os sanduíches? Me conta. Me conta de novo como se nunca tivesse contado antes."

"Do que você está falando? Eu estava só seguindo ordens", declarou mamãe. Às vezes falava coisas como se jamais tivesse dito outras palavras.

"Tenho medo de que me botem no posto de controle, de que eu exploda."

"Isso só aconteceu com aquele soldado porque ele não seguiu as ordens. Era do tipo de soldado que nunca segue ordens. Ele não foi cuidadoso com o palestino que estava revistando. Siga ordens e não vai te acontecer nada."

"Como é que você sabe do soldado? Como é que você sabe que ele nunca seguia ordens?"

"Dahlia me contou. A loura com quem eu servi. Tinha uns anos que não falava com ela, mas ela ligou para perguntar que tipo de emprego existe onde a gente vive. Bom, a filha dela servia com o garoto. Ela o viu fazendo corpo mole."

Mas ela havia dito antes. Várias e várias vezes. As louras, ambas, só tinham filhos homens. Às vezes ela dizia coisas que eram impossíveis e eu podia pensar que não eram, até o momento que não pude mais.

Eu costumava pensar que mamãe vivia não por si mesma, mas por mim, mas quando ela me falou do telefonema de Dahlia eu pensei que a única parte que era verdade era que ela não tinha vivido, nem por si mesma. Ainda que tivesse vivido por si mesma, não poderia viver por mim.

E ainda assim. Fiquei contente porque seríamos apenas ela e eu indo até a base de triagem naquele dia. Fiquei contente por não ter levado nenhum amigo.

"Mãe, estou com medo", eu disse. "Estou com tanto medo que não sinto a ponta dos meus dedos. Voltei a estalar os dedos no meu queixo. Estou com medo de que aconteça alguma coisa."

"Por exemplo, Yaeli?"

"Um monte de possibilidades."

Essas foram as palavras da mamãe, e as minhas, no ônibus que nos levou ao ônibus que me levou à base de triagem. Passado um tempo o motorista do ônibus brincou com a gente, e embora tenha dito que éramos muito barulhentas, ele também queria muito que nos calássemos.

Os sanduíches que o cozinheiro preparou eram macios. Peru, tomate e mostarda. Mamãe queria ter visto os reféns mordendo-os.

No início daquele dia, imaginei que talvez algo acontecesse e no fim eu poderia ficar em casa com mamãe, mas no fim nada aconteceu. Passamos a manhã comprando meias e graxa de sapato. De tarde tomamos o ônibus até o ônibus que me levou à base de triagem. Passamos um tempo brigando. Depois eu disse que ficaria bem. Ela não parava de escovar meus cabelos, e continuou de escova na mão depois que entrei no ônibus. Pela janela, vi suas mãos escuras segurando-a enquanto permanecia de pé na calçada. Em seguida o motorista pisou no acelerador e não consegui mais vê-la. E esse foi o começo.

Este livro foi impresso
pela Geográfica para a
Editora Objetiva em
maio de 2013.